21世纪

中国当代科幻小说选

天火

金涛 **主编** 王晋康 **著**

广西科学技术出版社

图书在版编目（CIP）数据

天火 / 王晋康著. —南宁：广西科学技术出版社，
2012.7（2020.6重印）

（21世纪中国当代科幻小说选 / 金涛主编）

ISBN 978-7-80666-076-8

Ⅰ. ①天… Ⅱ. ①王… Ⅲ. ①科学幻想小说—中国—
当代 Ⅳ. ① I247.5

中国版本图书馆 CIP 数据核字（2012）第 151964 号

天火
TIANHUO

王晋康　著

责任编辑	黎　坚	封面设计	叁壹明道
责任校对	谢燕清	责任印制	韦文印

出 版 人　卢培钊

出版发行　广西科学技术出版社
　　　　　（南宁市东葛路66号　邮政编码530023）

印　　刷　永清县晔盛亚胶印有限公司
　　　　　（永清县工业区大良村西部　邮政编码065600）

开　　本　700mm×950mm　1/16

印　　张　15

字　　数　202千字

版次印次　2020年6月第1版第4次

书　　号　ISBN 978-7-80666-076-8

定　　价　29.80元

序

我是主张学生的课外阅读面要宽一些的，除了看中外文学的经典著作，不妨也涉猎一点科幻小说。

有人会问：阅读科幻小说有什么益处呢？

这不禁使我想起不久前看到的一则有趣的报道。这篇报道发表在2000年5月13日的《北京青年报》，题目是《从科幻小说中寻求航天新技术》，全文不长，照录如下：

科幻小说里的超光速旅行和弯曲空间大概还要继续作为幻想存在下去，但另外一些奇思妙想却可能走出小说，成为现实。欧洲航天局正从科幻小说中寻找灵感，研究新的航天探索技术。

据此间新闻媒介报道，欧洲航天局组织了一批读者，从科幻小说中寻找可能有价值的设想，然后交给科学家评估，研究这些设想能否用于未来的空间探索任务。欧洲航天局还欢迎广大科幻爱好者提供有创意的想法。

欧洲航天局"从科幻小说到空间探索创新技术项目"协调人大卫·雷特博士介绍说，事实已经证明，科幻小说中的部分设想确实具有实用价值。

19世纪80年代，现代电子技术还没有出现，就有人提出传真机的设想；1928年，行星着陆探测器出现在科幻小说里；1945年，小说

家设计出了供宇航员长期生活、从地面由航天飞机定期运送补给的空间站;20世纪40年代的一部著名卡通片里,大侦探使用的手表既是可视电话,又是照相机。这些设想在刚刚问世时不易被理解,但随着技术进步,它们陆续变成了现实。

英国华威大学的数学教授兼科幻小说家伊恩·斯图尔特说,美国航空航天局也经常向科幻小说作者咨询,征求创新设想。美国航空航天局甚至在进行一个"突破推进物理学项目",希望最终研制出能使航天器速度接近光速的新型引擎。

这则报道之所以引起我的兴趣,首先在于它富有说服力地澄清了长期以来对科幻小说的误解,那种轻率地指责科幻小说纯系胡思乱想的说法是毫无根据的。我们虽然还不知道欧洲航天局究竟从哪位作家哪一部作品中获得了灵感,但是无可争辩的是科学技术专家并非是要从科幻小说中寻找计算公式或者燃料配方,而是"有创意的想法",而这正是科幻小说最具有生命力最有价值的所在。

不仅如此,这则报道还说明,科学技术专家有时候也需要求助于文学家。实际上,在科学技术的发展历程中,不少科学家、发明家曾经受惠于科幻小说的启迪,从科幻小说中获取创造发明的灵感。法国科幻小说大师儒勒·凡尔纳的《海底两万里》中描写了尼摩船长的潜艇"鹦鹉螺号",这在当时是根本不可能的。但是凡尔纳有关潜艇的科学构想,却是一个天才的富有创意的预言。因此,美国发明家、号称"潜艇之父"的西蒙·莱克(1866~1945年)在回忆录中说:"凡尔纳是我生命的总导演。"正是凡尔纳的《海底两万里》启发他发明了第一艘在公海航行的潜艇。也正是同样的原因,美国第一艘核潜艇被命名为"鹦鹉螺号",以纪念凡尔纳最早提出了潜艇的科学构想。

英国著名科幻小说家阿瑟·克拉克不仅是世界一流的科幻小说家,而且还是现代卫星通讯最早的设计者。1945年克拉克就提出通过卫星系统实现全球广播和电视转播的大胆设想,而在20年后由于地球

同步卫星的发射成功，这一预言终成现实。值得一提的是，克拉克1964 年发表的科幻小说《太阳帆船》，描绘了利用太阳风（即今天造成地球上无线电通讯发生故障的太阳粒子流）进行太空帆船比赛的大胆设想。这部小说发表后，引起美国航空航天局极大关注，他们对这一科学构想能否用于太空飞行颇有兴趣，并且进行了富有成效的实验。

科幻小说是面向未来、展示科学技术发展前景的文学。科幻小说中的幻想不是毫无根据的胡思乱想，而是建立在科学基础上的想象。它不仅以奇特的构思、超越时空的氛围展示科学技术高度发达所带来的美好未来，也深刻地揭示科学技术可能造成的负面影响。因此，阅读科幻小说对于启迪智慧，开拓思维，激发对科学实践探索的热情，洞悉未来的发展趋势都是大有益处的。

我们现在不是大力提倡素质教育吗？其实，素质教育的核心是训练人的想象力和创造力，因为想象力和创造力乃是创造性思维的体现，也是发明创造的基本前提。正是在这方面，科学幻想小说丰富的想象力和它描绘的未来世界的科学构想，对于读者创造性思维的培养是潜移默化的。近年来，西方国家许多大学竞相开设了科幻小说的课程和讲座，指导大学生或研究生阅读优秀的科幻小说，其目的也是出于素质教育的训练。

正是出于这样的考虑，广西科学技术出版社将陆续推出国内科幻小说家的新作，我希望这套丛书能够被广大青少年读者所接受。同时也诚恳地欢迎大家评头论足，提出宝贵的意见和建议，以便进一步推动我国科幻小说创作的繁荣。

金 涛

编者的话

为什么要出版科幻小说？

青少年阅读科幻小说有没有必要？

这是我们多年来一直在思考的问题，也是主编这套《21世纪中国当代科幻小说选》要向读者作一番交代的问题。

我想起凡尔纳的作品对后世的巨大影响。

大家知道，儒勒·凡尔纳是法国著名的科幻小说大师，被誉为"科幻小说之父"。他一生写了75部科幻小说，被翻译成各种文字，受到世界各国广大读者特别是青少年的喜爱。凡尔纳（1828～1905年）生活于19世纪，20世纪初他便离开了这个充满幻想、科技发达的世界。然而他在1865年发表的科幻小说《从地球到月球》和另外一本名为《环绕月球》的科幻小说中，第一次描写了人类登月探险的故事。1873年他的《海底两万里》发表，这部小说描写了尼摩船长驾驶一艘"鹦鹉螺号"潜艇在海底探险的故事。1889年他又写了一本开发北极的科幻小说《北极的购买》，此外还有脍炙人口的《地心游记》《八十天环游地球》《气球上的五星期》等。应该指出的是，凡尔纳当时在作品中描写的飞向月球也好，在海底世界自由驰骋的潜水艇也好，以及开发北极也好，都是现实生活中闻所未闻的，纯粹是凡尔纳大脑中的想象。可是凡尔纳大胆的科学幻想和伟大的预见，却大大鼓舞了许许多多的有志之士，许多人正是从凡尔纳的科幻小说中受到启发，汲收

灵感，而投身到把幻想变为现实的伟大事业中，作出了历史性的贡献。

当代"潜艇之父"西蒙·莱克在他的回忆录中写道："凡尔纳是我生命的总导演。"

阿特米拉·拜特在他开始首次北极飞行时就宣称："第一个完成这个壮举的人，并不是我，而是凡尔纳，给我领航的是儒勒·凡尔纳。"

俄国宇航之父、著名火箭专家齐奥尔科夫斯基（1857～1935 年）说："就是儒勒·凡尔纳启发了我的思路，使我按照一定的方向去幻想。"

最有意思的是，凡尔纳在一百多年前幻想的人类登月探险的出发地点——美国南部的佛罗里达，在 1969 年 7 月 16 日美国发射的第一艘载人宇宙飞船"阿波罗 11 号"，恰恰是在佛罗里达州的肯尼迪航天中心发射而登上月球的——这当然绝对不是简单的巧合。另外，还值得凡尔纳骄傲的是，当 1954 年美国制造出第一艘核动力潜艇时，将它命名为"鹦鹉螺号"，以纪念凡尔纳这位天才的科幻小说家，因为他当年在《海底两万里》中所创造的尼摩船长的潜艇就是一艘核潜艇！只不过由于当时的科技发展水平的局限，凡尔纳对潜艇所用的核动力的描写是错误的。这对于一百多年前的一本科幻小说，是完全可以理解的。

我们从凡尔纳的作品对后来科学技术发展的预见性，特别是这些作品所产生的影响，不难发现科幻小说对于读者的潜移默化的作用。其实，科幻小说的这种不可替代的作用，是许多享有盛誉的科幻小说经典之作的共同特征。

俄国的齐奥尔科夫斯基不仅是一位杰出的宇航火箭技术专家，也是一位天才的科幻小说家。他在科幻小说《在地球之外》中，系统地、完整地描述了宇宙航行的全过程，他在小说中提到了宇航服、太空失重状态、登月车等，完全被现代太空技术的发展所证实。齐奥尔科夫斯基的天才预见，后来启发了很多科学家。美国阿波罗计划的领导者

之一、著名火箭权威、德国火箭专家冯·布劳恩曾说过："一本描述登月计划的科幻小说使我着了迷，此书令我异想天开地去作星际旅行。这是需要我付出毕生精力去从事的事业。"1965 年 4 月，在冯·布劳恩领导下研制出总长 85 米的"土星 5 号"火箭，为美国阿波罗计划的成功奠定了坚实的基础。

目前仍定居在印度洋风景秀丽的岛国——斯里兰卡的英国科幻小说家阿瑟·克拉克（1917～　）是 20 世纪科幻小说的世界级大师，他的代表作有《太空漫游 2001》《与拉玛相会》《天堂的喷泉》等。今天已成为现实的全球卫星通讯，如果追根溯源，应该归功于这位科幻小说家。美国著名科幻小说家阿西莫夫在《宇宙、地球和大气》这本书中曾经指出："人造卫星的另一个服务性应用也一直在发展。早在 1945 年，英国科幻小说家克拉克（Arthur C. Clarke）就曾指出，人造卫星可以用来作为中继站，使无线电讯号跨越大陆和海洋。只要把三颗卫星放在关键性的位置上，卫星转播的范围就可以遍及全世界。这个在当时看来很荒唐的幻想，在 15 年后却开始变成现实了。"阿西莫夫还特别提到，1960 年 8 月 12 日，美国发射了"回声 1 号"卫星，使克拉克的科学幻想变成了现实，而这个成功设计了卫星通讯的领导者是美国贝尔电话实验室的皮尔斯。有趣的是，皮尔斯本人也是一位业余的科幻作家，他曾用笔名发表过科幻小说。

克拉克还写过一篇异想天开、构思奇妙的短篇科幻小说《太阳帆船》，小说的科学构想是利用太阳辐射的粒子流即太阳风为动力，驱动巨大的帆片，在太空中进行帆船比赛。这篇小说一发表，立即引起美国航空航天局的高度重视，并秘密开展了利用太阳风的可行性研究。

大量的事实证明，科幻小说自它诞生以来，以其大胆的、奇妙的科学构想和对未来社会科学技术的预测，以及丰富的艺术表现手法和个性鲜明的人物形象，展示了基于现实又超越时空的生活场景。它极大地启发了读者的想象力，有助于他们展开幻想的翅膀，激活思维的创造力，从而与作品中的人物一同去探寻神秘的科学世界，并因此受

到科学魅力的启迪，训练自己的思维。这，也是我们今天特别提倡的素质教育的范畴。

应该特别指出的是，科幻小说从诞生的一刻起，就特别关注科学技术发展与人类的命运这个至关重要的问题。科幻小说家不仅讴歌科学技术的进步给人类社会带来的福音，传播科学技术的创造发明所能造福人类的种种惊喜与此同时，他们也以敏锐的洞察力，超前的预见和精辟的见解，对科学技术发明成果的滥用和负面效应的危害，提出了富有远见卓识的忠告。今天，人类正在面临的温室效应、臭氧层空洞、环境污染、物种灭绝、电脑犯罪、计算机病毒、核污染、艾滋病、电脑黑客等文明病，这些伴随科学技术发展而产生的负面效应，早已被科幻小说家不幸言中，许多科幻小说以超前意识很早就预见了滥用科技成果所产生的副作用。在这个意义上，科幻小说的警世作用同样是十分重要的。

早在20世纪初的1903年，年轻的鲁迅在留学日本时就向国人翻译介绍了凡尔纳的科幻小说《从地球到月球》和《地心游记》。另一位文学大师茅盾也在1917年编译了英国科幻小说大师威尔斯的作品《巨鸟岛》（以《三百年后孵化之卵》为名），这都是中国科幻小说发展史上值得一提的事。尤其值得关注的是，鲁迅先生当时就富有远见地指出，由于科幻小说具有"获一斑之智识，破遗传之迷信，改良思想，辅助文明"的作用，因此他大声疾呼："导中国人群以进行，必自科学小说始。"

鲁迅先生说得多么好啊！

当新世纪的钟声响起时，我们愿重复鲁迅先生的话："导中国人群以进行，必自科学小说始。"

编　者*

---

　*　注：金涛原系中国科协科普文艺委员会主任。

目　录

天　火

　　熬过五七干校的两年岁月，重回大寺中学物理教研室。血色晚霞中，墙上的标语依然墨迹斑驳，似乎是昨天书写的，门后的作息时间表却挂满了蛛网，像是前世的遗留。

　　我还是我吗？是那个时乖命蹇，却颇以才华自负的物理教师吗？

　　批斗会上，一个学生向我扬起棍棒，脑海中白光一闪……我已经随着那道白光跌入了宇宙深处，这儿留下的只是一副空壳。

　　抽屉里有一封信，已经积满了灰尘。字迹细弱而秀丽，像是女孩子的笔迹。字里行间似乎带着慌乱和恐惧——这是一刹那中我的直觉。

　　"何老师：

　　我叫向秀兰，五年前从你的班里毕业，你可能不记得我了……"

　　我记得她，她是一个无论学业、性格、容貌都毫不出众的女孩，很容易被人遗忘。但"文革"期间每次她在街上遇到我，总要低下眉眼，低低地叫一声"何老师"，使我印象颇深。那时，喊老师的学生已不多了！

　　"……可是你一定记得林天声，你最喜欢他的，你来救救他吧！……"

　　林天声！

　　恐惧伴随隐痛向我袭来。我执教多年，每届都有几个禀赋特佳的

学生，林天声是其中最突出的一个，我对他寄予厚望，但也有着深深的忧虑。因为最锋利的金刚石往往也是最脆弱的，常常被世俗的顽石碰碎。

我记得林天声脑袋特大，身体却很孱弱，好像岩石下挣扎出来的一棵细豆苗。性格冷漠而孤僻，颇不讨人喜欢，这与他的年龄极不相称。实际上，我很少看到他与孩子们凑群，总是一个人低头踱步，脚尖踢着石子。他的忧郁目光常使我想起一幅"殉道者"的油画。后来我知道他是一个"可以被教育好"的孩子，他父亲是一个"右派"，1957年自杀了。于是我也就释然了，他实际是用冷漠这层甲壳来维持自己的尊严。

他的学业并不十分突出，如果不是一次偶然的发现，我完全可能忽略这块璞玉。物理课上，我常常发现他漠然地注视着窗外，意态游离，天知道他在想些什么。偶尔他会翻过作业本，在背面飞快地写几行东西，过一会儿又常常把它撕下来，揉成纸团扔掉。

一次课后，我被好奇心驱使，捡起他才扔掉的一个纸团，摊开。纸上是几行铅笔字，字迹极潦草，带着几分癫狂。我几乎难以相信这是他的笔迹，因为他平时的字体冷漠而拘谨，一如他的为人。我费力地读着这几行字：

"宇宙在时间和空间上是无限的（否则在初始之前和边界之外是什么?），可是在我们之前的这一'半'无限中，宇宙早该熟透了，怎么会有这么年轻的星系，年轻的粒子，年轻的文明?"

"我相信震荡宇宙的假说，宇宙的初始是一个宇宙蛋，它爆炸了，飞速向四周膨胀（现在仍处于膨胀状态）。在亿兆年之后，它又在引力作用下向中心跌落，塌缩成新的宇宙蛋。周而复始，万劫不息。"

"可是我绝不相信宇宙中只有一个宇宙蛋！地球中心说和太阳中心说的新版！'无限'无中心！逻辑谬误!"

这儿是几个大大的感叹号，力透纸背，我似乎感受到他写字时的

激动。下面接着写道:

"如果爆炸物质以有限的速度(天文学家所说的红移速度,它小于光速)膨胀,那么它到达无限空间的时间必然是无限的,怎么能形成'周期'震荡?如果膨胀至有限空间(即使是难以想像的巨大空间)即收缩,那它也只能是无限空间中微不足道的一点,怎么能代表宇宙的形成?"

下面一行字被重重涂掉了,我用尽全力才辨认出来:"或许宇宙是由无限个震荡小宇宙组成,无数个宇宙蛋交替孵化,似乎更合逻辑。"

多么犀利的思想萌芽,尽管它很不成熟。为什么他涂掉了?是他自感没有把握,不愿贻笑他人?

纸背还有几行字,笔迹显然大不相同,舒缓凝滞,字里行间充斥着苍凉的气息,不像一个中学生的心境。

"永远无法被'人'认可的假说。如果它是真的,那么一劫结束后,所有文明将化为乌有,甚至一点痕迹也不能留存于下一劫的新'人'。上一劫是否有个中学生也像我一样苦苦思索过?永远不可能知道了!"

读到这些文字时,我的心脏狂跳不止,浑身如火焰炙烤。似乎宇宙中有天火在烧,青白色的火焰,吞噬着无限,混沌中有沉重的律声。

我绝对想不到,一个孱弱的身体内能包容如此博大的思想,如此明快清晰的思维,如此苍凉深沉的感受。

我知道近百年前有一位不安分的犹太孩子,他曾遐想一个人乘着光速的波峰会看到什么?……这就是爱因斯坦著名的广义相对论的雏形。谁敢说林天声不是爱因斯坦第二呢?

我不知道天文学家读到这些文字会作何感想,至少我觉得它无懈可击!越是简捷的推理越可靠,正像一位古希腊哲人的著名论断:

"又仁慈又万能的上帝是不存在的,因为人世有罪恶。"

极简单的推理,但无人能驳倒它,因为人世有罪恶!

天声的驳难也是不能推翻的，只要承认光速是速度的极限。

我把他的纸条细心地夹到笔记本里，想起他过去不知道随手扔掉了多少有价值的思想萌芽，我实在心痛。抬起头，看见天声正默默地注视着我。我柔声道：

"天声，以后有类似的手稿，由老师为你保存，好吗？"

天声感激地点头。从那时起，我们两人常常处于心照不宣之中。

可惜的是，我精心保存下来的手稿在抄家时都丢失了。

我摇摇头，抖掉这些思绪，拿起向秀兰的信看下去：

"……在河西大队下乡的同学们都走了，只剩天声和我了，他又迷上了迷信（语法欠通，我在心里评点着），一门心思搞什么穿墙术。我怕极了，怕民兵把他抓走，怎么劝他都不听。何老师，天声最敬佩你，你来救救他吧！"

我惟有苦笑。我自己也是刚从牛棚里解放出来，惴惴不安地过日子，哪有资格解救别人！

一张信纸在我手中重如千斤，纸上浸透了一个女孩的恐惧和期待。信上未写日期，邮戳也难以辨认。这封信可能是两年前寄来的，如果要发生什么早该发生了……我曾寄予厚望的学生是不会迷上什么穿墙术的，肯定是俗人的误解，也许只有我能理解他……第二天，我还是借了一辆"嘎嘎"乱响的自行车，匆匆向河西乡赶去。

河西乡是我常带学生们去大田劳动的地方，路径很熟。地面凸凹不平，常把我的思绪震飞，像流星般四射。

我的物理教学也像流星一样洒脱无羁，我不愿中国孩子都被捏成呆憨无用的无锡大阿福泥人。课堂上我常常天马行空，尽力把智者才具有的锐利的见解和微妙的深层次感觉，在不经意中灌输于学生。我的学生们至今尚无人获得诺贝尔奖，只能怪超稳定的中国社会太僵化了。

不管怎样，学生们都爱上我的物理课。四十几个脑袋紧紧地跟着你转，这本身就是一种快乐，一种回报——然而，"文化大革命"一开始，学生们不约而同地把矛头首先对准了我。在批斗台上我也能自慰，毕竟学生知道我的不同凡俗。

在一次课堂上，我讲到了"黑洞"。我说："黑洞是一种被预言但尚未证实的天体，其质量或密度极大，其引力使任何接近它的物质都被吞没，连光线也不能逃逸。"

学生们很新奇，七嘴八舌地问了很多问题：一个不小心跌入黑洞的宇航员在跌落过程中会是什么心境？被吞没的物质到哪儿去了？物质是否可以被无限压缩？既然连光线也不能逃逸，那人类是否永远无法探索黑洞内的奥秘……

我又谈到了"白矮星"，它是另一种晚期恒星，密度可达每立方厘米 10000 千克。又谈到中微子，它是一种静止质量为零的不带电粒子，可以在 0.04 秒内轻而易举地穿过地球。

不知怎么竟谈到了《聊斋》中可以穿墙而入的崂山道士，我笑道："据说印度的瑜伽功中就有穿墙术。据载，不久前一个瑜伽术士还在一群印度科学家众目睽睽之下做了穿墙表演。关于印度的瑜伽术、中国的气功，关于人体特异功能，常常有一些离奇的传说，比如靠意念隔瓶取物，远距离遥感等。很奇怪，这些传说相当普遍，简直是世界性的——当然，这些都是胡说八道。"

在一片喧嚷中，只有林天声的目光紧紧盯着我，像是幽邃的黑洞。他站起来说道：

"1910 年天文学家曾预言地球要和彗星相撞，于是世界一片恐慌，以为世界末日就要来临。这个预言确实应验了，巨大的彗尾扫过地球，但地球却安然无恙。这是因为……"

我接着说："彗尾是由极稀薄的物质组成的，其密度小到每立方厘米 10^{-22} 克，比地球上能制造的真空还要'空'。"

林天声目光炯炯地接口道:"但在地球穿过彗尾之前有谁知道这一点呢?"

学生们很茫然,可能他们认为这和穿墙术风马牛不相及,不知林天声所云为何。只有我敏锐地抓到了他的思维脉络,他的思维是一种大跨度的跳跃,在那一瞬间,我们甚至激发出强烈的共鸣。两个思维接近的人在这么近的距离内产生了共鸣,这在我看来还是不可多遇的。我挥手让学生们静下来。

"天声是对的,"我说,"人们常以凝固的眼光看世界,把一些新概念看成是不可思议的。几百年前人们顽固地拒绝承认'太阳中心说',因为他们'亲眼'看着太阳绕地球东升西落;人们也拒绝承认地球是圆的,因为他们'明明'知道人不能倒立在天花板上,自然地球下面也不能住人。这样,他们从曾经正确的概念得出似乎正确的推论,草率地否定了新概念。现在我们笑他们的固执,我们的后人会不会笑我们呢?"

我停顿了一下,环视学生。

"即使对于'人不能穿墙'这种显而易见的事实,我们也不能看做天经地义的最后结论。螺旋桨式飞机发明后,在飞机上装机枪几乎是不可能的,因为飞速旋转的桨叶对子弹形成了不可逾越的壁障,直到发明了同步装置,使每一颗子弹恰从桨叶空隙里穿过去,才打破这道壁障。岩石对光线来说也是不可逾越的,但二氧化硅、碳酸钠、碳酸钙混合融化后,变成了透明的玻璃。同样的原子,仅仅只是原子排列发生了奇妙的有序变化,便使光线能够穿越。"

我再次停顿,整理一下思路,继续说道:

"在我们的目光里,身体是不可穿透的致密体,但 X 光能穿透;地球更是不可穿越的致密体,但中微子能轻而易举地穿越过去。所以,不要把任何概念看成绝对正确,看成天经地义不可更改的事。"

学生们被我的思维震撼,鸦雀无声。我笑道:

"我说这些，只想给出一种思维方法，帮助你们打碎思想的壁障，并不是相信道家或瑜伽派的法术。天声，你说对吗？你是否认为口念咒语就可穿墙而入？"

学生们一片哄笑，林天声微笑着没有说话。

直到后来，我才知道我犯了多么愚蠢的错误。我给出了一连串清晰的思维推理，但在最后关头却突然止步，用自以为是的嘲笑淹没了新思想出现的第一声儿啼。

这正是我素来鄙视的庸人们的惯技。

我到达河西乡已是夕阳西下。黄牛在金色的夕阳中缓步回村，牛把式地背着挽具，在地上拖出一串清脆的响声。地头三三两两的农民正忙着捡红薯干，我向一个老大娘问话，她居然在薄暮中认出了我：

"是何老师哇，是来看那俩娃儿吗？娃儿们可怜哪！"她絮絮叨叨地说下去，"别人都走了，就剩他俩了，又不会过日子。你看，一地红薯干，不急着捡，去谈啥恋爱，赶明儿饿着肚子还有劲儿恋爱么？"

她告诉我，那俩娃儿一到傍晚就去黄河边，直到深夜才回来。呶，就在那座神像下面。我匆匆道谢后，把自行车放在村边，向河边走去。

其实，这老人就是一位了不起的哲学家，我想。她的话抓住了这一阶层芸芸众生的生存真谛——尽力塞饱肚子。

说起哲学，我又想起一件事。20 世纪 60 年代初，日本理学家阪田昌一提出了物质无限可分的思想。毛主席立即作了批示，说这是第一位自觉运用辩证唯物主义指导科学研究的自然科学家。全国自然闻风响应，轰轰烈烈地学起来。

我对于以政治权威判决学术问题的做法，历来颇有腹诽，这样只能产生像李森科那样的学术骗子加恶棍。但在向学生讲述物质无限可分思想时，我却毫无负疚之感，因为我非常相信它。甚至在接触到它

的一刹那，我就感觉到心灵的震颤，心弦的共鸣！我能感受到一代伟人透视千古的哲人目光。

我在课堂上讲得口舌生花，学生听得如痴如醉，包括林天声。

傍晚，我发现一个有大脑袋的身影在我宿舍前久久徘徊，我唤他进来，温和地问他有什么事。林天声犹豫很久，突兀地问道：

"何老师，你真的相信物质无限可分吗？"

我吃了一惊。纵然我自诩为思想无羁，纵然我和林天声之间有心照不宣的默契，但要在高压政治气候下说出这句话，毕竟太胆大了。我字斟句酌地回答："我是真的相信，你呢？"

林天声又犹豫了很久。

"何老师，人类关于物质世界的认识至今只有很少几个层次，总星系、星系团、星系、星体、分子、原子、核子、层子或夸克。虽然在这几个层级中物质可分的概念都是适用的，但做出最后结论似乎为时过早。"

我释然笑道：

"根据数学归纳法，在第 $n+1$ 步未证明之前，任何假设都不能作为定理。但如果前几步都符合某一规律，又没有足够的反证去推翻它，那么按已有规律作出推断毕竟是最可靠的。"

林天声突然说：

"其实我也非常相信。我一听你讲到这一点，就好像心灵深处有一根低音大弦被猛然拨动，发出嗡嗡的共鸣。"

我们相互对视，发现我们又处于一种极和谐的耦合态。

但林天声并未就此止步。

"何老师，我只是想到另外一点，还想不通。"

"是什么？"

"从已知层级的物质结构看，物质'实体'只占该层级结构空间的一小部分，如星系中的天体、原子中的电子和原子核。而且既然中微

子能在任何物质中穿越自如，说明在可预见层级中也有很大的空隙。你说这个推论对吗？"

我认真思索后回答道：

"我想是对的，我的直觉倾向于接受它，它与几个科学假设也是互为反证的。比如按宇宙爆炸理论，宇宙的初始是一个很小的宇宙蛋，自然它膨胀后所形成的物质中都有空隙。"

林天声转了话题：

"何老师，你讲过猎狗追兔子的故事，猎狗在兔子后 100 米，速度是它的两倍。猎狗追上这 100 米后，兔子又跑了 50 米；追上这 50 米，兔子又跑了 25 米……这似乎是一个永远不能结束的过程。实际上猎狗很快就追上兔子了，因为一个无限线性递减数列趋向于零。"

我的神经猛然一抖，我已猜到了他的话意。

林天声继续他的思路：

"物质每一层级结构中，实体部分只占该层级空间的一部分，下一层级的实体又只占上一层级实体部分的若干分之一。所占比率虽不相同，但应该都远小于 1——这是依据已知层级的结构，用同样的归纳法得出的推论。所以说，随着对物质结构的层层解剖，宇宙中物质实体的总体积是一个线性递减数列。"

"如果用归纳法可以推出物质无限可分的结论，那么用同样的归纳法可以推出：物质的实体部分必然会趋近于零。所以，物质只是空间的一种存在形式，是多层级的被力场约束的畸变空间。老师，我的看法是不是有一点道理？"

我被他的思维真正震撼了。

心灵深处那根低音大弦又被嗡嗡拨动，我的思维好像随着这缓缓抖动的波峰，到深邃的宇宙深处探听神秘的天籁。

见我久久不说话，天声担心地问：

"老师，我的想法在哪个环节出错了？"

他急切地看着我，目光中跳闪着火花，似乎是盗取天火的普罗米修斯。天声这种近乎殉道者的激情使我愧悔，沉默了很久，我才苦笑道：

"你以为我是谁，是牛顿、马克思、爱因斯坦、霍金、毛泽东？都不是。我只是一个普通的中学物理教师，纵然有些灵性，也早已在世俗中枯萎了、僵死了。我无法做你的裁判。"

我们默然相对，久久无言，听门外虫声如织。我叹息道：

"我很奇怪，既然你认为自己的本元不过是一团虚空，既然你认为所有的孜孜探索最终将化亡于宇宙混沌，你怎么还有这样炽烈的探索激情？"

天声笑了，简洁地说：

"因为我是个看不透红尘的凡人，既知必死，还要孜孜求生。"

夜幕晦暗，一道青白光的流星撕破天幕，倏然不见，世界静息于沉缓的律动。我长叹道：

"我希望你保持思想的锋芒，不要把棱角磨平，更要谨藏慎用，不要轻易折断。天声，你能记住老师的话吗？"

河边地势陡峭，那是黄土高原千万年来被冲刷的结果，是大自然的鬼斧神工。夕阳已近源上，晚霞烧红了西天。

老太太所说的神像实际上是一尊伟人塑像。塑像的艺术性我不敢恭维，它带着文化大革命特有的呆板造作。但是，衬着这千古江流，血色黄昏，也自有一番雄视苍茫的气概。

暮色中闪出一个矮小的身影，声音抖抖地问：

"谁？"

我试探地问："是小向吗？我是何老师。"

向秀兰哇的一声扑过来，两年未见，她已是一个典型的农村女子了。她啜泣着，泪流满面，目光中是深深的恐惧。我又立即进入了为

人师长的角色：

"小向，不要怕，何老师不是来了嘛，我昨天才见到你的信，来晚了。天声呢？"

顺着她的手指，我看到山凹处有一个身影，静坐在夕阳中，似乎是在做吐纳功。听见人声，他匆匆做了收式。

"何老师！"他喊着，向我奔过来。他的衣服破旧，裤脚高高挽起，面庞黑瘦，只有眸子仍熠熠有光。我心中隐隐作痛，他已经跌到生活的最底层了，但可贵的是他的思维仍是那样不安分。

我们对视良久，我严厉地问：

"天声，你最近在搞什么名堂，让秀兰这样操心？真是在搞什么穿墙术？"

天声微笑着，扶我坐在土埂上：

"何老师，说来话长，这要从这一带流传很广的一个传说说起。"

他娓娓地讲了这个故事。他说，距这儿几十千米地有一座天光寺，寺中有一位得道老僧，据说他对气功和瑜伽功修行极深。"文化大革命"开始，他自然逃不了这一劫，脖子上挂一双僧鞋，天天被拉上街批斗。老僧不堪其扰，有一天批斗队伍路过一座古墓，老僧叹息一声，径直向古墓走去。押解的人一把没拉住，他已倏然不见，古墓却完好如初，没有一丝缝隙。吓呆了的红卫兵把这件事传扬开来。

他讲得很简洁，却自有一种冰冷的诱惑力，我甚至觉得向秀兰打了一个冷颤。我耐着性子听完，悲伤地问：

"你呢，你是否也相信这个神话？难道你的智力已降到文盲的档次了？"

天声用锐利地目光看着我：

"稍具科学知识的人的确不会相信这种违反科学的传说。只有两种人会相信：一种是无知者，他们是盲从；一种是哲人，他们能跳出经典科学的圈子。"

他接着说道："何老师，我们曾讨论过，物质只是受力场约束的畸变空间。两道青烟和两束光线能够对穿，是因为畸变的微结构之间有足够的均匀空间。人体和墙壁之所以不能对穿，并不是它们内部没有空隙，而是因为它们内部的畸变。就像一根弯曲的铜棒不能穿过一根弯曲的铜管，哪怕后者的直径要大得多。但是，只要我们消除了两者甚至是一方的畸变，铜棒和铜管就能对穿了。"

他的话虽然颇为雄辩，却远远说服不了我。我苦笑一声问道：

"我愿意承认这个理论，可是你用什么消除空间的畸变，口念咒语、意沉丹田？你知道不知道，打碎一个原子核需多少电子伏特的能量？你知道不知道，科学家们用尽解数，至今还不能把夸克从强子的禁闭中释放出来？且不说更深的层级了！"

林天声怜悯地看着我，久久未言，他的目光甚至使我不敢与他对视。很久，他才缓缓说道：

"何老师，用意念的力量去消除物质微结构的空间畸变，的确是难以令人信服的。我记得你讲过用意念隔瓶取物，我当时并不相信，只是觉得它既是世界性的传说，必有产生的根源。从另一方面说，人们对于自身结构，对于智力活动、感情、意念、灵感，又有多少了解呢？你还讲过，实践之树常绿，理论总是灰色的。如果某种可能存在的事实用现有理论完全不能解释，那么最好的办法是忘掉理论，不要在它身上浪费时间，要去全力验证事实，因为这种矛盾常常预示着理论的革命。"

我没有回答，心灵突然起了一阵颤动。

"你去验证了？"我低声问。

林天声坚决地说：

"我去了。我甚至赶到天光寺，设法偷来了老和尚的秘笈。这中间的过程我就不说了，是长达三年的绝望的摸索，在地狱的幽冥世界里，孤独和死寂使我几乎发疯。直到最近，我才看到一线光明。"

听他的话意，似乎已有进展，我急忙问道：

"难道……你已经学会穿墙术？"

我紧盯着他，向秀兰则近乎恐惧地望着他，显然她并不清楚这方面的进展。我们之间是一片沉重的静默，很久很久，天声苦笑道：

"我还不敢确认，我曾经两次不经意地穿越门帘——从本质上讲，这和穿过墙壁毫无二致。但是，我是在意识混沌状态下干的，我还不知道是否确有此事。等到我刻意追求这种混沌状态时，又求之不得了。"

他的脸庞突然焕发光彩："但今晚不同，今晚我自觉竞技状态特佳，大概可以一试吧！我想这是因为何老师在身边，两个天才的意念有了共鸣。何老师，你能帮我一把吗？"

他极恳切地看着我。我脸红了，我能算什么天才？一条僵死的冬蚕而已。旋即又感到心酸，一个三餐无着的穷光蛋，却醉心于探索宇宙的奥秘，又是用这样的原始方法，这使人欲哭无泪。我柔声问：

"怎样才能帮你？你尽管说吧。"

向秀兰没有想到我是这种态度，她望着我，眼泪泉涌而出。我及时地拉住她：

"秀兰，不要试图阻拦他。如果他说的是疯话，那他这样试一次不会有什么损失，至多脑袋上撞一个青包，"我苦笑道，"也许这样会使他清醒过来。如果他说的是事实，那么……即使他在这个过程中死亡、消失，化为一团没有畸变的均匀空间，那也是值得的，它说明人类在认识上又打破一层壁障。你记得普罗米修斯盗取天火的故事吗？"

向秀兰忍住悲声，默默退到一边，泪珠滚滚而下。

天声感激地看着我，低声道："何老师，我就要开始了，你要离我近一些，让我有一个依靠，好吗？"

我含泪点头。他走到塑像旁，盘腿坐好，忽然回头，平静地向姑娘交待：

"万一我……你把孩子生下来。"

我这才知道向秀兰已经怀孕了。向秀兰忍着泪、神态庄严地点头，并没有丝毫羞涩。

最后一抹夕阳的余辉洒在天声身上，他很快进入无我状态，神态圣洁而宁静，就像铁柱上锁着的普罗米修斯在安然等待下一次苦刑。我遵照天声吩咐，尽力把意念放松。我乘着时间之船进入微观世界，抚摸着由力场约束的空间之壁，像是抚摸一堆堆透明的肥皂泡。在我的抚摸下，肥皂泡一个个无声地破裂，变成均匀透明的虚空。

意念恍惚中我看到天声缓缓站起来。下面的情形犹如电影慢动作一样刻在我的记忆中：天声回头，无声地粲然一笑，缓步向石座走去，在我和小向的睽睽目光中，人影逐渐没入石座，似是两个半透明的物体叠印在一起，石像外留下一个淡淡的身影。

我下意识地起身，向秀兰扑在我的怀里，指甲深深嵌入我的肌肤。不过，这些都是后来才注意到的。那时我们的神经紧张得就要绷断，两人死死盯着塑像，脑海一片空白。

突然，传来一声令我们丧魂失魄的怒喝：

"什么人！"

那一声怒喝使我的神经铮然断裂，极度的绝望使我手脚打颤，好半天才转过身来。

是一个持枪的民兵，一身"文革"的标准打扮，身穿无袖章的军装，敞着怀，军帽歪戴着，斜端一支旧式步枪，是一种自以为时髦的风度。他仔细打量着向秀兰，淫邪地笑道：

"妈的，老马还想啃嫩草咧。妈的臭老九！"（他准确地猜出了我的身份）

他摇摇摆摆走过来，我大喝一声：

"不要过来，那里面有人！"

话未落，我已经清醒过来，后悔地咬破了舌头，但为时已晚了。那民兵狐疑地围着石像转了一圈，恶狠狠走过来，噼噼啪啪给我两个耳光：

"老不死的，你敢玩我？"

这两巴掌使我欣喜若狂，我一迭声地认罪："对对，我是在造谣，我去向你们认罪！"我朝向秀兰使个眼色，主动朝村里走去。向秀兰莫名其妙，神态恍惚地跟着我。民兵似乎没料到阶级敌人这样老实，神态狐疑地跟在后边。这时向秀兰做了一件令她终生追悔的事。走了几步，她情不自禁地回头望了一眼，民兵顺着她的目光回头一看，立刻发出一声惊呼！

一个人头正缓缓地从石座中探出来，开始时像一团虚影，慢慢变得清晰，接着是肩膀、手臂和半个上身。我们都惊呆了，世界也已静止。接着我斜睨到民兵惊恐地端起枪，我绝望地大吼一声，奋力向他扑去。

"啪！"

枪声响了，石像前那半个身体猛一颤抖，用手捂住前胸。我疯狂地夺过步枪，在地下摔断，返身向天声扑过去。

天声胸前殷红斑斑，只是鲜血并未滴下，却如一团红色烟雾，凝聚在胸口，缓缓游动。我把天声抱在怀里，喊道：

"天声！天声！"

天声悠悠醒来，灿烂地一笑，嘴唇蠕动着，清楚地说道：

"我成功了！"便安然闭上了眼睛。

下面的事情更是令人不可思议。我手中的身体逐渐变轻，变得柔和、虚浮，顷刻间如轻烟般四散，一颗亮晶晶的子弹砰然坠地。只有天声的身体和石像底座相交处留下一个色泽稍深的椭圆形截面，但随之也渐渐淡化。

一代奇才就这样在我的怀里化为虚无。我欲哭无泪，拾起那颗尚

发烫的子弹，狠狠地向民兵逼过去。

民兵惊恐欲狂，盯着空无一人的石像和我手中的子弹，忽然狼嚎般叫着回头跑了。

此后，这附近多了一个疯子。他蓬头垢面，常常走几步便低头认罪，嘴里嘟嘟囔囔地说：我不是向塑像开枪，我罪该万死……

除了我和向秀兰，谁也弄不清他说的是什么意思。

我从痛不欲生的癫狂中醒来，想到自己对生者应负的责任。

向秀兰一直无力地倚在地上，两眼无神地望着苍穹。我把她扶起来，低声说道：

"小向……"

没有等我的劝慰话出口，秀兰猛地抬头，目光奇异地说：

"何老师，我会生个男孩，像他爸爸一样的天才，你相信吗？"她遐想地说，"儿子会带我到过去、未来漫游，天声一定会在天上等着我，你说对吗？"

我叹了口气，知道小向已有些精神失常了，但我宁可她暂时精神失常，也不愿她丧失生活的信心。我忍泪答道：

"对，孩子一定比天声还聪明。我还做他的物理老师，他一定会成为智者、哲人。我送你回村去，好吗？"

我们留恋地看看四周，相倚回家去。西天上，血色天火已经熄灭，世界沉于深沉的暮色中。我想天声不灭的灵魂正在幽邃的力场中穿行，去寻找不灭的火种。

秘密投票

资料之一：

《量子幽灵》

20世纪20年代，埃尔温·薛定谔和维尔纳·海森堡创立了量子力学，它的基点是建立于亚原子粒子的波—粒二象性和量子世界的内在模糊性。70年来，它已发展成富丽堂皇的理论大厦。迄今为止，所有极端灵敏的原子实验都以令人惊讶的精确度证实了量子效应。它对诸如粒子结构、基本粒子的产生和湮灭、超导性及反物质的预测，对某些坍缩恒星的稳定性所作出的成功解释，都证实了量子理论的强大生命力。

然而，这座富丽堂皇的大厦却是建立在一种深刻而不稳定的佯谬之上。这个佯谬已超过了正统物理学家的逻辑思维所能容许的程度，爱因斯坦便是一个坚定的反对派，他的名言是："上帝不掷骰子。"

资料之二：

《薛定谔猫佯谬》

对量子世界的内在模糊性可以用一个简单的例子说明。把一个电子装入黑盒中，根据海森堡的不确定性原理，该电子以相等的可能性位于盒中任一地方。现假设插入一块屏将盒子分成A、B两腔，在我

们未窥视之前，该电子以相同的可能性处于两腔室之中，就像每腔中存在一个电子幽灵。只有当观察者确认它在某一腔时，另一腔的电子幽灵才即时性地消失。而且，即使此时 A、B 两腔已经被分离开并被移到数百万光年的距离，使两者之间不可能有任何有效的信息传递，这种即时性的联系依然存在。量子力学的奠基人薛定谔早就觉察到这种佯谬可以放大到宏观级上出现，他在一个著名的思想实验中设计如下：

"一只猫关在黑盒中，盒中有很小一块辐射物质，按它的衰变几率，一小时内可能有一个原子衰变，或许没有一个原子衰变。通过一个机构，衰变原子可以打开一个氢氰酸瓶。所以，没有原子衰变时，猫是活的；反之猫是死的。"

由于量子世界的不稳定性，这只可怜的猫将处在悬而未决的死活状态中，直到某个观察者窥视时，它要么生气勃勃，要么立即死亡。

猫佯谬摧毁了我们把量子幽灵局限于微观世界的愿望。如果遵循量子理论的逻辑，则大部分物理宇宙将处于不稳定的状态。

资料之三：

《芯片中的电子幽灵》

20 世纪 70 年代，英特尔公司创始人戈登·穆尔提出了穆尔法则：芯片集成度每年将增加一倍。这个法则至今为止一直是正确的。估计到 2001 年，芯片商将用可见光刻印出 0.193 微米线刻宽度的芯片，下一步将用深紫外光刻出 0.18～0.13 微米的结构，再下一步用超紫外辐射刻出 0.05 微米的结构。这时将有量子效应导人芯片，电子像任性的幽灵一样跳来跳去。这项技术的开发将耗费上万亿美元，是任何一个公司或国家也不能独立承受的，这实际上将导致技术的独裁。

佐藤先生打来电话时，七岁的孙子小勇正玩得尽兴。今天的游戏是"托起一个冷太阳"——难得他的科学家父亲为他设计了这么多趣

味盎然的科学游戏。他父亲就任三亚能源研究所所长已经 6 年没有回家了，尽管信息传递能使他看到、听到、摸到、嗅到自己的儿子，但终究不是真正的感情交流，所以他设计的这些游戏是一个父亲的感情补偿。可惜，冷聚变〔指在室温下进行的轻核聚变。轻核聚变（如氘核）能产生巨大的能量，但只能在高温（1 亿摄氏度）高压的极端条件下才能进行，无法用于和平目的。1987 年，美国、英国两位科学家声称在实验室中实现了常温 27℃的核聚变，但其他科学家未能重复此结果〕技术诞生 40 年后，海洋中那似乎取之不尽的冷聚变原料（氘、氚）将近枯竭，都花在耗费巨大的宇宙开发上了。

小勇做游戏时，我坐在阳台上，一直用小型透视仪悄悄地观察着他。我知道小家伙生性莽撞，天不怕地不怕，令人担心，不过，这个游戏他倒是做得一丝不苟。他圆睁双眼，小心翼翼地用激光点燃金属氢靶，所产生的极高压力和温度点燃了冷太阳。顿时，小小的玻璃罩中闪烁着清冷的微光。小勇兴高采烈，立即拨通了朋友的电话："小华，小华，你的游戏做成功了吗？我做成了，你看，它正在那儿闪光哩。"

屏幕上的小华羡慕地看着玻璃罩中的闪光。正在这时，电话铃又响了，屏幕左上角打出了通话者的电话号码，是从日内瓦打来的。我拿起话筒，屏幕自动分成两半，一个谦恭的中年人出现在左边屏幕上："您好，司马金先生。我是否先作一番自我介绍？"

我笑道："不必，我认识你，佐藤育治先生，世界政府未来及发展部部长。有什么需要我效劳吗？"

"世界政府想请您去采访一个重要会议，非常、非常重要的会议。"他吐字缓慢地强调道，"绝不亚于您 30 年前采访量子机器人的诞生。我们想请您用椽之笔记下这一历史性的时刻，就像 30 年前那样。"

我笑道："我知道，你们是想在庄严的会场上摆上一只有纪念意义的青瓷古花瓶。好吧，我很乐意去。还有哪些人参加？"

"这是一次秘密会议，世界政府不派任何人参加——我们不想在这样深奥的科学会议上充当'聋子的耳朵'，也没有通知新闻界。只有一位年轻的女记者莎迪娜陪您去。"

小勇早已挂断了与小华的电话，目不转睛地盯着佐藤先生。佐藤微笑道："这是您的小孙子吧，机灵的小家伙。"

"对，是我的孙子小勇。请问会议地点？"

"海南岛的三亚市。"

我立即证实了我暗中的猜测：儿子当所长的那个地方是世界上唯一有能力进行真空能研究的，不用说，这次会议肯定与此有关。看来佐藤先生也猜到了我的思维，他笑着补充道："令郎司马林先生是与会的 21 名代表之一，代表中至少还有一位是您的熟人——科学界的元老奥德林先生。"

我沉默了，单是这句话就足以使我了解了这次会议的重要性。奥德林先生生前是世界最著名的物理学家，是量子机器人之父。门下桃李成群，很多弟子（包括我儿子）已是当今的科学泰斗。他的头脑极为敏锐明断，甚至在 78 岁高龄去世前仍不减色。他是 10 年前去世的，但他那个宝贵的头颅被做了"永生"处理，以备人们在关键时刻仍能听取他的建议。这次是他 10 年来的第一次复活。

我只顾沉思，没注意到小勇一直在偷偷地动自己的心思。这会儿他拉拉我的胳膊央求道："爷爷，让我也去吧！"这个机灵鬼知道我不会同意，不等我开口拒绝便径自转向佐藤先生，笑嘻嘻地说："佐藤伯伯，让我也去吧，我还从没有'真正'看过爸爸呢。"

我喝道："不许胡闹！"把他从屏幕旁扯走。小勇用力挣扎着，回头看着佐藤先生。佐藤先生略为考虑后说："让他去吧！这是一次决定未来的会议，让一个'未来'的代表列席，倒也颇有纪念意义。"

小勇立即欢呼雀跃，像一只蹦上蹦下的百灵。佐藤先生告诉我，莎迪娜小姐已经出发同我来会合，估计很快就要到达我的寓所。然后

他意味深长地说："Good Luck（好运气）。"

在其后的采访中我才悟到，这绝不是一句普通的礼貌用语。

在等待莎迪娜小姐的空当儿，我开始对这次采访稍作准备，从电脑中调出了有关真空能的简要资料。做了一辈子科学记者，退休后我仍用一只眼睛盯着科学界的进展，所以对这项研究并不陌生。我知道地球上 30 年来爆炸性的发展已耗尽了矿物能源，核能源也即将枯竭，可再生能源可谓是杯水车薪。开发真空能是唯一可行的出路——碰巧真空能又几乎是无限的，一旦开发成功，人类在数万年、数十万年都不用再担心能源问题。我还从屏幕上搜索到一段话，这是儿子 5 年前在世界政治家联谊会上所作的关于真空能的科普报告："早在 20 世纪80 年代，一些最敏锐的科学家已猜测到真空并不空，它蕴含着极为巨大的能量，每立方厘米达 10^{87} 焦耳级。核能是迄今为止人类获得的最强大的能源，但与真空能相比实在是微不足道。这种伪真空是不稳定的，可以用某种方法激活。一旦做到这一点，人类将会在一夜间成为一个过于富裕的富人，不知道该如何花费自己的财产。"

书房里监视顶楼停机坪的屏幕自动打开了，我看见一架甲壳形的微波驱动双人飞碟正在降落，年轻的莎迪娜小姐轻盈地跳出来。我按下通话钮：

"莎迪娜小姐，中央电梯已经打开，请下来吧！"

莎迪娜向我嫣然一笑，走进电梯间。电梯在 280 层高楼中高速下降时，我一直在屏幕上端详着她。这是一名印度女子，披着洁白的沙丽，额头点着红点，长得异常漂亮，是那种接近完美的容貌，所以我怀疑她是量子人，即用量子电脑作大脑的生物机器人。

莎迪娜从电梯中走出来，我迎上去同她握手。她的身段婀娜飘逸，微褐色的皮肤毫无瑕疵。当然我不会不识趣地说出自己的猜测，在 22世纪，不问对方的族类和不问女士的年龄一样是起码的礼节。

但莎迪娜小姐却是异常坦率："你好，司马金先生，我叫 RB＼莎

迪娜。"

RB—Robor，这是量子人的识别符。29 年前，世界政府曾通过一项法令，规定量子人在人际交往中必须先报自己的族类。后来，随着量子人的强大，在反对族类歧视的旷日持久的斗争中，这项法令已名存实亡了。不过近年来量子雅皮士中有一种复古倾向，他们不再羞于 RB 的头衔，这种变化与量子人的自豪感的增强是同步的。

"很高兴能与德高望重的司马先生同去采访。我与令郎很熟悉，甚至可以说他是我心目中的圣像，当然这是没有希望的单相思。"

她笑着说，声音十分甜美。我当然不会对她的玩笑认真，我也笑道："谢谢你对我儿子的推崇，不过最好不要让我孙子听见，我怕他要挺身而出保护母亲的感情专利。对了，佐藤先生已准许这个小家伙与我们同去。现在就出发吧。"

"好的。"

我唤上小勇乘中央电梯升到 280 层楼顶，柔性结构的大楼在微风中轻轻摇荡，天空碧蓝如洗，能望见远处的宇航巴士站的尖顶。小勇一看见那艘玲珑精巧的微波驱动飞碟，目光就移不开了。

"阿姨，我还没有驾驶过这种飞碟呢，让我试试吧！"

我说："不准胡闹，你这个冒失鬼，想把咱们从天上摔下来吗？"

狡猾的小勇仍采取迂回作战的方式，央求地望着莎迪娜。

"你敢吗？"莎迪娜逗他。

"敢！"

"你不怕把咱们从天上摔下来？"

"不怕！"他连忙改口，"不会，绝对不会，我从 5 岁起就驾驶单人飞行器了！"

莎迪娜回头低声对我说："让他驾驶吧！这种飞碟是很安全的，对于危险操作能自动中止。"

我点点头。小勇立即兴高采烈，拉着阿姨详细询问了操作要领，

10 分钟后，他就驾着飞碟上天了。

无数微波光束从地面上发射过来，组成无形的光网。飞碟从网上汲取着能量，在松软的白色云层中钻入钻出。脚下是密密的高架单轨路，有翼飞车在轨道上穿梭，织出一片白光。远处，太空升降机正用强度极大的碳纳米管（一种以纳米尺度存在的碳的管状结构。由于它的晶体结构里几乎没有缺陷，因而强度极大，硬度超过金刚石，能满足太空升降机的特殊需要）缆绳快速放下一个圆形乘员舱。莎迪娜说，升降舱里肯定是月球太空城里来的与会代表。这次来的 21 名代表中，除了奥德林先生外，有 10 名是自然人，10 名是量子人。我扭头看看她的倩影，感慨道："30 年前我采访了世界上第一个能自我设计、自我更新的量子机器人，那时它还是那种四肢僵硬、方脑袋、头上装碟形天线的笨家伙。当时有一种观点认为，机器人的形态设计要力求实用，能用一只眼睛看东西就绝不要第二只。我儿子——他是奥德林教授最喜爱的一名弟子——就是信奉这一主张的。他为第一个量子人输入了类似的自我优化程序。我没想到今天的量子人……怎么说呢，比真人还像真人。"

莎迪娜笑道："我想这是量子人的寻根心态在作怪，归根结底，它是硅文化对碳文化的仰慕。"

小勇一直在聚精会神地驾驶飞碟，这时他扭头说："爷爷，阿姨，三亚航空站已经到了，我现在开始降落。"

脚下是陆地的尽头，浩瀚的大海包围着一片旖旎的椰林风光。飞碟擦过椰林，降落在机场。走下飞碟，小勇一眼就看见了爸爸："爷爷，爸爸在那儿！"

儿子正在一架巨大的同温层飞机的舷梯旁同一个怪物说话。那怪物单臂、单眼、单耳、无足，用气垫行走，用一只独眼傲然地扫视着机场。莎迪娜说："这是量子人的首席代表 RB＼U35 先生。"她笑道，"他倒是令郎那套实用主义哲学的身体力行者，至今拒不采用自然人

的容貌。像他这样的量子人已经不多见了。"

儿子同那个怪物谈得很融洽，不时打着手势。他把怪物送进迎宾车辆，这时另一架巨大的扑翼式飞机降落了，舷梯放下后，儿子急步登机，五分钟后他捧着一个银白色的大匣子走出来。从他毕恭毕敬的神态看，我知道这里面一定是奥德林先生，或者说是奥德林先生的头颅。

他把匣子送进一辆无人气垫车中，气垫车平稳无声地开走了。他这才抬头看见我们三人，赶忙迎过来："你好，爸爸；你好，莎迪娜小姐；还有你。"他拍拍儿子的头，"爸爸，你怎么把他也带来了？"

他把小勇搂到身边。看着这一对父子的神态是蛮有趣的，他们在全息传递中已经非常熟悉了，但又分明是陌生人，浓浓父子情中有掩不住的生疏。我端详着儿子，他的鬓边已有银丝，目光清澈，表情沉稳，只是眉尖暗锁忧色。我知道他作为会议的东道主，肩上的担子是很重的。20 年的马拉松研究马上就要得出判决了，他的心情复杂可想而知。未等我回话，小勇抢先说道："爸爸，我是会议列席代表，是未来派的代表呢。"

我向儿子简单地解释道："这是佐藤先生的好意。林儿，刚才你送走的是奥德林先生吗？"

"对，准备今晚让他复活。你们先回宾馆休息。与会代表的一些背景资料已经输入宾馆的电脑，晚上你们可以先熟悉一下。"

"我可以先见一见奥德林先生或其他代表吗？"

儿子歉然说："恐怕不行。在这次秘密投票前，他们不愿会见任何人。明天在会场即时采访吧。"他送我们上了车。

在路上，小勇不停地问："爷爷，奥德林教授是什么人？很伟大吗？他能复活几次？"

莎迪娜忙把小勇拉到怀中，低声回答他的问题。她似乎天生具有母亲的本能，很难想象她实际上是一个中性的机器人。我想起来了，

刚才同儿子谈话时，莎迪娜一直反常地沉默，目光执拗地追随着我儿子。她的酡红的面颊上，幽深的双瞳里，到处洋溢着盈盈的爱意。她真的爱上我儿子了么？我没料到"中性"的量子人也能进化出感情程序。

儿子为我们安排的寓所很漂亮，半球形的墙壁上用全息技术显示着洁白松软的沙滩和青翠欲滴的椰树。莎迪娜小姐把小勇领走了，我从电脑中调出21名与会代表的资料，聚精会神地看起来：

奥德林（2110～2188年）著名的理论物理学家和实验物理学家，量子机器人之父，在超弦理论〔这是为了把引力与其他已经统一的三种力——电磁力、弱力和强力——统一而提出的一种假设，它认为宇宙中最基本的粒子像小小的环，在低温下收缩为点，因而它的行为符合现今的低能物理学中关于点状粒子（无大小）的描述。但在高温下又扩张为具有特殊对称性的环，因而可使引力在描述上与其他力统一〕及磁单极〔磁单极是一种"讨厌"的粒子。在各种尝试把自然力统一的理论中，必然出现巨量磁单极，它会使宇宙质量比目前的估算值增大10亿倍，可是没有观测证据表明它存在于今天。为了克服这个矛盾，一种暴胀理论说，我们的宇宙可能从一个极小的区域（不含或只含一个磁单极）暴胀而来〕的研究上极有建树。

RB＼U35（2179～ ）擅长粒子加速器的研究，他研制的小夸克（Leptoguark）加速器是开发真空能试验的关键设备。

司马林（2143～ ）专事真空能的研究，三亚真空能研究所所长。

德比洛夫（2138～ ）科学家及未来学著名学者，世界政府未来发展部总顾问。

RB＼金载熙（2182～ ）宇宙物理学家，蛀洞旅行的实际开发者。

……

我看完资料，发现其中的自然人代表我大都熟悉，量子人代表

（他们大都在 30 岁以下），我也多闻其名。可以说，地球科学界和思想界的精英全部集中到这里了。

这时电话铃响了，儿子在电话中报歉地说："爸爸，我本该去看望你的，但我想还是你来吧，我们准备复活奥德林教授，希望你和莎迪娜在场。"稍停他又补充道，"把那位未来的小代表也带来吧。"

30 年前，奥德林教授是夏威夷 UCJRG 基地的主管。UCJRG 是以美国、中国、日本、俄罗斯、德国五国国名的首字母合成的词。他们协力开发 0.05 微米线刻宽度的量子芯片，每年科研投资费为 8000 亿美元，这是任何一个国家都无力单独承担的。我想，正是这次卓有成效的合作，提供了日后国界消亡、成立世界政府的契机。

林儿大学毕业后就到 UCJRG 基地工作。2168 年夏天，我去美洲采访归来，在夏威夷作了短暂停留。我没有事先通知儿子，想给他一个意外惊喜，结果我有幸撞上了科学史上最激动人心的时刻之一。

那天，警卫同内部通话后，把我领到一个小小的餐厅。餐厅很简朴，同基地内其他美轮美奂的建筑不大协调。我的一只脚刚踏进门，就听见一片欢呼声，儿子紧紧把我抱住，几十个年轻研究人员都举着香槟酒围着我，欢迎"世界上最幸运的记者"。他们把一只酒杯塞给我，邀我共同干杯。这些平时礼貌谦恭的雅皮士们今天都很忘形，他们在这间小小的餐厅里挤挤撞撞，不少人已有醉意，步履蹒跚。我把杯中酒一饮而尽，笑道："酒是喝完了，总得告诉我庆贺的主题吧。"

人群中只有两个人显得与众不同：一个是 50 多岁的白人男子，也举着酒杯，但目光清醒。兴奋的众人时时把目光聚集于他。我猜他一定是儿子的导师奥德林先生。另一个就是世界上第一位量子人，就是那种方脑袋、四肢僵硬、装着碟形天线的怪物。儿子笑着告诉我："第一个量子人已经诞生了。我们原想小小地享受一下研究者的特权——暂不向世界宣布，把这点快乐留给自己尽情享受一晚。爸爸，你真是

最幸运的记者，恰在这时闯了进来。奥德林先生已经决定把这条新闻的独家采访权留给你。"

奥德林教授穿着一件方格衬衣，领口敞开，他笑嘻嘻地向我伸出多毛的手。我感激地说："谢谢，谢谢你给我的礼物，它太珍贵了！"

"不必客气，这是你的 Good Luck。"

我第一个采访的是那位方脑袋的量子人 RB＼亚当，那时在心理上我还未能把他视为同类。他不会喝酒，只是一直端着一只空杯，两只电子眼冷静地看着我。

我立即切入正题："RB＼亚当先生，你作为一项世纪性科学成就的当事人，请向一个外行解释一下，为什么计算机芯片的线刻宽度降到 0.05 微米之下，就有如此重要的意义？"

RB＼亚当的合成声音非常浑厚，他有条不紊地说："记得上个世纪 50 年代，一位著名的科幻作家阿西莫夫曾经敏锐地指出，计算机技术的发展肯定有一个转折点，即：一旦制造出复杂得足以设计和改进自身的机器人，就会引起科技发展的链式反应。当芯片线刻宽度从 0.193 微米、0.13 微米下降到 0.05 微米时，机器人族类就能自我繁殖和进化了，我就是这个幸运者。"

"刚才有人告诉我，这种芯片将引人量子效应。"

"对，自然人的大脑里就有这种效应。直觉、灵感、情感和智力波动等，从本质上讲与量子的不确定性是密切相关的。今后量子人的思维将更接近人类——某些功能还要强大得多。那种永不犯错误但思维僵化的机器人不会再有了。"

我笑道："你会不会偶然出现 $2\times2=5$ 的错误？"

RB＼亚当也笑了，简单地反问道："你呢？不，我说的错误是高层次的错误，是量子效应在宏观级上的表现。"

我在屋中采访了十几个人（包括林儿），凭着多年首席记者的敏感，我已对这项成就有了清晰的认识和自己的判断。然后，我才回头

采访本次事件的主角，我坦率地说："教授，请原谅我的坦率。我首先要向你道喜，但随即我还要说出自己的忧虑。"

教授咬着一只巨大的烟斗，饶有兴趣地说："请讲。"

"采访了你的十几位助手后，我有一个强烈的感觉，科学研究是越来越难了。过去，阿基米德洗澡时可以发现浮力定律，莱特兄弟可以在车棚里发明飞机。所以科学可以是大众的事业，其数量之多足以自动消除其中的缺陷：安培因操作失误未发现电磁现象，法拉第又重新发现了；苏联的洲际火箭爆炸事故使 160 名科学精英死于一旦，但还有其他的苏联科学家和其他国家的科学家来继续这项事业。但现在呢，科学研究如此昂贵和艰难，使许多项目成了独角戏。这难免带来许多不稳定因素：万一你们的研究方向错了？领导者恰好是一个笨蛋？海啸毁了你们的基地？……就很难有效地得到补偿了。恐怕随着科学的发展，这种情况还会加剧。那么，人类命运不是要托付给越来越不稳定的因素吗？"

奥德林教授听后久久不说话，只是定定地看着我。我们之间长达 20 年的友谊和默契就是从此刻开始建立的。他的弟子们都围过来，等着他回答。很长时间之后教授才说："这正是我思考了很久的问题。我很佩服你，你作为一个非专业者也敏锐地发现了它。不错，人类在征服自然时，自然也在悄悄进行报复。当人类的触角越伸越远时，世界的不确定性门槛也在悄悄加高。一个简单机械如汽车可以有 99％ 的可靠性。但一架航天飞机呢，尽管它的每一个部件的可靠性高达 99.9999％，整机的可靠性却只有 60％。"他摇了摇头，"这个过程无法逆转。一个系统越复杂，量子波的不确定性就越向宏观级拓展。这实际上是宇宙不可逆熵增过程的另一种描述。"

奥德林教授的话像一股灰色的潜流渗入周围的喜悦中。他的悲观显得非常冷静，惟其如此，给我的震撼也更强烈。我多少有些后悔自己提出这个大煞风景的问题，便勉强笑道："我不该提这个不合时宜的

问题，来，忘了它，让我们再一次举杯庆贺！"

奥德林教授磕掉了烟灰，重新装上哈瓦那烟丝，豪爽地笑道："当然要庆贺。人人都是要死的，但谁要是终生为此忧心忡忡，那肯定是一个精神病人。来，干杯！"

走进儿子的实验室，我才从回忆的思绪里走出来。儿子端坐在手术台前，一位穿白大褂的医生正在忙于调整各种奇形怪状的仪器，它们和常用的氧气瓶和心脏起搏器毫无共通之处。那个银白色的匣子放在手术台上，已经用复杂的管路同生命维持系统相连。儿子示意我们三人坐在他身后，他简短地说："开始吧。"

银白色匣子慢慢打开，立时从里面冒出浓重的白雾，这是低温液氮蒸发造成的。医生启动了加热系统，对奥德林教授的头颅快速加热，一条管线向里面泵着加过温的血液。白雾渐渐消散，我看到了他的面孔，似乎在瞑目沉思，随后，苍白的脸逐渐泛红，智慧的灵光荡过整个面孔。他似乎打了个香甜的呵欠，慢慢睁开眼睛，两道锐利的目光略微扫视后定在儿子身上。

"司——马——林？"他缓缓地问。

儿子早已站起来，热泪盈眶："奥德林老师，我们又见面了！"

奥德林嘴角泛出微笑："我真想拥抱你，可惜没有手臂。你身后是令尊司马金先生吗？"

我挤过去，在这种情况下同老朋友见面，我既无法抑止狂喜，也无法排除从心底潜涌而出的悲凉。我勉强笑道："你好，老朋友，一觉睡了 10 年，你还没有忘记我这位爱吹毛求疵的老伙计。"

儿子慢慢平静下来，向他介绍在场人员："这是你的保健医生迭戈先生。"

"谢谢，你在我梦中一直照看着我。"

迭戈说："不客气，能为你效劳是我的荣幸。"

"这是记者 RB＼莎迪娜小姐。"

教授微微颔首："你好，漂亮的量子人小姐。在我自然死亡前，量子人还都是一些不修边幅的家伙。"

莎迪娜微笑道："谢谢你的夸奖，量子人的老祖父。"

小勇从身后挤过来："还有我呢，奥德林爷爷，我叫司马勇，也是这次会议的列席代表。"

"好孩子，让爷爷亲亲你。"

小勇踮起脚，让爷爷亲亲他的面颊。教授目光中充满慈爱，他随即转向医生："医生，我的烟斗呢?"

"在这儿呢，按你去世前的嘱咐，我们一直精心保存着它。"

奥德林示意迭戈把烟斗插入他口中，这时他已从长梦乍醒中恢复正常了。他说："司马，切入正题吧，你把我叫醒，有什么重大的关系人类命运的问题吗？"

"是的，我们期望你的睿智帮助我们作出一项重大抉择。"儿子停顿下来。我想儿子肯定已经为这个时刻作了最详尽的准备，但他在回答教授之前仍有片刻踌躇。

教授突然笑着截断他："慢着，还是让我先猜一猜吧。刚才你们说，我这一觉睡了 10 年。如果是 10 年的话，我想，你们面临的问题不外两方面。第一，他盯着莎迪娜，是量子人和自然人发生了战争或是冲突，但我想不大可能。从 RB＼莎迪娜小姐的外貌，就能看出量子人对自然人强烈的认同感，我甚至从小姐对司马林的注视中发现了爱情的成份。"他笑道。莎迪娜瞟了我儿子一眼，从他们心照不宣的目光来看，在此前他们肯定有过较深的交往。我暗暗佩服老人敏锐的观察力。

"你说得完全正确。10 年来，自然人和量子人已完全融合在一个社会中，一些科学前辈的担心幸而未成事实。"我儿子司马林回答道。

"排除这一条，这第二，很可能就是你的老本行了：真空能的开发及其引发的宇宙坍塌。"

儿子点点头，在他说话前，我迅速截断他的话头："林儿，和奥德林教授谈话时，请记住这里有两个不太懂科学的记者，他们还要向 80 亿科学的外行写报道。希望你说得尽量浅显。"

"好的，爸爸。"儿子略微思考了一会儿，说，"奥德林教授，正如你生前预言，10 年来的科技爆炸、宇宙开发很快耗尽了地球的能源，好在真空能开发迅速，现在已经进行到这一地步：万事俱备，只需按一下电钮就可以进行首次试验了。"他转身向我，下面这一段话主要是对我说的，"早在 1980 年，科学家德卢西亚和科尔曼就猜测，我们所

谓的真空实际是一种蕴含极大能量的伪真空，是一长寿命的亚稳定状态。虽然它自宇宙诞生后已存在了 150 亿年，但这种安全感是虚假的。一旦出现一个很小的哪怕只有夸克大小的真空泡，由于周围伪真空的巨大能量和压力，这个泡会在 1 微秒的时间内湮灭成一个时空奇点。它将以光速扫过整个宇宙，死光所经之处，宇宙所有事物都会彻底毁灭。这些年，令我们绞尽脑汁的，倒不是真空能的开发——早在 10 年前我们就研制成功了足以激发伪真空的小夸克环形加速器——而是把激发限制在某一安全区域的技术。教授，这种技术我们已经有了，也经过了尽可能详尽的理论证明。但理论证明终究不能代替试验，要是一旦试验证明我们犯了错误，人类就没有可能补救了。那时，地球、太阳系、银河系乃至整个宇宙都会在一声爆炸中化为一锅粒子汤。奥德林老师，我们面临的就是这样一种两难局面：我们需要试验，我们又不敢试验。全世界最杰出的 20 名自然人、量子人科学家、思想家已云集这里，明天举行秘密投票，来决定是否按下这个电钮。世界政府希望你参加并主持这次投票。"

直到这时，我才知道自己参加的是怎样严酷的采访。我暗暗诅咒佐藤先生挑中了我，我宁可品着美酒，听着轻音乐，在不知不觉中迎来那道死亡之波，也不愿意这样清醒地面对它。

奥德林教授很久不说话，最后他说："噢，忘了把烟斗点上，劳驾哪一位？"

在场的人都稍显尴尬。地球上已经消灭了吸烟，所以也忘了准备打火机，迭戈医生立即站起来去取，但小勇却解决了这一难题。他举起一只打火机，在全场人的注视中得意地说："爷爷，我这里有！"

我不禁哑然失笑，我怎么忘了这个小纵火犯呢。他从小就对玩火有强烈的迷恋，犹如一种宗教上的狂热，又像是第一只学会用火的类人猿把灵魂附到了他的身上。后来，他父亲特地设计了一些饶有趣味的科学游戏，像"托起一个冷太阳"等，才把他的注意力转移开去。

这会儿，他笑嘻嘻地挤过去，为老人点上烟，还老气横秋地教训道："爷爷，地球上已经消灭了吸烟，吸烟有害身体健康。我只点这么一次，以后可不许你再吸了！"

教授哈哈大笑，嘴角的烟斗颤抖着，银匣后的通气管也抖动起来。稍停，他问我儿子："世界政府是否派代表参加？投票结果是否立即付诸实施？"

儿子说明了情况，教授笑骂一句："这些滑头。"便陷入沉思。儿子使个眼色，我们都悄然退出。

与相对简朴的住室和餐厅相比，基地的学术厅却是高大巍峨。弯隆形的圆顶，明黄色的墙壁，淡咖啡色的柚木地板，大厅里空旷静谧，一个能环坐 80 人的巨大的卵圆形的长桌放在大厅中央，仍显得十分渺小。

在休息室我同 20 名代表都见了一面。我想他们在投票决定人类命运时，心里绝不会不起波澜，但他们都掩饰得很好。10 名自然人我大都认识，逐个向莎迪娜作了介绍；反过来，她也向我介绍了 10 名量子人。小勇同科幻作家吴晋河最熟，他立即粘上了吴伯伯。8 年前，吴晋河写过一篇《逃出母宇宙》，描写宇宙末日来临时，一群科技精英如何努力创造了一个"婴儿宇宙"，并率领部分人类逃向那里。文中关于宇宙大爆炸后几个"滴答"（每一个滴答为 10^{-34} 秒）内的情景，对蛀洞、时空奇点、时光倒流等都有极逼真的描绘，以至世界政府未来及发展部把它推荐为青少年科普教材。世界政府需要作出某种重大抉择时，吴晋河也常常是座上贵客。

这时，我把他拉到一边，悄声问："你对投票结果能否作出一个预测？"

他习惯性地甩一甩额发，微笑道："估计票数非常接近。但你不必担心，这次投票的结果不会对自然进程有什么影响。"

我惊奇地问："你是说，投票结果不会付诸实施？"

"不，世界政府已经授权，如果投票结果是同意，将在会议后立即摁动按钮。我只是说，不管是什么样的结果，自然进程都将按自己的规律进行，我们不是上帝。"

我骂道："你这个虚无主义者，玄学家，玩世不恭的家伙。世界政府真不该选你来，浪费这宝贵的一票。"他笑一笑，没有再说话。

开会时间到了，20个人依次走进会场，在圆桌旁坐定。奥德林的头颅被端放在圆桌中央一个缓缓转动的底座上，他嘴角仍噙着那只著名的烟斗，用目光向各位代表打招呼。

我们三人坐到列席代表席上，小勇似乎感受到了会场上那种肃穆庄严略带滞重的气氛，不安分地在座位上扭来扭去。看见奥德林爷爷的烟斗没有点燃，他又摸出打火机站起来。我一把拉住他，把他摁到座位上。一个仆役机器人走上前为教授点上烟斗。

一声棰响，会议正式开始。奥德林用炯炯的目光扫视众人，说："很感谢你们唤醒我参加并主持这次会议，但我宣布，我将不参加投票。科学家们都知道克拉克定律：一个老科学家对一个全新的问题作出判断时，如果他说'是'，他的意见常常是对的；如果他说'不'，有70%的可能是错的。因此我不想影响你们的正确决定。"

我和莎迪娜交换着眼神，从教授的话意中，听出他似乎是反对派。教授又说："恐怕票数相当接近，那么我们要事先表决一下，这个问题的通过，是按简单多数还是三分之二多数？请大家考虑一下。"

10分钟静默后，教授说："同意简单多数的请举手。"

20条手臂齐刷刷地举起来。不，是21条，小勇把手举得比谁都高。莎迪娜忙把他的手臂按下来，轻声笑道："小糊涂，你是列席者，不能举手的。"

小勇很不平地放下手臂。教授也看到了这一幕，嘴角漾出一波笑纹。他接着说："很好，看来至少在这一点上达成了共识：这个决定不

能再推迟了。我还有一点建议，科技的发展使我们面对着越来越复杂的世界，很多问题已不能用简单的'是'或'否'来对待。我冒昧地建议每人按 15 票计算，完全赞成，15∶0；完全反对，0∶15；弃权，7.5∶7.5，或者是 5∶10，8∶7，等等。我想这样更能正确反映统计学的内在票性。大家同意吗?"

从 20 个人的目光中看出他们对这个问题没有准备，都觉得很新奇。但教授叫表决时，他们也全都举了手。

"好，第三点，我想每个人在投票时要对自己的观点作最简要的说明，但票数要秘密统计，以免影响后续投票者。大家同意吗?"

代表们也同意了。教授等到转盘转到面向我时说："监票计票就偏劳二位了。另外，"不知为什么，他苦笑一声，"请原谅一个老人不合时宜的童心。我准备了 300 枚硬币——正好是 20 个人的总票数。咦，就在那个匣子里。请司马勇先生把它们充分摇荡后撒在地上，然后统计一下它们的票数。至于究竟是以正面为赞成，还是以反面为赞成，就由司马勇先生自己决定吧，只要这个决定是在统计之前作出就行。这只是一个游戏，它的结果没有任何法律意义。"

我很纳闷，不知道老朋友这个举动的含意，当然我相信他绝不会是童心大发。小勇很久才悟出"司马勇先生"就是指他，高兴得有点忘形了。他立即起身，从桌旁拿过那个小匣子，举在头顶使劲摇荡。在空旷的大厅里，硬币的撞击声十分清脆悦耳。他打开匣盖，把硬币"哗啦"一声撒在柚木地板上，有银白色的、金色的，有戈比、克朗、人民币……代表们都饶有兴趣地看着它们在地上滚动。

这时，又响起小勇清脆的童音："我决定反面硬币为赞成票，可以吗，爷爷?"

"可以。现在请你开始统计票数，等我们投票结束后你再宣布。我相信你不会数错。"

"当然!"

"那么，我们就开始吧。请东道主司马林先生第一个发言。"

众人的目光都转向儿子，他清癯的面孔微微发红，看来是努力抑制自己的内心激荡。屋里很静，小勇正在极轻地数着："12、13、14……"莎迪娜下意识地攥住我的手，目不转睛地看着我儿子。

"我想大家都清楚，如果几年内真空能的开发利用不能付诸实施，人类社会就会迅速衰退，宇宙开发和移民计划将被搁置。"我儿子开始了陈述，"而且，我们已为激发真空能的安全措施作了尽可能详尽的考虑。我想，只要我们的真空能理论是正确的，那么建立在这个理论基础上的安全措施也必然是正确的。换句话说，只要真空能确实存在，我们的安全措施理论上也应该有效。我想，人类不会为这么一个不确定的危险就永远止步不前。"

他按下了投票钮，只有我和莎迪娜能从电脑屏幕上看到他的票数：11：4！我暗暗诧异。我知道他肯定投赞成票，但我没想到他并未投 15：0。也就是说，即使对开发真空能最为激进的司马林，也还有几丝疑惧。

第二个发言的是那位单臂单眼的 RB \ U35 先生，他用浑厚的男低音说："再详尽的考虑也不能完全排除这个试验的危险程度。"他这句话显然是对我儿子的驳难，"但既然宇宙诞生后这个伪真空已安全存在了 150 亿年，相信在这 150 亿年中，因种种原因而激发一个真空泡的几率绝不会是零。既然宇宙至今尚未毁灭，那我们当然可以进行这个试验。"

他按下了投票钮，10：5。

未来学家德比洛夫是一个干瘦的老头儿，满头白发。他也是个著名的科普作家，他书中洋溢的乐观精神和对未来的憧憬曾激动了亿万孩子的心。但今天他的谈话似乎暗含阴郁："人类有诞生就会有灭亡，正像人有生就有死。我不会因为必然的死亡就放弃生活的乐趣，不会因担心可能的车祸就不敢出门。"

他按下电钮：14：1! 这个语含悲怆的老人竟是最坚定的赞成派!

从前几位投票者来看，赞成派占明显优势，似乎奥德林的预测并不准确。教授看不到投票的票数，他表情沉静，悠闲地吸着烟斗，一缕青烟袅袅上升。

接下来是吴晋河发言："科学的发展导致了今天这样的小集团独裁，世界命运竟需要投票决定，这件事本身就是世界不确定性的反映。我们不要指望用不确定的投票来消除这种不确定性。"

7.5：7.5! 他投了弃权票。

RB＼金载熙，一个英俊倜傥的标准美男子，他是昨天才从月球返回的，这个当代麦哲伦通过虫洞旅行曾到达 30000 光年外的银河系中心。他的发言相当尖刻："谁像我这样看遍了广袤荒漠的宇宙，谁就会对地球这个唯一的生命摇篮倍加珍惜。与 300 万年的自然人类生命、40 亿年的生物生命相比，诞生仅 30 年的量子人还是一个尚未坠地的婴儿，我们强烈地希望活下去，即使放弃科学进步也是值得的。"

3：12，这是第一个反对者。

山田芳子，逻辑学和心理学博士，是 10 名自然人中唯一的女性代表，她说："宇宙和时间是无限的，但我们迄今未发现地球文明史前的高科技社会。为什么？只有一个解释：在宇宙的进程中，毁灭是周期性发生的，毁灭是一个实实在在的危险，我们不要轻易撩拨它。"

4：11，又一个反对者。

RB＼丘比诺夫，这个数学家侃侃而谈："一个复杂系统终究是不可控制的，人类一方面在卓有成效地增加科技社会的复杂性，一方面又想用投票来中止某种进程，这种愿望是不现实的。我们要发展科学，就必须接受它的副作用。"

13：2。

……

20 个人都投完了票，在 5 分钟的静默中，我几乎不敢按下电脑的

求和键。

这时，奥德林教授说："在司马金先生和莎迪娜小姐公布票数之前，我们把那个游戏进行完吧。司马勇先生，你把硬币的票数统计完了吗？"

小勇抬起头认真地说："数完了，是154票赞成，146票反对。我又复核了两遍，肯定没有错。"

"好吧，请把这个票数写在投影屏幕上。"

这几个字是用手写体打入屏幕的，人们都仰面看着这几个稚拙的数字，没有人说话。"现在，请司马金先生公布投票结果。"

我终于按下了求和键：

赞成票，152.5；反对票，147.5。

会场一片静寂。我的视线对准儿子，他胜利了，可以去启动那个耗时几十年的试验了，但他脸上毫无喜色。赞成和反对的票数如此接近，而且世界上20个最杰出学者的投票结果，竟与"骰子"掷出的点数如此接近，这使他们感到惶惑。

奥德林说话了，他的声音很苍凉："也许我决定自己不参加投票是一个错误，因为我的票很可能改变投票结果。不过，这种难以预计的错误，本身就是社会发展正常进程的一个有机组成部分。让我们尊重上帝的选择吧。我宣布，按投票结果，授权司马林先生立即进行激发真空能的试验。"

试验的控制大厅就在不远处，在蜂房一样的仪表和监视屏幕中是一块高大的控制板，上面有一个绿色按钮和一个红色按钮。工作人员介绍，绿色——能量储备；红色——启动。没有通常的停止按钮，这个试验是不需要停止也不能停止的。

儿子命令工作人员按下绿钮，顿时耳边响起了隐隐的嗡嗡声。在这10分钟里，全世界的电力绝大部分输往海南，储存在一个巨大的环形超导体内。数亿安培的电流在那里不断地流动，逐步增强，环状电

流产生的强大磁场使这儿瞬间成为地球的磁极。

我知道，只要把红色按钮再摁下，这些有史以来最强大最集中的电力将在瞬间涌入环形加速器，它们推动着小夸克在长达 500 千米的环形轨道内加速到光速，并与逆向的光速粒子碰撞，在那儿形成一个以纳米计的极微小的真空穴。在这个小小的真空泡中，将重现宇宙大爆炸后仅几个"滴答"的极端条件，极高温度和极高压力使小泡内的所有物质分崩离析，形成一锅沸腾着的粒子汤。然后……然后又该怎样呢？

我们都肃立在大厅中，奥德林教授的头颅也被小心地移过来。从监视屏幕上看，强大的磁场造成了紫色的辉光，试验区内所有鸟儿的导向系统都被干扰，像炮弹一样向地面上坠落。这时屏幕上打出一行绿色的大字："能量储备已完成，请进行后续程序。"

儿子站在控制板旁，所有人都盯着他，等着他按下那个红色电钮。儿子犹豫着，显然是临事而惧的样子。他向我转过身，轻声说："爸爸，我想让小勇来摁下启动按钮。"

我忙瞟一眼小勇，愤怒地低声喝道："你疯了！你竟让 7 岁的孩子承担这个责任！"

儿子微微笑道："爸爸，我是想让小勇的名字和历史上一个最伟大的瞬间联系在一起。你不必担心，如果……那时我们也不会自责了。"

小勇的耳朵十分灵敏，尽管我们声音很小，但他已经听到了，他兴高采烈地说："爸爸，是不是想让我摁电钮？我来！"

生怕我再反对，他连跳带蹦地跑过来。莎迪娜看看我儿子，也跟了过来。那个电钮较高，小勇够不上，莎迪娜把他抱起来，大厅中立时响起一个清脆的童音："爸爸，是这个按钮吗？爸爸，我要摁下了，行吗？"

他扭回头，急不可耐地看着爸爸。我看见儿子深吸一口气，决然说："按吧！"

　　小勇正要按下，忽然想起了什么。他扭回头，满脸通红，羞怯地、声音极低地说："爷爷，奥德林爷爷，我错了。"

　　我十分纳闷："什么错了？"

　　"票数说错了，我没有数错，但我把什么是赞成、什么是反对记反了。应该是146票赞成，154票反对。"

　　我对他的马虎又是好气又是好笑。教授笑道："你这个小糊涂。不过，我已经说过，那只是一个游戏，它的票数没有什么法律意义。往下进行吧。"

　　儿子又深吸一口气，重复道："小勇，启动吧！"

　　小勇"格格"笑着用力按下了那个按钮。我听见那些急不可耐的电子魔怪嘎嘎怪叫着冲出囚笼，沿着加速器的环形轨道狂奔而去。在轨道尽头的撞击中，那个小小的真空泡即将诞生。而世界80亿人的绝大部分对此一无所知，他们仍在听音乐、跳舞、野游、亲吻儿女、拥抱恋人。除了在厅里的人，知情的只有少数世界政府首脑，他们这会儿一定也守在屏幕前，屏住呼吸等待那一刻。我想佐藤先生一定在心里重复着对我说过的那句祝福：

　　Good Luck。

黄金的魔力

　　黑豹把那人带进屋，仔细关上房门，对师傅点点头：呶，就是这个家伙。然后他为来人取下硕大的墨镜，撕掉贴在他眼睛上的两块圆形胶布。胶布藏在墨镜后面，外人是看不见的。来人揉揉双眼，用力眨巴着，以适应屋里的昏暗光线。

　　这是一个衣着普通的中年人，大约50岁，是那种"掉在人堆里就拣不出来"的芸芸众生。衣服整洁，但显然都是廉价货，灰色衬衫，蓝色西裤，脚上是一双人造革的皮鞋。五官端正，但看来缺乏保养，皮肤比较粗糙，眼睛下面是松弛的眼袋，黑发中微见银丝。左臂弯里夹着一个中等大小的皮包。他现在已经适应了屋里的光线，用目光冷静地打量着屋内的人。

　　老大胡宗尧，外号胡瘸子。他的左腿在一次武斗中受伤，留下终身的残疾。胡老大朝黑豹扬扬下巴颏儿，声调冷默地问："检查过了吗?"

　　黑豹嘿嘿笑道："彻底检查过了，连肛门和嘴巴里也抠过，保证他夹带不了什么——除了这个狗屁的时间机器。他宝贝得很，不让我检查。"

　　"那么，"老大朝那"狗屁机器"扫了一眼，平静地问来人："你就是那个任中坚教授啰，这些天是你在满世界地找我?"

　　来人没有直接回答，声音平稳地说："我想你该先请我坐下吧，我不习惯站着说话。"

　　胡瘸子稍一愣，然后晒笑着点点头："对，先生请坐，"他嘲讽地说，"任教授别笑话，咱是粗人，记不住上等人的这些臭规矩。"

　　任教授自顾坐到旁边的旧沙发上，把自己的皮包放到身旁，冷静地打量着眼前的一切。这位胡老大四十六七岁，身材瘦削，小个子，浑身干巴巴的没有几两肉，皱纹很深，眼窝深陷，目光像剃刀一样锋利。原来名震江湖、警方悬赏 100 万捉拿的贼王是这么一个模样，通缉令上的照片可显不出他的"神威风"。

　　他身后那个肌肉发达的年轻人——黑豹，也是悬赏榜上有名字的，是贼王近几年的黄金搭档。和贼王一样，素以行事果决、心狠手辣而在黑道上闻名。不过，说他们心狠手辣也许多少有点冤枉。这对贼搭档倒是一向遵守作贼的道德，谋财而不害命——除非迫不得已。在迫不得已的情况下，他们对杀人放火也不会有丝毫的犹豫和自责。

　　屋里灯光昏暗，各个窗户都用黑布窗帘遮得严严实实，就像是一个幽深的山洞，不过屋里并没有阴暗潮湿的气息。偶尔能听到窗外的汽车喇叭声。从声源的近乎水平的方位看，这里很可能是平房或楼房的一楼。

　　胡老大从圈椅中站起来，瘸着腿，到屋角的冰箱中取出一罐啤酒递给客人，嘴角隐着讪笑："对待上等客人，咱得把礼数做足。请喝吧。现在言归正传，先生来这儿有什么见教？"

　　任教授拉开铝环，慢慢地品尝着啤酒。"我是个读书人，"他没头没脑地说，"不光是指出身履历，更是指心灵。我的心灵里曾装满了节操、廉耻、君子固穷之类的正经玩意儿。"

　　胡瘸子冷冷地扫他一眼，嘴里却啧啧称赞着："对，那都是些好货色，值得放到神龛里敬着。可是你为什么要找我呢？协助警方抓我归案吗？"

任教授自顾说下去："可惜，一直到知天命之年，我才发觉这些东西太昂贵了，太奢侈了，不是我辈凡夫俗子能用得起的。我发现，在这个拜金社会中，很多东西都可以很便当地出卖以换取金钱，像人格、廉耻、贞操、亲情、信仰、权力、爱情、友谊等，惟独我最看重的两样东西，似乎永远和赵公元帅无缘，那就是才华和诚实的劳动。"

胡老大看看黑豹，笑嘻嘻地问："那么，据任先生所说，我们是出卖什么？"

任中坚冷淡地说："比起时下的巨枭大贪，你们只能算作小角色，不值一提。"他仍自顾说下去，"常言说善恶有报，时辰未到，但据我看来，那些弹冠君子们似乎不大可能在现世遭报了，似乎都能安享天年。这一点实在让人心凉——毕竟我们已经不再相信虚妄的来世了。所以，"他缓缓地宣布，"我要火中涅槃了，要改弦易张了。世人皆浊，何不淈其泥而扬其波？众人皆醉，何不铺其糟而啜其醨？"

虽然他说得过于文雅，但意思是明白的。贼王和黑豹这才开始提起精神来："对呀，你早这么说不就完了？说吧，你找我们，是不是有一笔大生意？"

任教授点点头："不错，有一笔大生意。"他微微一笑，"首先我想弄清这儿是什么地方。虽然这位黑豹先生带我来时一直蒙着我的双眼，并且在市区和市郊转了几圈，但我天生有磁感，能蒙目而辨方向。据我判断，这儿仍是在市区，大致是在市区北部，我没说错吧。"

贼王脸色略变。这儿是他的一个秘密巢穴，看来今后不敢用了。他回头冷冷地看着黑豹，黑豹不服气地低声说："不可能！我开着汽车至少拐了30个弯！"

任教授笑道："只要能感觉到每次转弯的方向，并估计到每两个转弯之间的距离，大脑就能自动积分出所走的途径。这种积分在蚂蚁脑也能完成的。好了，不说这些题外话了。"他指指左边的窗户，"我猜想这边应该是北边，对吧。如果打开窗户，就能看到一幢18层的银行

大楼。"

贼王钦服地说："没错，再往下说。"

"大楼的地下室有一个庞大的金库，是江北数省的战略库存。那儿的黄金……多得放在敞开的货架上，金光闪烁，让你睁不开眼睛。"

贼王已经感到临战的紧张，或者不如说是感到了对黄金的饥渴，嘴里发干，肾上腺素开始加快分泌，"说下去，说下去。"

"可惜那里戒备森严——混凝土浇成的整体式外壳，1 米厚的钢门，24 小时的武装守卫。进库要经过 5 道关口，包括通行证、密码和指纹验证。钢门上有两个相距 3 米的锁孔，必须两人同时操作才能打开。屋内设有灵敏的拾音装置，即使是轻微的呼吸声也能放大成雷鸣般的声响，并自动触动警报。虽然你们是赫赫有名的贼王和贼将，我想你们对它也无可奈何，恐怕想也不敢想。"

黑豹从他的语气中听出了轻蔑，满面通红地正要发作，胡瘸子微微摆头制止了他。"对，我们没能进去过，想也不敢想。你能吗？"

"我更进不去，但我有这个玩意儿。"他傲然地举起那个皮包——"时间旅行器"。

贼王和黑豹交换着怀疑的神色："时间机器？我知道，从科幻电影中看过。我也听说过爱因斯坦的相对论……"

任教授不客气地截断他的话："我不认为以你的知识水平能懂得相对论，所以不必在时间旅行器的机理上浪费时间。好在我的时间机器已经研制成功了，你满可以当场试验，来一个最直接最明白的试验，这么着，以你们的智力和知识水平也能得出明确的结论。"

这个混蛋，贼王在心中悻悻地骂道，似乎不想放过每一个机会来表示他对我们的轻蔑。他忍住怒气冷冷地说："好吧，试验咋个进行？"

"当场试验。"任教授自信地说。他打开皮包，取出一个银光闪闪的仪器。仪器比手掌略大，呈螺壳形，曲线光滑，光可鉴人，正面有一个手形的凹陷。他把手掌平放在凹陷处，机器马上唧唧地叫了两声，

指示灯也开始闪烁。贼王和黑豹不由绷紧了全身的肌肉——谁知道这是不是警方的圈套？谁知道里边会不会喷出强力麻醉剂？黑豹已悄悄掏出手枪，但贼王示意他装进去。他不愿被这个"读书人"看轻，而且——说来很奇怪，尽管来人是主动投身黑道，是来商量打家劫舍的勾当，但他仍觉得对方是一个光明磊落的君子，不会搞那些卑鄙龌龊的阴谋。

任教授仔细调校了机器的表盘，"好，请你们注意了。请用眼睛盯牢我。"他抬起头，再次强调，"你们盯牢了吗？"

"盯牢了。"两人迷惑地说，"咋了？"

"现在我要消失了。请盯牢我，我要消失了。"在两人的目光睽睽下，他微笑着按下一个按钮，立时——他消失了，连同他身下的椅子一块儿消失了，消失得干净利落。只有他原来所在之处的空气微微震荡，形成一个近乎人形的空气透镜。但这种畸变也很快消失。

余下的两人目瞪口呆。这可不是魔术，魔术师都必须借助于道具，要玩一点儿障眼法，那些手法一般难以逃脱贼王、贼将的贼眼。可是这会儿，没有任何中间过程，一个活人真的在两人的盯视中消失了！两人面面相觑，睃着四周。一分钟，两分钟……胡宗尧轻声喊着：任先生？任先生？

5分钟后，任教授又刷地出现了。他仍坐在原处，连姿势都没变。看来，他很高兴自己对两人造成的震惊，嘴角上牵动着笑意。贼王敬畏地说："先生你……用的什么障眼法？"

"我没用障眼法，我仍在原地，只是回到了昨天这个时辰。"

"胡说！"黑豹忍不住喝道，"昨晚我俩一直在这儿，怎么没见你？"

任教授冷冷地向他们瞟了一眼："谁说没看见？我还和你俩聊了一会儿。你俩看见我突然冒出来，惊得像是……"他忍住唇边的笑意，"刚从枪口下逃生的兔子。"

"胡说！纯粹是胡说！你甭拿我俩当傻×。要是昨天我见过你，今

天咋就忘了？"

任教授不客气地截住他："因为你在宇宙中已经分岔了，现在坐在这里的，是从正常的时间之河中走过来的'这个'黑豹，而不是昨天曾遭遇时间旅行者的'那个'黑豹。请闭嘴！"他皱着眉头说，"我不愿贬损你的智力，我知道在你们的行当中，你俩都是出类拔萃的角色。但老实说，我不相信你们能理解时间倒错中的哲理问题。现在请你决定，"他对贼王说，"咱们是用半年时间讨论这些哲理呢，还是用这台机器干一些实事。"

贼王显然异常困惑，但他很快地从困惑中跳出来。他摇着脑袋钦佩地说："听任先生的，甭指望咱俩的猪脑袋能想通这些事。不过我相信任先生的机器，因为他刚才确确实实从咱俩眼皮底下消失了，这事掺不了假。"

任教授也赞赏地看着他，很有点英雄相识的味道。"不错，胡先生的思维直截了当，能一下子抓住问题的关键。"

黑豹仍不服气，但他冷笑着，抱着姑妄听之的态度听下去。贼王温和地笑道："任先生，我信服你的时间机器。可是，这和金库有什么关系？用上它就能穿过墙壁和钢门吗？"

"不，当然不能。用它连一道窗纱也穿不过，因为它只能进行时间旅行而不能做空间上的跃迁。但有了时间机器，我们就自由了，就可以采用某个窍门，使用某种巧妙的手法。"

"什么窍门？请指教。"

"这幢银行大楼是什么时候建成的，你们知道吗？"

贼王对这个问题摸不着头脑，有些不耐烦地说："不知道，你打听这个干啥？"

"是1982年开始建造，1984年建成的。所以我们可以回到1982年以前，然后，在那个时间断面上，我们可以自由地进行空间移动……"

　　贼王非常迅速地理解了任教授的意思："你是说，先从银行之外的某个地方回到1982年以前，再从那儿走到将要盖金库的地方。因为那时根本没有金库，所以我们走到那儿不受任何限制。然后，等走到将来的金库中心，再使用时间机器回到现在——这时我们就已经在金库中了，对不？"

　　"对。你的脑瓜确实很灵。"任教授真诚地夸奖着，就像在课堂上夸自己的得意门生。"不过不用回到现在，只需回到'金库建成、黄金存入'的任一时刻就成。"

　　"然后……带着黄金站在原地，再开动时间机器回到1982年以前，我们就可以自由自在地走出金库大门了！因为那时根本就没有金库和库门！任先生，我说的对不对？"他急不可耐地等着老师的判分。

　　"完全正确。"任教授微笑道。

　　贼王不由哈哈大笑，笑得声震屋瓦："妙，实在是太妙了！还有哪，拿上黄金后甚至不用回到现在——虽说这桩生意干得天衣无缝，到底得担惊受怕不是？咱们干脆回到'黄金被盗之前'的某个时候，痛痛快快地享受一番。那时的黄金还没丢呢，警察们干瞅着咱们花钱也没办法。他们不能为几年后的盗窃案抓人哪，对不对？"

　　"原则上没错。不过……我还是要回到现在。"任教授目光暗淡地说，"我想让'现在'的妻子儿女享受一番，这一生他们太苦了。"

　　贼王得意地捶着黑豹的肩膀："妙极了，实实在在是妙不可言！这么干，让那些雷子们狗咬尿泡没处下嘴。"

　　黑豹也信了，嘿嘿地笑着。贼王笑够了，才坐回到椅子上："任先生，真是绝妙的主意，不过还有一点儿疏漏。"

　　"什么疏漏？"

　　"金库的拾音系统！咱们再怎么神不知鬼不觉，但只要一进入金库——我是指已经建成的、有黄金的金库，拾音系统马上就会发出警报，警卫马上就会赶到。"

任教授不慌不忙地说："那时我们已经带着黄金返回了——不过毕竟太冒险、太仓促。我还有一个悄悄干的主意。7 年前，就是 1992 年 9 月 11 日，金库的拾音系统出了故障，一天内也没能排除，后来只好请了一些专家会诊，我是其中之一。坦率地说，正是我找出了故障所在，在次日上午修好了。"

"那时……你就开始打这个主意？"

很奇怪，听了这话，任教授像是被鞭子抽了一记，简直有点恼羞成怒了："胡说！那时我一心一意查找故障，根本没起这种卑鄙念头。"

贼王鄙薄他的矫情，冷笑道："是吗？那太可惜了，否则趁机会揣两根金条出来，也不至于像你说的半辈子受穷。"

这时任教授已经控制了情绪，心平气和地摇摇头："当时我确实没有这个念头。银行尊重我，懂得我的价值，我也就全心全意为他们解难。不过即使有顺手牵羊的念头也办不到。那儿有重兵把守，我们进出门都要更换所有的衣服……不说这些了。"他回到正题上，"我们可以回到拾音器不起作用的这两天，在库内无人时下手。"他自信地说，"我的机器非常精确，在百年之内的时间区段里，返回时刻的误差不会大于 3 分钟。"他笑着解释道，"我刚才消失了 5 分钟，对吧。那是为了留下足够的时间让你们确信我消失了。实际上，我可以在消失的那一瞬间就返回，甚至可以在消失之前返回，让两个任中坚坐在你们的面前。"他看到了两人的怀疑眼色，忙截断两人的话头，"有了这个时间机器，你就获得了绝对的自由，这中间的妙处，局外人是难以体会的。……不过不说这些了，我怕说得越清楚，你们反倒会越糊涂。咱们还是——按你们的说法，捞稠的说吧。请你们再想想，这个计划还有什么漏洞？"

黑豹伏在贼王耳边轻声说了几句，贼王点点头，温和地笑道："任先生，这个计划已经很完美了。不过黑豹和我都还有一点疑问，一点小小的疑问。"他的眼中闪着冷光，"按任先生的计划，你一个人足以

独立完成。为什么要费神费力地找到我们？为什么非要把到手的黄金分成三份儿？任先生天生不会吃独食么？"

两人的目光如刀、如剑，紧紧盯着客人的神情变化。任教授没有马上回答，但也没有丝毫惊慌。沉默良久，才叹息道："这个计划的实施还缺一件极关键的东西——金库的建筑图，我需要知道金库的准确坐标和标高。建筑图现在一定存放在银行的档案室里。"

贼王立即说道："这个容易，包给我们了！"

任教授又沉默良久，才说："其实，这并不是我来找你们的真实原因。我虽然没能力偷出这份图纸，但我可以返回到 1982 年、1983 年，也就是金库正在施工的那些年份，混在建筑工人中偷偷量几个尺寸就行了。虽然稍许麻烦些，但完全可以做到。"

贼王冷冷地说："那你为什么不这样干？"

"我，"他踌躇地说，"几十年来一直自认是社会的精英，毫无怨怼地接受精英道德的禁锢。如今我醒悟了，把禁锢打碎了。我真正体会到，一旦走出这种自我囚禁，人们可以活得多么自由自在——但我还是没能完全自由。比如，我可以在这桩罪恶中当一个高参，但不愿去'亲手'干这些丑恶勾当，正像孔夫子所说的'君子远庖厨'。"他苦笑道，"请你们不要生气，我知道自己这些心态可笑可卑，但我一时还无法克服它。"

贼王冷淡地说："没关系，就按先生的安排——你当黑高参，我们去干杀人越货的丑恶勾当。反正我们也不是第一次干，我才不耐烦既当婊子又想着立牌坊哩。"

贼王至此已完全相信了这位古怪的读书人。这个神经兮兮的家伙绝不会是警方的诱饵。他不客气地吩咐道："好了，咱们到现在算是搭上伙计了。黑豹，你在三天内把那些图纸弄来，我陪着任先生留在这里。任先生，这些天请不要迈出房间半步，否则……这是为了你好。听清楚了吗？"

"知道了。"任中坚平静地说。

任教授是一个很省事的客人。两天来一直呆在指定的房间，大部分时间是躺在床上，两手枕在脑后，安静地看着天花板。吃饭时间他才下来那么一二十分钟，安静地吃完饭，对饭食从不挑挑拣拣，然后再睡回床上。胡宗尧半是恶意半是谐谑地说：

"你的定力不错呀。有这样的定力，赶明儿案子发了，蹲笆篱子也能蹲得住。我就不行，天生的野性子，宁可挨枪子也不愿蹲无期。"

床上的任先生睁眼看看他，心平气和地说："你不会蹲无期的。凭你这些年犯的案，早够得上 3 颗或 5 颗枪子了。"看看贼王眼里闪出的怒意，他又平静地补了一句，"如果这次干成，我也够挨枪子了。"

"那你为什么还要干？你不怕吗？"

任教授又眯上眼睛。贼王等了一会儿，以为他不愿回话，便要走开，这时任教授才睁开眼睛说："不知道，我也没料到自己能走到这一步。过去我是自视甚高的，对社会上各种罪恶各种渣滓愤恨不已。可是我见到的罪恶太多了，尤其是那些未受惩罚的趾高气扬的罪恶。这些现实一点一点毁坏着我的信念，等到最后一根稻草加到驴背上，它就突然垮了。"

说完他又闭上眼睛。

第三天中午，黑豹笑嘻嘻地回来了，把一卷图纸递给正吃午饭的任教授。任教授接过图纸，探询地看着他。黑豹笑道："很顺利，我甚至没去偷。我先以新疆某银行行长的名义给这家银行的刘行长打了电话，说知道这幢银行大楼盖得很漂亮，想参考参考他们的图纸。刘行长答应了，让我带个正式手续过来。但我懒得搞那些假手续，便学着刘行长的口音给管档案的李小姐打个电话，说："我的朋友要去找你办点事，你适当照顾一下。"

贼王笑着夸道："对，学人口音是黑豹的绝招。"

"随后我直接找到李小姐，请她到大三元吃了一顿，夸了她的美貌，给她买了一副耳环，第二天她就顺顺当当把图纸交我去复印了。"

任教授叹口气，低声说："无处不在的腐败，无处不在的低能……也许你们不必使用时间机器了，只要找到金库守卫如法炮制就行。"

黑豹没听出这是反话，瞪大眼睛说："那可不行！金库失窃可不比一份图纸失密，那是掉脑袋的事，谁敢卖这个人情？"

贼王瞪他一眼，让他闭上嘴巴。任教授已经低下头，认真研究着金库的平面图，仔细地抄下金库的坐标和标高。随后他意态落寞地说："万事俱备，可以开始了。不过我要先说明一点。这部机器是我借用研究所的设备搞成的，由于财力有限，只能造出一个小功率的机器。我估计，用它带上三个人做时间旅行是没问题的，但我不知道它还能再负载多少黄金。也许我们得做出一个功率足够大的机器。"

贼王不客气地盯着他："那要多少钱？"

"扣紧一点儿……大概 1000 万吧。"

贼王冷笑道："1000 万我倒是能抓来，不过坦白说，没见到真佛我是不会上香的。我怕有人带着这 1000 万躲到前唐后汉五胡十六国去，那时我到哪儿找你？走吧，先试试这个小功率的玩意儿管用不管用，再说以后的事。"

银行大楼的北边是清水河，河边建了不少高楼，酒精厂的烟囱直入云霄，不歇气地吐着黄色的浓烟，浅褐色的废水沿着粗大的圆形管道排到河里，散发着刺鼻的气味儿。暮色苍茫，河岸上几乎没有人影。任教授站在河堤上，怅惘地扫视着河面和对岸的柳林，喟然叹道："好长时间没来这里了。记得过去这里水极清，柳丝轻拂水面，小鱼悠然来去，螃蟹在白沙河床上爬行。水车辚辚，市内各个茶馆都到这里拉甜水吃……1958 年"大跃进"时我还在这里淘过铁砂呢，学校停了课，整整干了两个月。"

"铁砂？什么铁砂？"黑豹好奇地问。任教授没有回答，贼王替他说："大炼钢铁呗。那时的口号是钢铁元帅升帐，苦干15年，超英压美学苏联。这儿上游有铁矿，河水成年冲刷，把铁矿冲下来，在回水处积成一薄层。淘砂的人把铁砂挖出来，平摊在倾斜的沙滩上，再用水冲啊冲啊，把较轻的沙子冲走，余下一薄层较重的铁砂……我那年已经6岁了，还多少记得这件事。"

"一天能淘多少？"

任教授从远处收回目光，答道："那时是按小组计算的，一个组4个人，大概能淘一二千克、两三千克吧。"

黑豹嘲讽地说："那不赶上金砂贵重了！这些铁砂真的能炼钢？"

贼王又替任教授回答了："狗屁！……干正事吧。"

任教授不再言语，从小皮箱里取出一个罗盘，一台激光测距仪。又取出图纸，对照着大楼的外形，仔细寻找到金库中心所在的方位，用测距仪测出距离。"现在，金库中心正好在咱们的正南方352.5米处，我就要启动时间机器了。等我们回到过去的某一年，比如说是1958年，就从现在站立的地方径直向南走352.5米，那就是我们要去的地方——不管当时那儿是野蒿丛还是菜地。"任教授解释道。

贼王和黑豹多少都有点紧张，点点头说："清楚了，开始吧。"

"不，黑豹你先把这棵小树挖掉。时间机器启动后，会把方圆一米之内的地面之上的所有东西全部带到过去。这棵树太累赘。"

"行！"黑豹向四周扫视一番，跑步向东，不一会儿，他就从一个农家院里带着一把斧头返回，不知道是借的还是偷的。他三五下就把那棵3米高的杨树砍断，拖到一边去。"行不？开始吧。"

"好，我要开始了。"任教授把测距仪和罗盘收回皮包，挂到身上，仔细复核了表盘上的参数。"返回到1958年吧，那样更保险一些。1958年6月1日下午5点30分。选这个时辰，干活儿比较从容。"

两人都没有反对，不耐烦地看着他。任教授轻轻按下启动钮。

　　扑通一声，三人从两米高的空中直坠下来，跌人水中。黑豹摔了个仰面朝天，咕嘟嘟喝了几口水。他挣扎起来，暴怒地骂道："他妈的，这是咋整的？"

　　好在这儿的水深只及腰部。任教授高举着时间机器，惊得面色苍白，好久才喘过气来："肯定是这 41 年间河道变化了。我们仍是在出发点，这儿就是咱们在 1999 年站立的那段河堤。真该死，我疏忽了，没想到仅仅 41 年河道会有这么大的变化——谢天谢地，时间机器没有掉到水里，万一引起短路……咱们就甭想回去了。"

　　贼王沉着脸说："回不到 1999 年倒不打紧，哪儿黄土不埋人？问

题是，恐怕金库也进不去了。"

任教授苦笑道："对，我会修复的，只是要费些时间。"

"好呀，"贼王懒懒地说，"以后最好别出漏子。我的手下要是出了差池，都会自残手足来谢罪的。先生是读书人，我真不想让你也少一条腿或一只手。"

任教授眼皮抖动了一下，没有说话。惊魂稍定，他们才注意到河对岸十分热闹。那儿遍插红旗，人群如蚁。他们大多是小学生，穿着短裤短褂，站在河边的浅水中，用脸盆向岸上泼水，欢声笑语不绝，吵闹得像一池青蛙。不用说，这就是任教授所说的淘铁砂的场面了。也许任教授是有意返回此时来重温少年生活？时间已近黄昏，夕阳和晚霞映红了河水。那边忽然响起集合哨声，人们开始收拾工具，都没注意到河对岸忽然出现的这三个人。这时喇叭响了：

"实验小学四年级一班四组今天获得冠军，并创造了最高纪录：捞铁砂 56 千克!"

激情的喊声从河面上悠悠地荡过来。任教授突然浑身一震，转过身痴痴地向对岸倾听着。贼王不耐烦地咳嗽一声，他才从冥思中惊醒。"没什么，"他没来由地红了脸，解释道，"广播上是在说我，说我们的小组。那天我们很幸运，挖到一个很厚的矿层。"

黑豹不解地问："得了冠军奖多少钱?"

"不，一分钱也没有。那时人们追求的不是金钱……"

黑豹鄙夷地打断他的话："傻×！那时人们都是傻×！"

任教授懒得同他说话，沉下脸说："黑豹你先留在这儿不动，给我当标尺。"他和贼王涉水上岸，取出罗盘和激光测距仪，量出脚下到黑豹的距离是 3.5 米，又以黑豹的脑袋校准了方向，在岸上立了一根苇挺作标杆："好，你可以上来了。"

三人按罗盘指出的方向，向南走了 349 米。加上落水处至岸边的 3.5 米，正好是 352.5 米。眼前果然没有任何建筑，甚至没有农田菜

地。这儿是一片低洼的荒地，黄蒿和苇子长得十分茂密。任教授对着远处的标杆，反反复复地校对了方位和距离，又用高度仪测量了此处的海拔高度，抬起头说：

"没错，就是这里了，这里就是 26 年后建成的金库的中心。不过从标高上看，金库的高度中心在地下 2.5 米处，我们得向下挖 2.5 米才行。"

黑豹不耐烦地说："那要挖到什么时候！"

"一定要挖。否则等我们跃迁到 1984 年，就不是在地下金库，而是出现在一楼的房间里——那时我们只有等银行警卫来戴手铐了。"

贼王厉声骂黑豹："少放闲屁！听先生的指挥，快去找几件工具来！"

"不用找啦，"黑豹笑嘻嘻地指指前边，"那不，有人送来了。"

晚霞中，四个小学生兴冲冲地走过来，两人抬着一个空铁桶，两人扛着铁锨，其中一把铁锨上绑着一面三角形的冠军旗。扛旗的家伙得意地舞动着锨把，旗帜映着晚霞的余光。夜风送来这群小猴崽热烈的喳喳声：

"谁也赶不上咱们，咱们的纪录一定是空前绝后的！"

"今天全校加起来也比不上咱们组！"

"多亏了小坚的贼眼。小坚，你咋知道那儿有富矿？"

"瞎撞的呗，我觉得那个回水湾处有宝贝，一锨下去，哇，那么厚的一层！"

黑豹嬉皮笑脸地迎上去："小家伙们，借你们的铁锨用用。"

四个小孩停下来，犹豫地说："干啥？天快黑了，我们还得回城呢。"

黑豹舌头不打顿地说着谎话："知道吗？我们要在这儿建一个大银行，很大很大一个银行，得 20 年才能建成。现在，我们得挖个坑看看土质。赶明儿银行建成了，你们是头一份功劳。"

　　四个人看看旁边摊着的建筑图，看看那个学者模样的中年人。四人中的小坚，一个圆脸庞、虎头虎脑的小子很干脆地说："行，我们帮你挖。来，咱们帮叔叔们挖。"

　　"不用不用，把铁锹借我们就成。"

　　黑豹和贼王接过两把铁锹，起劲地干起来。这儿土质很软，转眼间土坑已有一人多深。几个孩子饶有兴趣地立在坑边看着，不时向身边的任教授问东问西，但任教授只是简短地应付着。从四个孩子过来的那一刻起，任教授就一直把脑袋埋在图纸里，这时更显得狼狈不堪，他干脆绕到坑的对面，避开孩子们的追问。贼王抬起头看看那个有"贼眼"的小家伙，他赤着上身，脊梁晒得黑油油的，眸子清澈有神，脸上是时时泛起的掩不住的笑意——看来他仍沉醉于今天的"空前绝后"的胜利场面中。贼王声音极低地问：

　　"就是他？他就是你？"

　　"对。"任教授苦涩地说，立即摇摇头，"不，只能说这是另一个宇宙分岔中的我。这个小坚在今天碰见了三个坏蛋，而原来的小坚并没有这一段经历。"

　　他的声音极低，生怕对面的小孩子们听见。那边的小坚忽然脆声脆气地问："叔叔，你们建造的大银行能用上我们淘的铁砂吗？"

　　任中坚很想如实告诉他：不，用不上的。你们的劳动成果最后都变成一些满是孔眼的铁渣，被垫到地里去。你们的汗水，你们的青春，尤其是你们的热血和激情，都被滥用了，浪费了，糟蹋了。他不禁想起那时在《中国少年报》上看过的一则奇闻：一个8岁的小学生用黄泥捏出一个小高炉，用嘴巴当鼓风机，竟然也炼出了钢铁。记得看到这则消息时自己曾是那么激动——否则也不会牢记着这则消息达40年之久。这不算丢人，那时我只是一个年仅9岁的轻信的孩子嘛。可是，当时那些身处高位的大人呢？那些本该对人民负责的政治家们呢？难道他们的智力也降到了9岁孩子的水平？

他不忍对一个正在兴头上的孩子泼冷水，便缄默不语。那边，黑豹快快活活地继续骗下去："当然，当然。你们挖的铁砂都会变成银行大楼的钢筋，变成银行金库的大铁门。"

小坚咯咯地笑起来："才是胡说呢。那时人们的觉悟都极大地提高了，还要铁门干啥？"

另一个孩子说："对，那时物质也极大地丰富了，猪肉鸡蛋吃不完，得向每人派任务。"

第三个孩子发愁地说："那我该咋办哪？我天生不爱吃猪肉。"

任教授听不下去了，这些童言稚语不啻是一把把锯割心房的钝刀。他截断他们的讨论："天不早了，要不你们先回去吧。至于你们的铁锨，"他原想说用钱买的，但非常明智地及时打消了这个主意，"明天你们不是还来干活吗？那好，我们用完就放在这个坑里。快回吧，要不爹妈会操心的。"

四个孩子答应了："行，我们明天来拿。叔叔再见！"

"再见。"在暮色中他紧紧盯着他们，盯着41年前的自己，盯着儿时的好友。这个翘鼻头叫顾金海，40岁时得癌症死了；这个大脑门叫陈显国，听说成了一个司级干部，他早就和家乡的同学割断了一切联系；这个大板牙忘了名字——怎么可能忘记呢，那时整天在一块儿玩？但确实是忘了，只记得他的这个绰号。大板牙后来的境遇很糟糕，在街上收破烂，每次见到同学都早早把头垂下去。他很想问出大板牙的名字，但是……又有什么用呢。最终他只是沉闷地说："再见，孩子们再见。"

孩子们快乐地喧哗着，消失在小叶杨遮蔽的小道上。任教授真想追上去，与那个小坚融为一体，享受孩提时的愉悦、开朗和激情，享受那久违的纯净……可惜，失去的永远不可能再得到，即使手中握有时间机器也不行。月挂中天，云淡星稀，远处依稀传来一声狗吠。直径2米、深2.5米的土坑已经挖好，他们借着月光再次复核了深度。

然后任教授跳下去，掏出时间机器，表盘上闪着绿色的微光。他忽然想起一件事，皱着眉头说："把两把铁锹扔上去，我们不能带着它们去做时间旅行。可惜，我们要对孩子们失信了——原答应把铁锹放到坑里的。"

贼王嘲讽地看看他，隐住嘴角的讥笑：一个敢去盗窃金库的大恶棍，还会顾及是不是对毛孩子们失信？任教授说："来，站到坑中央，三人靠紧，离坑壁尽量远一些，我们不能把坑壁上的土也带去。现在我把时间调到1992年9月11日晚上10点，就是金库监视系统失灵的那天夜里。"他看看两人，补充道，"我的时间机器是十分可靠的，但毕竟这是前人没做过的事情，谁也不能确保旅途中不出任何危险。如果两位不愿去，现在后悔还来得及。"

黑豹粗暴地说："他妈的，已经到这一步了，你还啰嗦什么！老子这辈子本来就没打算善终。快点开始吧！"

贼王注意地看着任教授。土坑遮住了月光，他只能看到一对深幽的瞳孔。他想，这个家伙的处事总是超出常规。看来，这番交待真的是对两个同伴负责，而不是用拙劣的借口想甩掉他们。于是贼王平和地说："对，我们没什么可犹豫的，开始吧！"

任教授抬起头，留恋地看看洁净的夜空，按下了启动钮。

刷的一声，三人越过了34年的时光。体内的每个原子都因快速的奔波而振荡。他们从1米高的空中扑通一声落下去，站到了水泥地板上——为了保险，原来设定的位置是在金库地板之上1米处。落地时脚掌都撞得生疼，但三人都没心思去注意这点疼痛了。

他们确实已到了金库之中，确实越过了厚厚的水泥外壳和1米厚的钢门——不过不是从空间中越过，而是从时间中越过。金库占地极宽，寂无人声，几十盏水银灯寂寞地照着，那是为监视系统的摄像镜头提供光源。金库外一定有众多守卫，尤其是监视系统失灵的这个关口。但这里隔音极好，听不到外边的一丝声响，恰像一个封闭了万年

之久的幽深的坟墓。

是黄金的坟墓，一个个敞开的货架上整齐地码放着无数金条，闪着妖瞳般的异光。贼王和黑豹仅仅喊了半声，就把下面的惊呼卡到喉咙里了。他们急急跑过去，从货架上捡起一根根金光闪耀的沉甸甸的金条。贼王用牙咬了咬，软软的。没错，这是货真价实的国库黄金。不是做梦！

任教授仍站在原处，嘴角挂着冷静的微笑，就像是一场闹剧表演的旁观者。黑豹狂喜地奔过去，把他拉到货架前："你怎么干站着？你怎么能站得住？任先生，真有你的，你真是天下第一奇才，我服你啦！"

他手忙脚乱地往怀里捡金条："师傅，这次咱们真发了，干一辈子也赶不上这一回。下边该咋办？"

贼王喜滋滋地说："听先生的，听任先生安排。"

任教授有条不紊地指挥着："把那几个板箱搬到坐标原点，就是咱们原先站的地方，架高到 1 米。我们必须从原来的高度返回，否则返回之后，两腿就埋到土里了。"

"行！"黑豹喜滋滋地跑过去，把木箱摆好。

"每人先拿三根吧。我说过，这台时间机器的功率太小，不一定能携带太多的东西。"

黑豹一愣，恼怒地说："只拿三根？这么多的金条只拿三根？"

"没关系的，可以随意返回嘛，你想返回 100 次也行。"

贼王想了想，"好，就按先生说的办。"

每人揣好金条爬到木箱上，任教授调校着时间机器，黑豹还在恋恋不舍地看着四周。忽然机器内响起干涩嘶哑的声音，任教授失望地说：

"果然超重了，每人扔掉一根吧。"

他们不情愿地各掏出一根扔下去，金条落地时发出沉重的声响，

但机器仍在哀鸣着。"不行，还超重，每人只留下一根吧。"

黑豹的眼中冒出怒火，犟着脖子想拒绝。贼王冷厉地说："黑豹，把你怀中多拿的几根掏出来！"

黑豹惊恐地看看师傅，只好把怀里的金条掏出来，一共有 5 根。他讪讪地想向师傅解释，但贼王没功夫理他，因为他忽然想到一个主意：

"黑豹你先下去，少了一个人的重量，我和任先生可以多带十几根出去——然后回来接你。"

黑豹的眼睛立即睁圆了，怒火从里面喷出：拿我当傻瓜？你们带着几十根金条出去，还会回来接我？把我扔这儿给你们顶罪？其实贼王并没打算扔下黑豹不管，但他认为不值得浪费时间来解释，便利索地抽出手枪喝道："滚下去！"

黑豹的第一个反应是向腰里摸枪，但半途停住了，因为师傅的枪口已经在他鼻子下晃动。他只好恨恨地跳下木箱，走到 1 米之外，阴毒地盯着木箱上的两人。任教授叹息道："胡先生，没用的。这种时间机器有一个很奇怪的脾性，它对所载的金属和非金属是分开计算的。也就是说，不管是三个人还是两个人，能够带走的金属物品是一样多的。不信，你可以试试。"

贼王沉着脸，一根根地往下扔金条。直到台上的金条只剩下三根时，机器才停止呻吟。贼王非常恼火——费了这么大的力气，只能带走三根！满屋黄金只能干瞅着！但任教授有言在先，他无法埋怨。再说也不必懊恼，只要多回来几趟就行了嘛。他说："三根就三根，返回吧。"

任教授看看下面的黑豹："让他也上来吧。"

当金条一根根往下扔时，黑豹的喜悦也在一分分地增长。很明显，如果这次他们只带走三根，他就有救了——贼王绝对舍不得不返回的。现在任教授说让他上去，他殷切地看着师傅。贼王沉着脸——刚

才黑豹掏枪的动作丢了他的面子。不过他最终阴沉地说："上来吧。"

黑豹如遇大赦，赶忙爬上来。机器又开始呻吟了，黑豹立即惊慌失措。任教授也很困惑，想了想，马上明白了："你身上的手枪！把手枪扔掉。"

黑豹极不愿扔掉手枪。也许到了某个时候它会有用的，面对着妖光闪耀的黄金，他可不敢相信任何人。不过他没有别的选择。他悻悻地扔掉手枪，机器立即停止嘶叫。三个人同时松了口气。"我要启动了。"任教授说。

贼王说："启动吧——且慢，能不能回到1967年？"他仰起头思索片刻，"1967年7月10日晚上9点。我很想顺便回到那时看看。看一个……熟人。"

"当然可以，我说过，只要是1984年之前就行。"他按贼王的希望调好机器，"现在，我要启动了。"

又是刷的一声，光柱摇曳，他们在瞬间返回到25年前。金库消失了，他们挖的土坑也消失了，脚下是潮湿的洼地，疯长着菖蒲和苇子。被惊动的青蛙扑通扑通跳到近处的水塘里，昆虫静息片刻又欢唱起来。

不过，这里已经不像1958年那样荒凉了。左边是一条简陋的石子路，通向不远处的一群建筑，那里大门口亮着一盏至少100瓦的电灯，照得门前白亮亮的。很奇怪，大门被砖石堵死了，院墙上写着一人高的大字，即使在夜里，借着灯光也能看得清清楚楚：

"谁敢往前走一步，叫你女人变寡妇！！！"

任教授苦笑道："胡先生，你真挑了一个好时间。我知道这儿是1963年建成的农中，现在是1967年，正是武斗最凶的时刻。农中'横空出世'那帮小爷儿们都是打仗不要命的角色。咱们小心点，可别挨了枪子儿。"

黑豹没有说话，一直斜眼瞄着贼王怀里的两根金条。贼王也没说话，好像在紧张地期待着什么。不久，远处传来沙沙的脚步声，一个

小黑影从夜色中浮出，急急地走过来，不时停下来向后边张望。贼王突然攥紧了任教授的胳膊，抓得很紧，指甲几乎陷进肉里。10 分钟后，任教授才知道他为何如此失态。小黑影急促地喘息着，从他们面前匆匆跑过去，没有发现凹地的三个大人。从他踉跄的步态可以看出，他已经疲惫不堪了，只是在某种信念的支撑下才没有倒下。离农中还有 100 米时，突然传来大声的喝叫声：

"站住，不许动！"

小男孩站住了："喂——"他拉长声音喊着，清脆高亢的童声在夜空中显得分外清亮。"我也是二七派的，我来找北京红卫兵代表大会的薛丽姐姐！"

那边停顿了几秒钟，狠狠地喝道："这儿没什么薛丽，快滚！"

男孩的喊叫中开始带着哭声："我是专门来报信的！我听见爸爸和哥哥——他们是河造总的铁杆儿打手——在商量，今晚要来农中抓人，他们知道薛丽姐姐藏在这儿！"

那边又停顿了几秒钟，然后一个女子用甜美的北京话说："小家伙，进来吧。"

说话人肯定是北京红卫兵代表大会第三司令部派驻此地的薛丽了。两个人从那个狗洞似的小门挤出来，迎接小孩。小孩一下子瘫在他们身上，然后被连拖带拽地拉进小门，随之一切归于寂静。贼王慢慢松开手，从农中那儿收回目光。任教授低声问："是你？他就是你

"嗯，"贼王不大情愿地承认，"这是'文革'中期，造反派刚胜利，又分成两派武斗。一派是二七，一派叫河造总。我那年 13 岁，是个铁杆小二七。那天——也就是今天晚上，我在家里听老爹和哥哥商量着要来抓人，便连夜跑了 10 千米路赶来送信……后来河造总派的武斗队真的来了，我也要了一枝枪参战。我的腿就是那一仗被打瘸的，谁知道是不是挨了我哥或我爹的子弹。我哥被打死了，谁知道是不是我打中的。从那时起我就没再上学，我这辈子……我是个傻×，那时我们都

是傻×!"他恨恨地说。

天边有汽车灯光在晃动，夜风送来隐约的汽车轰鸣声。不用说，是河造总的武斗队来了。很快这儿会变成枪弹横飞的战场，双方的大喇叭在声嘶力竭地喊着"誓死捍卫……"从楼上扔下来的手榴弹在人群中爆炸，愤怒的进攻者用炸药包炸毁了楼墙。大势已去的农中学生和红卫兵代表大会的薛丽（当然还有左腿受伤的小宗尧）挤在三楼，悲愤地唱着"抬头望见北斗星，心中想念……"十几分钟后，他们满身血迹地被拖出去……贼王的脸色阴得能拧出水来，任教授也是面色沉郁。年青的黑豹体会不到两人的心境，不耐烦地说："快走吧，既然有武斗，窝在这儿挨枪子呀。"

贼王仍犹豫着。也许他是想迎上去，劝说哥哥和爹爹退回去，以便挽救哥哥的性命。但是，虽然弄不懂时间旅行的机理，他也凭直觉知道，一个人绝对无法改变逝去的世界，即使他握着一台神通广大的时间机器。于是他决绝地挥挥手："好，走吧。"

照着罗盘的指引，他们向正北方向走了精确的 349 米，来到草木藏葳的河边。贼王已经从刚才的伤感中走出来，恢复了平日的阴狠果决。"往下进行吧，抓紧时间多往返几次。不过，"他询问任教授，"返回金库前，需要把已经带出来的金条处理好，对吧。"

"那是当然，如果随身带着，下一次就无法带新的了。"

贼王掏出怀里的两根金条，"那么，把它们放到什么地方？不，应该说，放到什么年代？"

任教授也掏出怀中的一根，迟疑地说："回到 1999 年吧，如果回到这年前的时间，我恐怕……没脸去花这些贼赃。"

贼王恼怒地看着他，真想对他说："先生，既然你已经上了贼船，就不必这么假清高了。"但他最终没说出来，只是冷淡地说："好吧，就按任教授的意见办。"

他们又返回到出发的时刻，河堤上，那根作为标杆的苇梃仍在夜风中抖动着，没有半点枯萎的迹象。任教授说："我想不必返回你们的秘密住处了，把金条埋在脚下就行。等咱们攒下足够的金条再来平分。"

黑豹疑惑地问："就埋在河边，不怕人偷走？"

任教授微笑道："完全不用担心。有了时间机器，你应当学会按新的思维方式去思考。想想吧，咱们可以——不管往返几次——准确地在离开的瞬间就返回，甚至在离开之前返回，守在将要埋黄金的地方。有谁能在咱们眼前把黄金偷走呢。你甚至不用埋藏，摆在这儿也无妨。"

黑豹听得糊里糊涂。从直观上说他根本不相信任教授的话，但从逻辑上又无法驳倒。最后他气哼哼地说："行，就按你说的办——不过你不要捣鬼，俺爷儿俩都不是吃素的!"

他有意强调与贼王的关系。只是，在刚才的拔枪相向之后，这种强调不免带着讨好和虚伪的味道。任教授冷淡地看着他，看着贼王，懒得为自己辩解。贼王对黑豹的套近乎也没有反应，蹲下来扒开虚土，小心地埋好三根金条。想了想，又在那儿插了三根短苇梃作为标记。在这当儿，任教授也调好了时间。

"立即返回吧，仍返回到 1992 年 9 月 11 日晚上 10 点零 5 分，就是刚才离开金库之后的时刻——其实也可以在离开前就返回的，但是，那就会与库内的三个人劈面相遇，事情就复杂化了。所以，咱们要尽量保持一个分岔较少的宇宙。喂，站好了吗？"

两人紧靠着任教授站好。任教授没注意到黑豹目中的凶光，按下了按钮。就在他手指按下的瞬间，黑豹忽然出手，凶狠地把贼王推出圈外!

空气振荡片刻后归于平静。听见一声闷响，那是贼王的脑袋撞上铁架的声音。不过，他并没有被推出"时间"之外。因为在他的身体

尚未被推出一米之外时，时间机器已经起作用了。黑豹刷地跳到货架后，面色惨白地盯着贼王。他没有想到是这个局面。他原想把贼王留在1999年，那样一来，剩下一个书呆子就好对付了，可以随心所欲地逼他为自己做事。可惜，贼王仍跃迁到了金库，按他对师傅的了解，他决不会饶过自己的。

贼王转过身，额角处的鲜血慢慢流淌下来。他的目光是那样阴狠，让黑豹的血液在一瞬间冰冻。任教授惊呆了，呆呆地旁观着即将到来的火拼。贼王的右臂动了一下，分明是想拔枪，但他只是耸动了右肩，右臂却似陷在胶泥中，无法动弹。贼王最终明白了是咋回事——自己的一节右臂已经与一根铁管交叉重叠在一起，无法分离了。他急忙抽出左手去掏枪，但在这当儿，机敏的黑豹早已看出了眉目，他一步跨过来，按住师傅的左臂，从他怀中麻利地掏出枪，指着两人的脑袋。

惊魂甫定后，黑豹目不转睛地盯着贼王的右臂。那只胳膊与铁架交叉着，焊成了一个斜十字。交叉处完全重合在一起，铁管径直穿过手臂，手臂径直穿过铁管。这个奇特的画面完全违反了人的视觉常识，显得十分怪异。被铁架隔断的那只右手还在动着，做着抓握的动作，但无法从铁管那儿拉回。黑豹惊惧地盯着那儿，同时警惕地远离师傅，冷笑道："师傅，对不起你老了。不过，刚才你想把我一个人撇在金库时，似乎也没怎么念及师徒的情分。"

贼王已经知道自己处境的无望，便将生死置之度外了。他根本不理睬黑豹，向任教授扭过头，脸色苍白地问："任教授，我的右臂是咋回事？"

任教授显然也被眼前的事变惊呆了，他走过来，摸摸贼王的右臂。它与铁架交融在一起，天衣无缝。任教授的脸色比贼王更见惨白，语无伦次地说："一定是恰恰在时间跃迁的那个瞬间，手臂与铁架在空间上重合了……物质内有足够的空间可以互相容纳……不过我在多次试验中从没碰上这种情况……任何一篇理论文章都没估计到这种可能

……"

黑豹已经不耐烦听下去，他从架上拿了三根金条揣在怀里，对任教授厉声喝道："少啰嗦，快调整时间机器，咱俩离开这儿！"

任教授呆呆地问："那……贼王怎么办？你师傅怎么办？"

黑豹冷笑道："他老人家……只好留在这儿过年了。"

任教授一愣，忽然愤怒地嚷道："不行，不能把他一个人留在这儿！这样做太缺德。黑道上也要讲义气呀。"

"讲义气？那也得看时候。现在就不是讲义气的黄道吉日。快照我说的办！"黑豹恶狠狠地朝任教授扬了扬手枪。任教授干脆地说："不，我决不会干这种昧良心的事。想开枪你就开吧。"

黑豹怒极反笑了："怎么，我不敢打死你？你的命比别人贵重？"

"那你尽管开枪好了。不过我事先警告你，这架机器有手纹识别系

统，它只听从我一个人的命令。"

贼王看着任教授，表情冷漠，但目光深处分明有感激之情。这会儿轮到黑豹发傻了。没错，任教授说的并非大话，刚才明明看见他把手掌平放在机器上，机器才开始亮灯。也许，该把他的右手砍下来带上，但谁知道机器会不会听从一只"死手"的命令？思前想后，他觉得不要乱来，只好在脸上堆出歉意的笑容：

"其实，我也不想和师傅翻脸，要不是他刚才……你说该咋办，我和师傅都听你的。"

怎么办？任教授看看贼王，再看看黑豹，用不容置疑的口吻说："你先把手枪交给我！"他补充道，"你放心，我不会把枪交给你师傅的。"

黑豹当然不愿意交出武器，他十分清楚师傅睚眦必报的性格。但是他没有办法。尽管他拿着枪，其实他和贼王的性命都掌握在任教授的手里。另外，任教授的最后一句话让他放了心，想了想，他痛快地把枪递过去。

任教授把手枪仔细揣好，走过去，沉痛地看着贼王："没办法，胡先生，只好把你的胳膊锯断了。"

刚才贼王已经做好了必死的准备，这时心情放松了，笑道："不就是一只胳膊嘛，砍掉吧——不过手边没有家伙。"

任教授紧张地思索片刻，歉然道："只有我一个人先返回了，然后我带着麻醉药品和手术器械回来。"

贼王尚未答话，黑豹高声叫道："不行！不能让他一个人回去！"他转向贼王，"师傅，不能让他一个人离开。离开后他还能回来？让我跟着他！"

任教授鄙夷地看着他，没有辩解，静静地等着贼王的决定。贼王略微思考片刻——他当然不能对任教授绝对放心，但他更不放心黑豹跟着去。最后他大度地挥挥手："任教授你一个人去吧，我信得过你！"

黑豹还想争辩，但贼王用阴狠的一瞥把他止住了。任教授感激地看着贼王，低声说："谢谢你的信任，我会尽快赶回来。"他站到木箱上，低下头把机器调整到 1958 年 6 月 1 日晚 9 点，按下按钮。

刷的一声，金库消失了，他独自站在夜色中。眼前没有他们挖的那个 2.5 米深的土坑，而是一个浅浅的水塘，他就立在水塘中央，两只脚陷进淤泥中。他不经意地从泥中拔出双脚——忽然觉得双脚比过去重多了。不，这并不是因为鞋上沾了泥，而是他的双脚已与同样形状的两团稀泥在空间重合了，融在一起了。他拉开裤脚看看，脚踝处分明有一道界线，线下的颜色是黑与黄的混合。

那么，他终生要带着这两团稀泥生活了。也许不是终生，很可能几天后，这双混有杂质的双脚就会腐烂发臭。他苦笑着，不知道自己为何老是出差错。时间机器是极为可靠的，他已经在上千次的试验中验证过。但为什么第一次投入使用就差错不断？比如说，这会儿他就不该陷在泥里，这儿应该有一个挖好的 2.5 米深的土坑呀。……原因在这儿！他发觉，表盘上不是 1958 年 6 月 1 日，而是 1978 年 6 月 1日。在紧张中他把时间调错了，所以返回的时间晚了 20 年。

那么，眼前的情景就是不幸中之大幸了。毕竟他只毁坏了一双脚，而不是把脑袋与什么东西（比如一块混凝土楼板）搅在一块儿。

先不要考虑双脚的事，他还要尽快赶回去救人呢。他不能容忍因自己的过失害死一条人命，即使他是恶贯满盈的贼王。眼前是一片沉沉的夜幕，只有左边亮着灯光，夜风送来琅琅的读书声。他用力提着沉重的双脚向那边走去。

这正是他在第二次返回时见过的农中，这会儿已经升格为农专了。看门的老大爷正在下棋，抬头看看来人，问他找谁。任教授说找医务室。老大爷已经看到他的苍白脸色，忙说医务室在这排楼的后面，你快去吧，要不让老张（他指指棋伴）送你过去？

"不，谢谢。我能找到。"任教授自己向后面走去。读书声十分响

亮，透过雪亮的窗户，看见一位老师正领读英语。任教授想，这是
1978年啊，是恢复高考的第二年。他正是这年考上了清华大学。那
时，大学校园到处是琅琅的读书声，到处是飞扬的激情，纯洁的激情。
尤其是老三届的学生都十分珍惜得之不易的学习机会，想追回已逝的
青春……

其实，何止是大学校园，就连这个偏僻破败的农专校舍里，也可
以摸到那个时代的强劲脉搏。任教授驻足倾听，心中涌出浓浓的怅惘。
这种情调已经久违了。从什么时候起，金钱开始腐臭学子们的热血？
连自己也迈出了精神的伊甸园。而且，他的醒悟太晚了，千千万万的
投机者、巧取豪夺者已抢先一步，攫取了财富和成功。

他叹息一声，敲响了医务室的门。这是个十分简陋的医务室，显
然是和兽医室合二为一的。桌上有两支硕大的注射针管，肯定是兽用
的。墙上挂着兽医教学挂图。被唤醒的医生或兽医揉着眼睛，听清了
来人的要求，吃惊地喊道："截肢？在这儿截肢？你一定是疯了！？"

看来，不能在短时间内说服他了，任教授只好掏出手枪晃动着。
在手枪的威逼下，医生只好顺从地拿出麻醉药品、止血药品，还遵照
来人的命令从墙上取下一把木工锯。不过他仍忍不住好心地劝道："听
我的话，莫要胡闹，你会闹出人命的！"

来人已消失在门外的夜色之中。

任教授匆匆返回到原处，又跃迁到离开金库的时刻。就在他现身
于金库的一刹那，他忽然觉得胸口一震——是一种非常奇怪的感觉，
就像是一把红热的铁砂射进牛油中，迅速冷却、减速，并陷在那里。
沉重的冲力使他向后趔趄着，勉强站住脚步。眼前黑豹和贼王正怒目
相向，而他正处于两个人的中间。贼王的脑袋正作势向一边躲闪，黑
豹右手扬着，显然刚掷出一件东西。

任教授马上知道了是怎么回事：一定是在他离去的时间里两人又

火拼起来，黑豹想用金条砸死师傅，而自己恰好在金条掷出的一刻返回，于是那条黄金便插入自己的胸口了。他赶回来的时间真太巧了啊，也许，这就是人们常说的报应？他凄然苦笑，低头看看胸前。衣服外面露出半根金条，另外半根已与自己的心脏融成一体。他甚至能"用心"感觉到黄金的坚硬、沉重与冰冷。

三人都僵在这个画面里，呆呆地望着任教授胸前的半根金条。贼王和黑豹想，任教授马上就要扑地而死了。既然金条插到心脏里，他肯定活不成了。但时间一秒秒地过去，任教授仍好好地站着。密室中仍跳荡着他的心跳声：咚，咚咚，咚，咚咚……

任教授最先清醒过来，苦笑道："不要紧，我死不了。我说过，物质间有足够的空间可以互相容纳，黄金并不影响心脏的功能。先不管它，先为贼王锯断胳膊。"他瞪着畏缩的黑豹，厉声喝道："快过来！从现在起，谁也不许再钩心斗角！难道你们不想活着从这里走出去？"

黑豹被他的正气慑服了，低声辩解道："这次是师傅先动手……皇天在上，以后谁再起歹心，叫他遭天打雷劈！"

贼王也消去目光中的歹意，沙声说："以后听先生的。开始锯吧。"

任教授为贼王注射了麻醉剂，又用酒精小心地把锯片消毒。黑豹咬咬牙，拎起锯子哧哧地锯起来。贼王脸上毫无血色，刚强地盯着鲜血淋淋的右臂。胳膊很快锯断了，任教授忙为他上了止血药，包好。在他干这些工作时，他胸前突起的半根金条一直怪异地晃动着，三个人都尽量使目光躲开它。

手术完成了，贼王眯上眼睛喘息片刻，睁开眼睛说："我的事完了，任教授，你的该咋办？"

"出去再说吧。"

"也好，走，记着再带上三根金条。"

三人互相搀扶着登上木箱，任教授调好机器，忽然机器发出干涩嘶哑的呻吟。"超重！"任教授第一个想到原因，"我胸前已经有了一

根，所以我们只能带两根出去了。"

三人相对苦笑，都没有说话。黑豹从怀里抽出一根金条扔到一米开外，机器的呻吟声马上停止了。

"好，我们可以出发了。"

他们按照已经熟稔的程序，先回到1958年，再转移到河边，然后返回到1999年。走前栽下的苇挺仍在那里，用手扒开虚土，原先埋下的三根金条完好无缺。黑豹的心情已转为晴朗，兴致勃勃地问："师傅，这次带出的两根咋办？也埋这里吗？"

贼王没有理他，扭头看着任教授胸前突出的金条，"任先生，先把这个玩意儿去掉吧，也用锯子？"

任教授苦笑道："只有如此了，我总不能带着它回到人群中。"

"那……埋人体内的那半截咋办？"

"毫无办法，只有让它留在那儿了。不要紧的，我感觉到它并不影响心脏的功能。"

贼王怜悯地看着他。在这两天的交往中，他已对任教授有了一个好印象，不忍心让他落下终身残疾。他忍着右臂的剧痛努力思索着，突然眼睛一亮："有办法了，你难道不能用时间机器返回到金条插入前的某个时刻，再避开它？"

任教授苦笑着摇摇头。他当然能回去，但那样只能多出另一个完好无损的任中坚，而这个分岔宇宙中的任中坚仍然不会变。但他懒得解释，也知道无法对他们讲清楚。只是沉重地说："不行，那条路走不通。动手吧。"

黑豹迟疑地拿起锯子，贴着任教授的上衣小心地锯着。这次比刚才艰难多了，因为黄金毕竟比骨头坚韧。不过，在木工锯的锯齿全部磨钝之前，金条终于被锯断了。衣服被锯齿挂破，胸口处鲜血淋漓，分明嵌着一个金光灿灿的长方形断面，与皮肉结合得天衣无缝。任教

授哧哧地撕下已经破烂不堪的上衣，贼王喝令黑豹脱下自己的上衣，为任教授穿上，扣好衣扣，遮住那个奇特的伤口。

贼王松口气——忽然目光变冷了。他沉默片刻，突兀地问："刚才锯我的胳膊时，你为什么不锯断铁管，像你这样？"

任教授猛然一愣："错了！"他苦笑道："你说得对，我们可以把胳膊与铁管交叉处上下的铁管锯断嘛，那样胳膊就保住了。"

贼王恶狠狠地瞪着他。因为他的错误决定，让自己永远失去了宝贵的右手。但他马上把目光缓和了："算了，不说它了。当时太仓促，我自己也没有想到嘛。下边该咋办？"

"还要回金库！"黑豹抢着回答。"忙了几天，损兵折将的，只弄出这 5 根金条，不是太窝囊了嘛。当然，我听师傅的。"他朝贼王谄笑道，"看师傅能不能支持得住。"

贼王没理他，望着任教授说："我听先生的。这只断胳膊不要紧，死不了人。任教授，你说咋办？现在还返回吗？"

任教授没有回答，他转过身望着夜空，忽然陷入奇怪的沉默。他的背影似乎在慢慢变冷变硬。贼王和黑豹都清楚地感觉到了这种变化，疑惑地交换着目光。停了一会儿，贼王催促道："任教授？任先生？"

任教授又沉默了很久，慢慢转过身来，手里……端着那把手枪！他目光阴毒，如地狱中的妖火。

自那根金条插入心脏后，任教授时刻能感到黄金的坚硬、沉重和冰冷。但同时他也清楚地知道，黄金和他的心脏虽然已经相融，其实是处在不相同的世界里，互不干涉。可是，在黑豹哧哧拉拉地锯割金条时，插入心脏的那半根金条似乎被震碎了。黄金的微粒抖动着，跳荡着，挤破了相空间的屏障，与他的心脏真正合为一体了。现在，他的心脏仍按原来的节奏跳动着，咚，咚咚。咚，咚咚。不过，如果侧

耳细听，似乎能听出这响声带着清亮的金属尾音。这个变化不会有什么危险，比如说，这绝不会影响自己的思维，古人说"心之官则思"，那是错误的。心脏只负责向身体供应血液，和思维无关。

可是，奇怪的是，就在亿万黄金分子忙乱地挤破相空间的屏障时，一道黄金的亮光在刹那间掠过他的大脑，就如划破沉沉夜色的金色闪电。他的思维在刹那间变得异常清晰，就如梦中午醒，他忽然悟出，过去的许多想法是那样幼稚可笑。比如说，身后这两个家伙就是完全多余的。为什么自己一定要找他们合伙？为什么一定要把到手的黄金分成三份？实在是太傻了，太可笑了。

正所谓"朝闻道，夕死可矣"，现在改正错误还不算晚。不过，"夕死可矣"的人可不是自己，而是这两个丑类，两个早该吃枪子的惯盗。向他们开枪绝不会良心不安的。

任教授手中紧握着贼王那把五四手枪，机头已经扳开。那两人一时间惊呆了，尤其是贼王。他早知道，身在黑道，没有一个人是可以信赖的。他干了20年黑道生涯都没有失手，就是因为他时刻这样提醒自己。但这一次，在几天的交往中，他竟然相信了这位读书人——是逐步信任的，但这种逐步建立起来的信任又是非常坚固的。如果不是这会儿亲眼所见，他至死也不会相信任先生会突然翻脸，卑鄙地向他们下手。贼王惨笑道："该死，是我该死，这回我真的看走眼了。任先生，我佩服你，真心佩服你，像你这样脸厚心黑的人才能办大事。我俩自叹不如。"

任教授冷然不语。黑豹仇恨地盯着他的枪口，作势要扑上去。贼王用眼色止住他，心平气和地说："不过，任先生，你不一定非要杀我们不可。我们退出，黄金完全归你还不行吗？多个朋友多一条路。"

任教授冷笑道："那么，多一个仇人呢？我想你们只要活着，一定不会忘了对我复仇吧。你看，这么简单的道理我到现在才想通——在黄金融入心脏之后才想通，这要感谢黄金的魔力。"

贼王惨笑道："没错，你说得对。换了我也不会放仇人走的，要不一辈子睡不安稳。"他朝黑豹使个眼色，两人暴喝一声，同时向任教授舍命扑过去。

不过，他们终究比不上枪弹更快。当当两声枪响，两具身体从半空中跌落。任教授警惕地走过去，踢踢两人的身体。黑豹已经死了，一颗子弹正中心脏，死得干净利落。贼王的伤口在肺门处，他用左手捂住伤口，在临死的抽搐中一口一口地吐着血沫。任教授踢他时，他勉强睁开眼睛，哀怜无助地看着任教授，鲜血淋漓的嘴唇蠕动着，似乎要对任教授作临别的嘱托。

即使任中坚的心已被黄金淬硬，他仍然感到一阵怜悯。几天的交往中他对贼王的印象颇佳，甚至可以说，在黑道行当中，贼王算得上是一个响当当的大丈夫。现在他一定是在哀求自己：我死了，请照顾我的妻儿。任教授愿意接受他的托付，可以多少减轻良心上的内疚。

他把手枪紧贴在腰间，小心地弯下腰，把耳朵凑近那轻轻蠕动的嘴唇。忽然贼王的眼睛亮了，就像是汽车大灯刷地打开。他瞪着任教授，以猞猁般的敏捷伸出左手，从任教授怀中掏出时间机器，用力向石头上摔去。"去死吧！"他用最后的气力仇恨地喊着。

缺少临战经验的任教授一时愣住了，眼睁睁看着他举起那台宝贵的时间机器作势欲掷……但临死的亢奋耗尽了贼王残余的生命力，他的胳膊在最后一刻僵住了，没能把时间机器抛出去。最后一波狞笑凝固在他穷凶极恶的面容上。

任教授怒冲冲地夺过时间机器，毫不犹豫地朝他胸膛上补了一枪。

时间机器上鲜血淋漓，他掏出手绢匆匆擦拭一番。"现在我心净了，可以一心一意去转运黄金了。"他在暮色苍茫的旷野中大声自语道。

三声枪响惊动了附近的住户，远处开始有人影晃动。不过，任教授当然不必担心，没有哪个警察能追上他的时间机器，连上帝的报应

也追不上。有了时间机器，作恶后根本不必担心惩罚。这甚至使他微微感到不安——这和他心目中曾经有过的牢固信念太不一致了。

现在，他又回到金库，从容不迫地拿了三根金条塞到怀里，准备作时间跃迁。时间机器又开始呻吟起来。他恍然想到，自己的胸口里还保存有半根金条。也就是说，他每次只能转运出去两根半——实际只能是两根。这未免令人扫兴。

"只能是两根？太麻烦了！"他在寂静的金库中大声自语。

实际并不麻烦。每次时间跃迁再加上空间移动，如果干得熟练的话，只用10分钟就能完成一个来回。也就是说，1小时可以转运出去12根，8个小时就是96根，足够他家人的一生花销了。他又何必着急呢。

于是，他心境怡然地抛掉一根，把机器的返回时间调好，按下启动钮。

没有动静。似乎听到机器内有微弱的噼啪声。他立时跌进不祥的预感中，手指抖颤着再次按下，仍然没有动静，这次连那种微弱的噼啪声也没有了。

一声深长的呻吟从胸腔深处泛出，冰冷的恐惧把他的每一个关节都冻结了。他已经猜出是怎么回事：是贼王的鲜血缓慢地渗进机芯中，造成了短路。

也许，这是对"善恶有报""以血还血"等准则的最恰如其分的表述。

机芯短路算不上大故障，他对这台自己设计自己制造的机器了如指掌，只要一把小小的梅花起子、一台小小的微焊机就能排除故障——可是，到哪儿去找这两种极普通的工具呢。

满屋的金光闪着诱惑的妖光。黄金，黄金，到处是黄金，是天底下最贵重的东西，是凡人趋之若鹜不避生死的东西——偏偏没有他需要的两件普通工具。他苦笑着想起了儿时看过的一则民间故事：洪水

来了，财主揣着金条、穷人揣着糠窝窝爬上一棵大树。几天后财主终于知道，糠窝窝比黄金更贵重。他央求穷人，用金条换一个糠窝窝，穷人毫不犹豫地拒绝了。七天后，洪水消退，穷人爬下树，捡走了死人的黄金。

那时，在他幼小的心灵中，就敏感地知道这不是一个好故事，这是以穷人的残忍对付富人的贪财。也许，两人相比，这个穷人更可恶一些。但他怎么能想到，自己恰恰落到那个怀揣黄金而难逃一死的富人的下场呢。

时间一分一分地过去。等到天明，这儿的拾音系统就会被修复。自己即使藏起来一动不动，呼吸声也会被外面发现，然后几十名警卫就会全副武装地冲进来。而且——拾音系统正是自己修复的，可以说是自己送掉了自己（7 年后的自己）的性命。

也许"善恶有报"毕竟是真的，今天的情况就是一次绝好的证明。

不过还远远未到完全绝望的地步呢。他对那一天（也就是明天）的情形记得清清楚楚。有了这点优势，他已经想出了一个绝处逢生的办法，虽然这个方法是残忍了一点儿。

确实残忍了一点儿——对他自己。

拿定主意后，他变得十分镇静。现在，他需要睡一觉，等待那个时刻（明天早上 8 点）的到来。他真的睡着了，睡得十分香甜十分坦然，直到沉重的铁门声把他惊醒。他听到门边有人在交谈着，然后一个穿土黄色工作衣的人影在光柱中走进来，大门又在他身后呀呀合上。

任中坚躲在阴影里，目不转睛地盯着此人。这就是他，是 1992 年的任中坚，他是进金库来查找拾音系统的故障。他进了金库，似乎被满屋的金光耀花了眼。但他仅仅停留了两秒钟，揉揉眼就开始细心地检查拾音系统。

阴影中的任中坚知道，"那个"任中坚将在半个小时内找出故障所

在，恢复拾音系统，到了那时，他就无法采取行动了。于是他迅速从角落里走出来，对着那人的后背举起枪。那人听到了动静，惊讶地转过身——现在他不是惊讶，而是惊呆了。因为那个凭空出现的、目光阴狠的、端着手枪的家伙，与自己长得酷似！只是年龄稍大一些。

持枪的任中坚厉声喝道："脱下衣服，快！"

在手枪的威逼下，那个惊魂未定的人只好开始脱衣服。他脱下上衣，露出扁平的没有胸肌的胸脯。这是几十年伏案工作、缺乏锻炼留下的病态。他的面容消瘦，略显憔悴，皮肤和头发明显缺乏保养。这不奇怪，几十年来他醉心工作，赡养老人，抚养孩子，已经疲惫不堪了。持枪的任中坚十分了解这些情况，所以他拿枪的手免不了微微颤动。

上衣脱下了，那人犹豫地停下来，似是征求持枪者的意见。任中坚知道他为什么犹豫：那人进金库时脱去了全部衣服，所以，现在他羞于脱去这唯一的遮羞之物。任中坚既是怜悯又是鄙夷。看哪，这就是那种货色，他们在生死关头还要顾及自己的面子，还舍不下廉耻之心。很难想像，这个干瘪的、迂腐的家伙就是 7 年前的自己。

他的鄙夷冲走了最后一丝怜悯，再次厉声命令："脱！"

那人只好脱下了土黄色的工作裤，赤条条地立在强盗面前。他已经猜到了这个劫金大盗的打算：强盗一定是想利用两人面貌的相似换装逃走，而在金库中留下一具尸体。虽然乍遇剧变不免惊慌，但正义的愤怒逐渐高涨，为他充入了勇气。他不能老老实实任人宰割，一定要尽力一搏。

他把脱下的裤子扔到对方脚下，当对方短暂地垂下目光时，他极为敏捷地从旁边货架上拎起一根金条作武器，大吼一声，跃身向强盗扑过去。

一声枪响，他捂住胸口慢慢倒下去，两眼不甘心地圆睁着。

任中坚看看手中冒烟的手枪，随手扔到一旁，又把死者拉到角落

里。他脱下全身衣服，换上那套土黄色的裤褂。走到拾音器旁，用3分钟时间就排除了故障——他清楚故障所在，因为他7年前已经干过一次了。然后他对着拾音器从容地吩咐：

"故障排除了，打开铁门吧。"

在铁门打开前，他不带感情地打量着屋角的那具尸体。这个傻瓜，蠢货，他心甘情愿地用道德之网自我囚禁，他过了不惑之年还相信真理、正义、公正、诚实、勤劳这类骗人的东西。既然这样，除了去死之外，他还有什么事可做呢。

他活该被杀死，不必为此良心不安。

铁门打开了，外面的人惊喜地嚷道："这么快就修好了？任老师，你真行，真不愧是技术权威。"

即使在眼下的心境里，听到这些称赞，仍能使他回忆起当年的自豪。警卫长迎过来，带他到小房间去换装。这是规定的程序。换装时任中坚把后背对着警卫长，似乎是不愿暴露自己的隐处，实则是尽力遮掩胸前的斑斑血痕和金条的断面。不过，警卫长仍敏锐地发现了异常，他低声问："你的脸色怎么不对头？胳膊上怎么有血迹？"

任中坚脚步摇晃着，痛苦地呻吟道："刚才我在金库里犯病了，跌了一跤。快把我送医院！"

警卫长立即唤来一辆奥迪。3分钟后，奥迪载着换装后的任中坚风驰电掣般向医院驶去。

尾　声

几天后，银行警卫长向公安机关提交了破案经过。这份报告曾在各家报刊和电台上广为转载，闹得妇孺皆知。以下是报告的部分章节。

……凶手走出金库时，我们全都误认为他是刚才进去的任教授。

这并不是心理惯性引起的错觉。据事后检查门口的秘密录像,可以看出,凶手的确同任教授极为相像,只是显得老了几岁。当时,我们曾觉得两人的气质略有不同,还发现他肘上有淡淡的血迹。但凶手诡辩说是在金库中犯病了,跌了一跤,因此才显得面色不佳和沾有血迹。我当时被蒙骗住(我们确实想不到戒备森严的金库中会有另一个人),在监视他换装后,立即把他送到医院。

不过我从直觉上感到异常,便征得在场领导的同意,带上两名警卫进库检查。很快我们就发现库内有大量血迹,地上扔着几根金条,还有两支手枪。顺着血迹我们找到了真正的任中坚教授,那时他浸在血泊之中,还没有断气。我把他摇醒后,他艰难地说:

"劫金大盗……快……"

我立即安排人送任教授去医院,又带人去追凶手。追赶途中我想到奥迪车司机小马身边有手机,便通知他,命令他就地停车。还告诉他,他的乘员是一名穷凶极恶的劫金大盗,千万谨慎从事,好在他身上不会有任何武器(他是在我的严密监视下换装的)。两分钟后,我们赶上了停在医院门口的奥迪,透过加膜的窗玻璃,看见凶手正用手绢死死勒住小马的脖子。幸亏我们及时赶到,小马才没有送命。

我们包围了汽车,喝令凶手下车。凶手很识时务,见大势已去,便顺从地停止了勒杀,坦然下车,让我们铐上。他没有说话,只是轻轻叹息一声。

以下的经过就近乎神话了,但我可以发誓这是真的,因为这是在4个警卫和14个路人的睽睽目光下发生的,绝对不是某一个人的错觉。当凶手被铐住时,时间是上午8点52分——马上我们就知道了,这恰恰是任教授断气的时刻,因为载着任先生的救护车此时也响着警笛开到了医院。护士们往下抬人时惊慌地喊着任教授的名字,他的心脏刚刚停止跳动。恰在此刻,凶手惨叫一声,身体开始扭曲,开始委顿,身体的边缘开始模糊。这一切发生得极快,几秒钟之内,他的身

体竟然化为一团轻烟，完全消失了！在他站立过的地方，留下一堆衣服和一副手铐。

更令人不解的是，上衣中竟然包着半根金条。是被锯断的国库黄金，断口处是非常粗糙的锯痕。他怎么可能在赤身裸体换衣服时，躲过我的监视，把半根金条带出去？我绝不是为自己的失职辩解，但是，确确实实，这是不可能的！

总之，凶手就这样消失了，无法查出他的真实身份。我们把他在录像带上的留影发往全国进行查询，至今也没有发现有哪个失踪者与他的面貌相似——除了英勇牺牲的任教授。两人的容貌实在太相像了，甚至连声音也十分相似。

经查实，库内丢失 6 根金条（后来被群众在不远的河边偶然发现），作案手法迄今未能查明。这个案子留下了许多不解之谜。比如，凶手是怎样潜入金库的？他怎么能预知任教授会进库检查拾音系统，从而预先按任教授的相貌作了整容？任先生牺牲时，为什么凶手也恰恰在这一时刻化为轻烟？这些谜至今没人能回答。

库房内还发现了一台极为精致的机器，显然是凶手留下的。我们询问了不少专家，无人能说清它的功能。理论物理研究所的一位专家开玩笑说，如果一定要我说出它的用处，我宁可说它是一件极为巧妙的时间机器。当然，这只是玩笑，你们不必当真。

这台机器已经封存，留待明天的科学家为它验明正身。

我们已郑重建议政府追认英勇献身的任中坚教授为烈士，以告慰死者在天之灵。

一个月后颁布政府令，追认任中坚教授为烈士。

失去它的日子

在宇宙爆炸的极早期（10^{-35}秒），由于反引力的作用，宇宙经历了一段加速膨胀期。这个暴涨阶段极短，到10^{-35}秒即告结束。此后反引力转变为正引力，宇宙进入减速膨胀，直到今天。

可以想像，两个阶段的接合使宇宙本身产生了疏密相接的孤立波。这道原生波之所以一直被人遗忘，是因为它一直处于膨胀宇宙的前沿。不过，一旦宇宙停止膨胀，该波就会在时空边界上反射，掉头扫过"内宇宙"——也许它在昨天已经扫过了室女超星系团、银河系和太阳系而人类没有觉察。因为它是"通透性"的，宇宙的一切：空间、天体、黑洞、星际弥散物质，包括我们自身，都将发生完全同步的胀缩。因此，没有任何"震荡之外"的仪器来纪录下这个（或这串）波峰。

摘自靳逸飞著《大物理与宇宙》

8 月 4 日   晴

虽然我们老两口都已退休了，早上起来仍像打仗。我负责做早饭，老伴如苹帮30岁的傻儿子逸壮穿衣洗脸。逸壮还一个劲儿催促妈妈：

快点，快点，别迟到了！老伴轻声细语地安慰他：别急别急，时间还早着哩。

两年前我们把他送到一个很小的瓶盖厂——21世纪竟然还有这样简陋的工厂——不为挣钱，只为他的精神上有点安慰。这一招真灵，逸壮在厂里干得很投入很舒心，连星期日也要闹着去厂里呢。

30年的孽债呀！

那时我们年轻，少不更事。怀上逸壮5个月时，夫妻吵了一架，如苹冲到雨地里，挨了一场淋，发了几天的高烧，儿子的弱智肯定与此有关。为此我们终生对逸壮抱愧，特别是如苹，一辈子含辛茹苦、任劳任怨，有时傻儿子把她的脸都打肿了，她也从未发过脾气。

不过逸壮不是个坏孩子，平时他总是快快乐乐的，手脚勤快，知道孝敬父母、疼爱弟弟。他偶尔的暴戾与性成熟有关。他早就进入青春期，有了对异性的追求，但我们却无法满足他这个很正当的要求。有时候见到了街上的或电视上的漂亮女孩，他都会短暂地精神失控。如苹不得不给他服用氯丙嗪，服药的几天里他会蔫头蔫脑的，让人心疼。

除此之外，他真的是一个心地善良的好孩子。

老天是公平的，他知道我们为逸壮吃的苦，特地给了我们一个神童作为补偿。二儿子逸飞今年才25岁，已经进了科学院，在国际上也小有名气了。邻家崔嫂不大懂人情世故，见到逸壮，总要为哥俩的天差地别感慨一番。开始我们怕逸壮难过，紧赶着又是使眼色又是打岔。后来发现逸壮并无此念，他反倒很乐意听别人夸自己的弟弟，听得眉飞色舞的，这使我们又高兴又难过。

招呼大壮吃饭时，我对老伴说，给小飞打个电话吧，好长时间没有他的电话了。我挂通可视电话，屏幕上闪出一个二十七八岁的女子，不是特别漂亮，但是极有风度——其实她只是穿了一件睡衣，但她的眉眼间透着雍容自信，一看就知道是一个大家闺秀，才女型的人物。

看见我们，她从容地说："是伯父伯母吧，逸飞出去买早点了，我在收拾屋子。有事吗？一会儿让逸飞把电话打回去。"我说没事，这么多天没见他的电话，爹妈惦记他。女子说，他很好，就是太忙，不知道他忙的是什么，他研究的东西她弄不大懂。对了，她叫君兰，姓君名兰，这个姓比较少见，所以报了名字后常常有人还追问她的姓。她是写文章的，和逸飞认识一年了。"那边坐着的是逸壮哥哥吧，代我向他问好。再见。"

挂了电话，我骂道，小兔崽子，有了对象也不告诉一声，弄得咱俩手足无措，人家君兰倒反客为主，说话的口气比我们还自然。老伴担心地说，看样子她的年龄比小飞大。我说大两岁好，能管住他，咱们就少操心了。这位君兰的名字我在报上见过，是京城有点名气的女作家。这当儿逸壮一直在远远地盯着屏幕，他疑惑地问，这是飞弟的媳妇？飞飞的媳妇不是青云？我赶紧打岔，快吃饭快吃饭，该上班了。

逸壮骑自行车走了，我仍悄悄跟在后边做保镖。出了大门，碰见青云也去上班，她照旧甜甜地笑着，问一声"靳伯早"。我看着她眼角的细纹，心里老大不落忍。中学时小飞跳过两级，比她小两岁，她今年该是27岁了，但婚事迟迟未定。我估摸着她还是不能忘情于小飞。小飞跳到她的班级后，两人一直是全班的榜首：青云是第一，小飞则在25名中跳动。我曾督促小飞向她学习，青云惨然道："靳伯，你千万别这么说。我这个'第一'是熬夜流汗硬拼出来的，小飞学得多轻松！篮球、足球、围棋、篆刻、乐器，样样他都会一手。好像从没见他用功，但功课又从没落到人后。靳伯，有时候我忍不住嫉妒他，爹妈为啥不给我生个像他那样的好脑瓜呢。"

那次谈话中她的"悲凉"给我印象很深，那不像是一个高中女孩的表情，所以10年后我还记得清清楚楚。也可能当时她已经有了预感？在高三时，她的成绩忽然垮了，不是慢慢下降，而是来了个大溃决，确确实实，就像是张得太紧的弓弦一下子绷断了。她高考落榜后，

崔哥崔嫂、如苹和我都劝她复读一年，我们说你这次只是发挥失常嘛。但她已到了谈学习色变的地步，抵死不再上学，后来就到餐馆里当服务员。

青云长得小巧文静，懂礼貌，心地善良，从小就是小飞的小姐姐。小飞一直喜欢她，但那只是弟弟式的喜爱。老伴也喜欢她，盼着有朝一日她做靳家的媳妇。不久前她还隐晦地埋怨青云没把小飞抓住，那次青云又惨然一笑，直率地说："靳婶，说句不怕脸红的话，我一直想抓住他，问题是能抓住吗？我们不是一个层次的，我一直是仰着脸看他。我那时刻苦用功，其中也有这个念头在里边。但我竭尽全力，也只是和他同行了一段路，现在用得上那句老话——望尘莫及了。"

送逸壮回来，我喊来老伴说，你最好用委婉的方式把君兰的事捅给青云，让她彻底断了想头，别为一个解不开的情结误了终生。如苹认真地说，对，咱俩想到一块儿去了，今晚就去。就在这时，我感到

脑子里来了一阵"晃动"。很难形容它，像是有人非常快地把我的大脑（仅是脑髓）晃了一下，或者像是一道压缩之波飞速从脑海里闪过——不是闪过，是从大脑的内部、从它的深处突然泛出来。

这绝不是错觉，因为老伴正与我面面相视，脸色略见苍白，看来她肯定也感觉到了这一波晃动。"地震?"两人同时反应道，但显然不是。屋里的东西都平静如常，屋角的风铃也静静地悬垂在那里。

我们都觉得大脑发木，有点儿恶心。一个小时后才恢复正常。真是怪了，这到底是咋回事? 时间大致是早上 7 点 30 分。

8 月 5 日　晴

那种奇怪的震感又来了，尽管脑袋发木，我还是记下了准确的时间：6 点 35 分。老伴同样有震感、脑袋发木、恶心。但逸壮似乎没什么反应，至少没有可见的反应。

真是咄咄怪事。上午喝茶时，和崔哥、张叔他们聊起这事，他们也说有类似的感觉。

晚上接大壮回家，他显得分外高兴，说今天做了 2000 个瓶盖，厂长表扬他，还骂别人"有头有脑的还赶不上一个傻哥"。我听得心中发苦，也担心他的同伴们今后会迁怒于他。但逸壮正在兴头上，我只好把话咽到肚里。

逸壮说，爸爸，国庆节放假还带我去柿子洞玩吧! 我说行啊，你怎么会想到它? 他傻笑道，昨天看见小飞的媳妇，不知咋的我就想起它了。逸壮说的柿子洞是老家一个地下溶洞，洞里极大极阔，一座山基本被滴水掏空了，成了一个大致为圆锥形的山洞。洞里阴暗潮湿，凉气沁人肌骨，时有细泉丁冬。一束光线正好从山顶射入，在黑暗中劈出一道细细的光柱，随着太阳升落，光柱也会缓缓地转动方向。洞

外是满山的柿树，秋天，深绿色的柿叶中藏着一个个鲜红透亮的圆果。这是中国北方难得见到的大溶洞，可惜山深路险，没有开发成景点。

两个儿子小的时候，我带他们去过两次，有一次把青云也带去了。三个孩子在那儿玩得很开心，难怪20年后逸壮还记得它。

晚上青云来串门，困惑地问我，那种脑子里的震动是咋回事，她见到的所有人都感觉到了，肯定不是错觉，但没有一个人知道原因。地震局也问了，他们说这几天全国没有任何"可感地震"。"我想问问小飞，他已经是大科学家了。最近来过电话吗？"她似不经意地说。我和老伴心中发苦，可怜的云儿，她对这桩婚事已经不抱任何希望了，但她有意无意地常常想听到逸飞的消息。

逸壮已经凑过去，拉着"云姐姐"的手，笑嘻嘻地尽瞅她。他比青云大3岁呢，但从小就跟着小飞混喊"云姐"，我们也懒得纠正他。青云很漂亮，皮肤白中透红，刚洗过的一头青丝披在肩上，穿着薄薄的圆领衫，胸脯鼓鼓的。她被逸壮看得略有些脸红，但并没把手抽回去，仍亲切地笑着，和逸壮拉家常。多年来逸壮就是这样，老实说，开始我们很担心傻儿子会做出什么不得体的举动，但后来证明这是多虑。逸壮肯定很喜欢青云的漂亮，但这种喜欢是纯洁的。即使他因为肉体的饥渴而变得暴戾时，青云的出现也常常是一针有效的镇静剂。我不知道这是为什么，也许他的懵懂心灵中，青云已经固定成了"姐姐"的形象？也许他知道青云是"弟弟的媳妇"？青云肯定也看透了这一点，所以，不管逸壮对她再亲热，她也能以平常心态处之，言谈举止真像是一位姐姐。这也是如苹喜欢她的重要原因。

我朝如苹使个眼色，让她把昨天的打算付诸实施。但逸壮抢先了一步。他说云姐姐，昨天打电话时我们看见小飞屋里有个女人，长得很漂亮，可是我一点也不喜欢她。她再漂亮我也不喜欢她。爸不喜欢她，妈也不喜欢她。青云的脸变白了，她扭头勉强笑道，靳叔，靳婶，小飞是不是找了个对象？叫啥名字，是干什么的？

这下弄得我很理亏似的，我嘟哝道，那个小兔崽子，什么事也不告诉爹妈，我们是打电话无意碰上的。那女子叫君兰，是个作家。我看看青云，又硬起心肠说，听君兰的口气，两人的关系差不多算定了。青云笑道，什么时候吃喜酒？别忘了通知我。

我和如苹在努力措辞，想安慰她，又不能太露形迹，这时傻儿子又把事情搞糟了。他生怕青云不信似的，非常庄重地再次表白，我们真的不喜欢她，我们喜欢你。这下青云再也撑不住了，眼泪刷地涌出来。她想说句掩饰的话，但嗓子哽咽着没说出一个字，扭头就跑了。

我俩也是嗓中发哽，但想想这样也好，长痛不如短痛。自从儿子进了科学院后，我就看准了这个结局。不是因为地位金钱这类的世俗之见，而是因为两人的智力和学识不是一个层级，硬捏到一块儿是不会幸福的。正像逸壮和青云也不属一个层次，尽管我俩很喜欢青云，但从不敢梦想她成为逸壮的媳妇。

傻儿子知道自己闯了祸，缩头缩脑的，声音怯怯地问：我惹云姐姐生气了吗？我长叹一声，真想把心中的感慨全倒给他，但我知道他不会理解的。因为上帝的偶尔疏忽，他要一辈子禁锢在懵懂之中，他永远只能以 5 岁幼童的心智去理解这个高于他的世界。不过，看来他本人并不觉得痛苦。人有智慧忧患始，他没有可以感知痛苦的智慧。但如果正常人突然下落到他的地位呢？

其实不必为他惆怅，就拿我自己来说，恐怕和小飞也不属于一个层次。我曾问他在科学院是搞什么专业，他的回答我就听不懂。他说他的专业是"大物理"，人类所有的知识都将统一于此，也许只有数学和逻辑学除外。大爆炸产生的宇宙按"大物理"揭示的规律，演化成今天千姿百态的世界，所以各门学科逆着时间回溯时，自然也会逐渐汇流于大爆炸的起点。宇宙蛋是绝对高熵的，不能携带任何信息，因此当人类回溯到这儿，也就到达了宇宙的终极真理。我听得糊里糊涂——而且，这和我多年形成的世界观也颇有冲突，以后我就不再多

问了。

有时不免遐想：当爱因斯坦、海森伯、霍金和小飞这类天才们在智慧之海里自由遨游时，他们会不会对我这样的"正常人"心生怜悯，就像我对大壮那样？

我从不相信是上帝创造人类——如果是，那上帝一定是个相当不负责任、技艺相当粗疏的工匠。他造出了极少数天才、大多数庸才和相当一部分白痴。为什么他不能认真一点，使人人都是天才呢。

不过，也许他老人家正是有意为之？智慧是宇宙中最珍奇的琼浆，自不能暴殄天物，普洒众生。一笑。

晚上检查了壮儿的日记，字仍是歪歪斜斜的，每个字有核桃大。上面写着：我惹云姐姐哭了，我很难过，我很难过。

可叹！

8 月 6 日　晴

那种震感又来了，5 点 40 分，大致是 23 小时一次，也就是每天来震的时间提前一个小时。脑袋发木，不是木，是发空，好像脑浆被搅动了，需要很长时间才能沉淀，恢复透明。如苹也是这样，动作迟滞，脸色苍白，说话磕磕巴巴的。

同街坊闲谈，他们都有同样的感觉，还说电视上播音员说话也不利索了。晚上我看了看，真的是这样。

一定是有什么原因，也许是一种新的传染病。如苹说我是瞎说，没见过天下人都按时按点发作的传染病。我想她说得对。要不，是外星人的秘密武器？

我得问问儿子，我是指小飞，不是大壮。虽然他不是医生，可他住在聪明人堆里，比我们见多识广。我得问问他。今天不问了，今天

光想睡。如苹也早早睡了，只有逸壮不想睡，奇怪，只有他一直没受影响。

8 月 7 日　阴

4点45分，震感。就像我15年前那场车祸，大脑一下子定住了，凝固了，变成一团混沌、黑暗。很久以后才有一道亮光慢慢射进来，脑浆才慢慢解冻。陈嫂家的忠志说，今天不开出租车了，脑袋昏昏沉沉的，手头慢，开车非出事不可。我骑车送壮儿时也是歪歪倒倒的，十字路口的警察眼睛愣瞪着，指挥的手势比红绿灯明显慢了一拍。

我得问飞儿。还是那个女子接的电话，我想了很久才想起她叫君兰。君兰说话很利索，只是表情木木的，像是几天没睡觉，头发也乱。她说逸飞一夜没回，大概在搞研究，那儿也是这样的震感。伯父你放心，没事的。她的笑容太古怪。

8 月 8 日　雨

震感，3点50分。如苹从那阵就没睡觉，一直傻坐着，但忘了做饭。逸壮醒了，急得大声喊："妈，我要上班了！我不吃饭了！"我没敢骑车去送他，我看他骑得比我稳当多了。如苹去买菜，出门又折回来，说下雨了，然后就不说话了。我说下雨了，你是不是说要带雨伞？她说对，带了伞又出去。过一会儿她又回来，说还得带上计算器。今天脑袋发木，算账算不利索。我把计算器给她，她看了很久，难为情地说电源咋打开？她忘了。

我也忘了，不过后来想起来了。我说我陪你去吧。我们买了羊肉、

大葱、菜花、辣椒。卖羊肉的是个姑娘，她找钱时一个劲问，她找的钱对不对？对不对？我说不对，她就把一捧钱捧给我，让我从里面挑。我没敢挑，我怕自己算的也不对。

回来时我们淋湿了，如苹问我，咱们去时是不是带了雨伞？我说你怎么问我呢，这些事不是一直由你操心的吗？如苹气哭了，说脑袋里黏糊糊的，急死了，急死了。

8 月 9 日　　晴

给小飞打电话。我说如苹你把小飞的电话号码记好，别忘了。也把咱家的电话号码记在本上，别忘了。把各人的名字也写上，别忘了。如苹难过地说，要是把认的字也忘了，那该咋办呀。我想了很久，也没想出办法。我说我一定要坚持记日记，一天也不落下，常写常练就不会忘了。急死了。

小飞接的电话，今天他屋里没有那个女人，他很快地说他知道原因，他早就知道原因。叫我们别担心，担心也没有用。这两天他就回家，趁火车还运行。火车现在是自动驾驶。小飞说话时呆怔怔的，就像是大壮。头发也乱，衣服不整齐。如苹哭了，说小飞你可别变傻呀，我们都变傻也没关系，你可别变傻呀。小飞笑了，他说别担心，担心也没用。别难过，难过也没用。因为它来得太快了。他的笑很难看。

8 月 10 日

大壮还要去上班，他高低不让我送了，他说我们是不是变得和他一样了？那他更得去上班，挣钱养活我们。我很生气，我怎么会和他

一样呢。可是我舍不得打他。

我没领来退休金，发工资的电脑生病了，没人会修。我去取存款，电脑也生病了。怎么办呢？急死了。

大壮也没上成班。他说工人都去了，傻工人都去了，只有聪明厂长没上班。有人说他自杀了。

青云来了，坐在家里不走，乐呵呵地说："我等逸飞哥哥回来，他今天能到家吗？让我给他做饭吧，我想他。"她笑，笑得不好看。大壮争辩说是小飞弟弟，小飞是你弟弟，不是哥哥。她说："那我等小飞弟弟回来，他回来我就不发愁了，我就有依靠了。"

8 月 11 日

我们上街买菜，大壮要挽我们。我没钱了，没钱也不要紧，卖菜的人真好，他们不要钱。卖粮食的打开门，让人们自己拿。街上，只有一辆汽车，拐呀拐呀，一下撞到邮筒上，司机出来了，满街都笑他。司机也笑了，他脸上有血。

8 月 12 日

今天没事可记。我要坚持记日记，一天也不落下。我不能忘了认字，千万千万不能忘。

8 月 13 日

今天去买菜，还是不要钱。可是菜很少，卖菜的很难为情，她说，不是我小气，是送菜的人少了，我也没办法，赶明儿没菜卖了，我可咋办呀。我们忘了锁门，回去时见青云在厨房炒菜，她高兴地对我喊："小飞回来了！小飞回来就好了！"

小飞回来也没有办法。他很瘦，如苹很心疼。他不说话，皱着眉头，老是抱着他的日记。我问小飞，咱们该咋办？小飞叫我看他的日记，他提前写在日记里了。日记里写的事他自己也忘了。

靳逸飞日记

8 月 4 日

国家地震局、美国地震局、美日地下中微子观测站、中国授时站我都问了，所有仪器都没有记录——但所有人都有震感。真是我预言过的宇宙原生波吗？

假如真是这样，则仪器不作反应是正常的，因为所有物质和空间都在同步胀缩。但我不理解为什么唯独人脑会有反应——即使它是宇宙中最精密的仪器，它也是在"胀缩之内"而不是"胀缩之外"呀。逻辑上说不通。

8 月 5 日

又一次震感。已不必怀疑了，我问了美国、日本、俄罗斯、德国、以色列、澳大利亚、南非、英国、新加坡等国的朋友，他们都是在北京时间 6 点 35 分 10 秒（换算）感觉到的。这是对的！按我的理论，震感抵达各地不会有先后，它是从第四维空间发出的，波源与三维世界任一点都绝对等距。

它不是孤立波也不奇怪——在宇宙边界的漫反射中被离散了。可惜无法预言这组波能延续多久，一个星期、一个月，还是十万年？

想想此事真有讽刺意义。所有最精密的仪器都失灵，只有人脑才有反应——却是以慢性死亡的方式作出反应。今天头昏，不写了。但愿我的判断是错误的。

8 月 8 日

不能再自我欺骗了。震波确实对智力有相当强的破坏作用，并且是累加的。按已知的情况估算，15～20 次震波就能使正常人变成弱智人，就像大壮哥那样。上帝，如果你确实存在，我要用最恶毒的话来诅咒你！

8 月 9 日

在中央智囊会上我坦陈了自己的意见。怎么办？无法可想。

　　这种过于急剧的智力崩溃肯定会彻底毁掉科学和现代化社会——如果不是人类本身的话。假如是某种基因突变使人类失去双腿、双手、胃肠、心肺，现代科学都有办法应付。但如果是失去智慧，那就根本无法可想。

　　快点行动吧——在我们还没变成白痴之前。保存资料，保存生命，让人类尽快捡回原始人的本能。所有现代化的设备、工具，都将在数月之内失去效用，哪怕是一只普通打火机。因为我们很快就会失去能够使用它们的智力，接着会失去相应的维修供应系统。只有那些能够靠野果和兽皮活下去的人，才是人类复兴的希望。

　　上帝多么公平，他对智力的破坏是"劫富济贫"，智商越高的人衰退越凶猛，弱智者则几乎没有损失。这是个好兆头啊！我苦笑着对大家说，它说明智力下滑很可能终止于像我哥哥那样的弱智者水平——而不是猩猩、穿山甲或腔棘鱼。这难道不值得庆幸吗？

8 月 10 日

　　君兰说她要走了。请走吧。我们吸引对方的是才华，不是肌肉、尾羽和性激素。如果才华失去，我们不如及早分离，尚能保留住对方往日的形象。她的智力下滑比我更甚，她已经不能写文章了。我从她的大眼睛中看到了她的恐惧，看到了她的崩溃。上帝、佛祖、安拉、老聃、玉皇，我俯伏在地向你们祈祷，你们尽可收去我的肢体、眼睛、健康、寿命和一切的一切，但请为我留下智慧吧！

8 月 11 日

越是先进国家越易于受到它的打击，西方国家肯定已经崩溃，所有的信息流（网络、同步卫星、短波长波、光缆通讯、航班）全部中断了。但这些我们无法去世界各地确认，人类又回到了哥伦布以前的隔绝状态。

哭泣无益，绝望无益，焦躁无益。得赶紧抓住残存的智力，为今后做点补救。明天回家，带家人离开注定要崩溃的城市，我想就回柿子洞吧。今天先列一个生活必需品的清单，我怕到家后就……清单要尽量列全。不能用电子笔记本，用纸本。但愿我不要忘了这些亲切的方块字。我的英语、德语，还有其他几种语言已经全都忘了，就像是开水浇过的雪堆。

老天，为我留一点智慧吧，哪怕就像大壮哥哥那样。

带上全家到柿子洞去，在那儿熬过一年、十年，但愿邪恶之波扫过后智力还能复原。

8 月 18 日

小飞催我们快点、快点、快点，趁我们的智慧还没毁完。按小飞的清单分头准备。

第一项是火种（一定要保留火种！即使我们变成了茹毛饮血的野人，只要保留住火种，它就能慢慢开启人的智慧。不要打火机，要火柴，尽可能多的火柴。还要姥爷留下的火镰）。

商店没有人。我到商店里拿走所有的火柴。我问小飞，"火镰"是

啥东西。小飞也忘了，小飞想得很辛苦。后来小飞把脸扭过去，泪水刷刷地往下流。大壮哭着为他擦泪，你别哭，你哭我们都想哭。后来大壮上阁楼里扒出了他姥爷留下的旱烟袋和……我想起来那就是火镰！那个小钢片和白石头，用它能打出一点火星，嚓，嚓。小飞笑了，脸上挂着泪。他说就是它，等火柴用完，就用它生火。大壮哥谢谢你，你真聪明。大壮笑了，很好看。他说他也不知道啥叫火镰，可是他想咱姥爷就留下这一样东西，小时候他常玩。大壮问小飞，旱烟袋也带上吗？小飞想了半天，犹豫地说带上吧，既然在一块儿放着，很可能生火时得用上它。小飞真细心。

第二项是武器（要刀，长矛。不要枪支，弹药无法补充。走前记着到体育用品商店买几把弓箭）。小飞，弓箭在哪儿？我不记得你带回来没有。小飞又流泪了，他忘了。小飞别难过，我们只带刀子算了。

第三项是干粮。如苹烙了很多烙饼。还带了方便面。

第四项是冬天的衣服。今天不写了，很累。

8 月 19 日

青云眼睛肿了，像两个桃子。崔哥崔嫂找不到了，已经三天了。我们帮青云找呀找呀，可是我们不敢走远，怕忘了回家的路。如苹说青云你跟我们走吧，大壮小飞说云姐你跟我们走吧，到柿子洞去。青云立刻笑了，笑得很好看。她说靳婶你歇着，让我来烙饼。她边干边哼着歌。

今天来震应该是两点，这会儿快来了。青云钻到如苹怀里，我和小飞互相看着，谁都很恐惧。可是害怕也挡不住，它还是来了，我们吐了一阵，然后去睡觉。

8 月 30 日

下了火车又走了很多天。路上一堆一堆的人，乱转，都不知道干啥。青云说他们多可怜，喊上他们一块走吧。小飞很残忍（这个词用得不好）地说不能喊，柿子洞能装几个人？青云小声问他们咋办？小飞狠狠地说总有人能熬过去的，总有一些人能熬过去的。

我们太累了，我有 10 天没记日记。这不好，我说过要天天记日记，一天也不拉下，我不能忘了识字。可是我们都忘了多带笔。只有我一支圆珠笔，小飞一支钢笔，大壮书包里有三支画画的铅笔。铅笔最好，不用墨水。如果铅笔也用完呢？小飞说他不记日记了，笔全部留给我，等我去世他再接着记，这是这个氏族的历史呀。

晚上在小溪边睡，山很高，树不多，有很多草。我们在水里抓了"旁血"。这两个字不对，可是我想不起来。就是那种有八条腿、横着爬的动物，很好吃。

夜里很冷，大壮、小飞和铁子拾了柴，生起很大的"沟"火。这个"沟"字也不对。铁子我们不认识，他是自己跟上我们的，他是个男的，今年 12 岁。火真大啊，毕毕剥剥地响，把青云的头发燎焦了，火苗有几米高。有剑齿虎不怕，有剑齿象也不怕。那时还没有老虎和狮子吧，也没有恐龙，恐龙已经灭绝了。也没有火柴，是雷电引起的天火。开始我们也怕火，和野兽一样怕火。后来不怕了，用它吓狼群，用它烤肉吃，我们的猴毛褪了，就变成人了。

青云真的喜欢小飞，一天到晚跟着他，仰着脸看他，再累，还是笑。晚上她和小飞睡在一起，他们都脱光了衣服，青云尖声叫着。大壮有时爬起来看他俩，铁子有时也抬起头看。我和如苹都使劲闭着眼不看，那不好，我明天就告诉小飞和青云那不好。不是那件事不好，

是让别人看见不好。

8 月 32 日

我们担心找不到柿子洞，可是找到了，很顺利。小的洞口，得弯着腰进去。进去就很大，像个大金字塔。我们都笑啊笑啊，这是我们的家，我们要在这儿一直住到变聪明那一天。

柿子还没熟，不过我知道山里有很多东西能吃，有山韭菜、野葱、野蒜、野金针、石白菜、酸枣、野葡萄、杨桃、地曲连、蘑菇。溪里还有小鱼和螃蟹。我想起这两个字了！我们不会饿死的。还要存些过冬。

今天很幸福，一直没有来震。我们也没呕吐。后来我们都睡了。青云和小飞还是搂着睡，我今天没批评他们不好，等明天再说吧。

9 月 5 日

我们一下子睡了两天三夜！是电子表上的日历告诉我们的。睡前的日期我记成了 8 月 32 日，真丢人，小飞说不要改它。醒来后，我发现脑子清爽多了，就像是醉酒睡醒后的感觉。我小声对小飞说，两天三夜都没来震了，是我们睡得太熟？小飞坚决地摇头：过去夜里来震时，哪次不是从梦里把人折腾醒？不是这个原因。我问，那会是什么？是山洞把震挡住了？小飞苦笑道，哪能恁容易就挡住，美国日本地下几千米的中微子观测站也挡不住。这种震波是从高维世界传来的，你可以想像它是从每一个夸克深处冒出来的，没有任何东西能挡住它。

大家都坐起来，从眼神看都很清醒。突然清醒了，我们反倒不自

然，就像一下子发现彼此都是裸体的那种感觉。如苹惊问青云呢？青云到哪儿啦？我看见她在远处一个角落里。她已经把衣服穿得整整齐齐，还下意识地一直掩着胸口。大家喊她时，她咬着嘴唇，死死地盯着地下，高低不开口。大壮真是个混小子！他笑嘻嘻地跑过去拉着青云的手，云姐姐，你干嘛把衣服穿上？你不穿衣服更好看，比现在还要好看。青云的面孔刷地红透了，狠狠地甩脱大壮跑出洞去。如苹喊着云儿！云儿！跟着跑出去。我出去时，青云还在一下一下地用头撞石壁，额上流着血，如苹哭着拉不住。我骂道，青云！你个糊涂娘儿们，咱们刚清醒了一点儿，不知道明天是啥样哩，你还想把自己撞傻么?!我拉住她硬着心肠说，我知道你是嫌丢人，我告诉你那不算丢人。若是咱们真的变回到茹毛饮血、混沌未开的猿人，能传宗接代是头等大事！我们还指望着你哩。

我和如苹把她拉回去，小飞冷淡地喝了一声，哭什么！现在是哭的时候么，是害羞的时候么。青云真的不哭了，伏到小飞怀里。

洞里很冷，小飞让大壮和铁子出洞拾柴禾，燃起一堆篝火。烟聚在山洞里，熏得每人都泪汪汪的。大壮和铁子在笑，绕着火堆打闹，别人都心惊胆战地等着来震，比糊涂的时候更要怕。

今天一直没有震感。

9 月 6 日

小飞一早就把我叫醒。我觉得今天大脑更清爽了点儿，但还没有沉淀得更清澈透明。小飞说他想做个试验，今天24小时洞外都要保持有人，他想看看究竟是不是山洞的屏蔽作用——按说是不可能屏蔽的，但我们要验证。他想让我们几个换班出去，他不出去。想留一个清醒的人观察全局。说这话时他别转了眼光，口气硬硬的。

我安慰他，孩子，你的考虑很对。我们要把最聪明的脑袋保护好，这是为了大家，不是为了你。他凄然一笑，谢谢爸爸。

我和如苹先出去拾柴和找野菜。没多久就来震了，9 点 30 分，仍是脑浆被搅动，呕吐。歇息一阵我们强撑着回去了。留在洞中的人都没事。

9 月 7 日

我和如苹还要出去值班，我们心怀恐惧，但我不想让孩子们受罪。后来青云和铁子争着去了。在洞里歇了一天，脑子恢复不少。外边的人又被"震"了，时间是 8 点 35 分，留在洞内的人仍没事。小飞说不必怀疑了，肯定这个金字塔形的洞穴有极强的屏蔽作用，究竟为什么他还不知道，可能是特殊的几何形状形成了反向波峰，冲消了原来的震波。

9 月 8 日

青云坚决不让我和如苹出洞，拉着大壮出去了，她说她年轻，震两次没关系。他们是 6 点钟出去的，8 点钟，大壮把她拖回来，她面色苍白，吐得满身都是污秽。但大壮似乎没受什么影响。

青云连着被震两次，又变痴了，目光茫然而恐惧，到晚上也没恢复。快睡觉时我见她悄悄偎到小飞旁边，解着衣扣轻声问，靳叔说那不是坏事，是吗？靳叔说那是头等大事，是吗？

我不忍看下去，小飞把她揽到怀里，把她的衣服扣子扣好，絮絮地说了一夜的话。

9 月 9 日

小飞说不用试验了，今后大家出去拾柴打野果都要避开来震的时刻。这个时间很好推算的，每隔 22 小时 55 分一次。他苦笑道，这么一道小学算术题，三天前他竟然算不出来！

他躲在洞子深处考虑了很久，出来对我说："爸爸，我要赶紧返回京城，抢救一批科学家，把他们带到洞里来。靠着这个奇异的山洞，尽量保留一点文明的'火种'。至于后面的事等以后再说吧，当务之急是先把他们带来——趁着他们的大脑还没有不可逆的损坏。"

只是，他苦笑道，这一趟往返最少需要 10 天，他怕 10 次震动足以把他再次变成白痴，那时的他能否记得出去时的责任、记得回山洞的路？不过，不管怎样，他要去试试。

我和如苹、青云都说，让我们替你去吧，大壮和铁子也说我们替你去吧。小飞说不行，这件事你们替不了。这两天他要做一些准备，把问题考虑周全，尽量减少往返的时间。

9 月 11 日

已经 3 天了，小飞没有走，他在洞里一圈一圈地转，他说要考虑一切可能，做一个细心周全的计划。但他一直躲避着我和如苹的目光。我把他喊到角落里，低声说："飞儿，让我替你去吧，我想我能替你把事情做好。我们得把最聪明的脑袋留在洞里，对不？"小飞的眼泪刷地流出来，他狠狠地用袖子擦一把，泪水仍是止不住。他声音嘶哑地说："爸，我知道自己是个胆小鬼、懦夫，我知道自己早该走了，可我就是

不敢离开这个山洞！我强迫自己试了几次，就是不敢出去！你和妈妈给了我一个聪明的大脑，虽然过去我没有浪费它，但也不知道特别珍惜。现在我像个守财奴一样珍爱它。我不怕死，不怕烂掉四肢，不怕变成中性人，什么都不怕，就是怕失去灵智，变成白痴！"

我低声说，这不是怯懦，这是对社会的责任感。小飞，让我替你去吧。他坚决地摇摇头："不，我还要自己去。我已经克服了恐惧，明天我就出发。如果……就请二老带着青云、大壮一块儿生活。"

9 月 12 日

按推算今天该是凌晨 4 点来震。大家很早就起来，发现青云不在洞里。4 点 5 分，她歪歪斜斜地走回来，脸色煞白。她强笑着说她出去为小飞验证了，没错，震波刚过，你抓紧时间走吧。小飞咬着牙，把她紧紧搂到怀里。她安慰道："别为我担心，你看我不是很好吗？可惜我只能为你做这一点点事情。"小飞忍着没让泪珠掉下来，也没有多停，他背上挂包，看看大家，掉头出了山洞。

9 月 13 日

大脑越来越清醒了，亿万脑细胞都像是勤勉忠诚的战士，先前它们被震昏了，但是一旦清醒过来，就急不可耐地、不言不语地归队。我的思维完全恢复了震前的水平，也许还要更灵光一些。

小飞走了，我们默默为他祈祷，盼着他顺利回来。他是我们的希望。我们不想成为衰亡人类中唯一的一组清醒者，那样的结局，与其说是弱智者的痛苦，不如说是对清醒者的残忍。

洞中的人状态都很好，除了青云。她比别人多经受了两次震击，现在还痴呆呆的，有点像个梦游中人。如苹心疼她，常把她搂到怀里，低声絮叨着。大壮不出去干活时总是蹲在她旁边，像往常那样拉着她的手，笑嘻嘻地看着她。这一段的剧变使我们产生了错觉，以为大壮也会像正常人那样逐渐恢复智力。但现在我们不得不承认，他仍落在幸运的人群之外。这使我们更加怜悯他。

9 月 15 日

青云总算恢复了。她在闲暇时常常坐在洞口，痴痴地望着洞外。不过我们很清楚，这只是热恋中的"痴"，不是智力上的傻。她不问小飞的情况——明知问也是白问，只是默默地干着活。

带入洞中的干粮我们尽量不去动。但我们都没野外生存的经验，每天采集的野菜野果根本不够果腹，更别说储备冬粮了。好在我们发现了几片包谷地，包谷基本成熟了。如果再等一个月没人来收，它就是我们的。

9 月 17 日

今天铁子碰见一个人，一个看来清醒的人！他隔着山洞，乐呵呵地喊："你们是住在轩辕洞的那家人吧（原来柿子洞的真名是轩辕洞），有空儿来我家串串，我家就在前边山坡上，那棵大柿树的下边。柿子也熟了，来这儿尝个鲜。"喊完就扛着包谷走了。

铁子回来告诉我们这事，大家都很兴奋。洞外也有神志清醒的人，这是偶然，还是普遍？是不是那令人恐惧的魔鬼之波已经过去了？不

过铁子的话不可全信，毕竟他只是一个 12 岁的孩子。再说，即使是弱智人，也并非不能说几句流畅的话（大壮就能）。

虽然尽往悲观处分析，但从内心讲我相信铁子的话。不错，一个弱智者也能说出几句流畅的话，但一个刚受过魔鬼之波蹂躏的正常人绝不会这样乐呵儿。

明天我要去找找这个乡民。

9 月 18 日

夜里我被惊醒，听见洞口处有窸窸窣窣的声音，我在黑暗中尽力睁大眼睛，隐约见一个身影摸着洞壁过来，在路上磕磕碰碰的。我赶紧摸出头边的尖刀，低声喝问："是谁？"那人说："是我，青云！"

我擦了一根火柴，青云加快步子过来。靳叔，没有震波了！她狂喜地说，小飞在外边不会受折磨了！

火柴熄了，但我分明看见一张洋溢着欢乐的笑脸。她偎在我身边急切地说，按推算该是昨晚 10 点 30 分来震，她在 9 点半就悄悄出去了，一直等到现在。现在总该有凌晨 3 点了吧，看来那种震波确实消失了！可能几天前就消失了呢。

如苹爬起来搂住青云大哭起来，哭得酣畅淋漓。所有人都醒了，连声问是咋了？咋了？靳叔，靳婶！爸，妈！我说没事，都睡吧，是你妈梦见小飞回来了。我想起自己出洞值班时那种赶都赶不走的惧怕，想来青云强迫自己出洞时也是同样心情吧，便觉得冰凉的泪水在鼻凹处直淌。

折腾了一阵刚想睡熟，又被强劲的飞机轰鸣声惊醒。轰鸣声时高时低，青白色的强光倏地在洞口闪过。听见宏亮的送话器的声音："青云！铁子！大壮！听见喊声快到洞外点火，我们要降落！"

　　不用说是小飞的声音。我们都冲出洞外，看见天上射下来青白色的光柱，绕着这一带盘旋。我们用力叫喊，打手电，青云和铁子回洞中抱来一捆树枝，找到一处平地燃起大火。直升机马上飞来，盘旋两圈后在火堆旁落下，旋翼的强风把火星吹得漫天飞舞。小飞从眩目的光柱中跑出来，大声喊：

　　"爸，妈，震波已经过去了，我接你们回去！"

　　我们乐痴了，老伴喜得搓着手说，快点回洞去收拾东西！小飞一把拉住她说："什么也不要带了，把人点齐就行。我和君兰是派往郑州的特派员，顺路捎你们一段，快走吧！"

　　一个女人从黑影中闪出来，伯父，伯母，快登机吧。她的声音柔柔的，非常冷静。我认出她是君兰，外表仍是那样高雅、雍容。她搀着我和如苹爬进机舱，大壮和铁子也大呼小叫地爬上来。我忽然觉得少了一个声音，一个绝不该少的声音。是青云。她没有狂喜地哭喊，没有同小飞拥抱，她悄悄地登上飞机，把自己藏在后排的黑影里。

　　直升机没有片刻耽误，立即轰鸣着离地了，强光扫过前方，把后面的山峰淹没到黑暗中，洞口的那堆火很快缩小、消失。小飞说京城开始恢复正常，正向各大城市派遣特派员，以尽快恢复各地的秩序。我见君兰从人缝中挤到后边，紧挨青云坐下，两人头抵着头，低声说着什么。我努力向后侧着耳朵，在轰鸣声中捡拾着后边的低语。

　　君兰的声音："小飞说了你的情况……我愿意退出……和小飞同居半年……怎样使小飞更幸福……听你的……"

　　青云沉默了一会儿才说话，声音很低，也很冷静："……更般配……祝你们幸福……"

　　薄暮渐消，朝霞初染。太阳从地平线上探出头，似乎很羞怯地犹豫片刻，然后便冉冉直上，将光明洒遍山川。飞机到了一座小城市，盘旋两圈便开始降落。开始我没认出这是哪儿，小飞扭回头说："到家了，我和君兰不能在这儿耽误，请你们照顾好自己，开始新的生

活吧。"

不少人围过来，好奇地看着直升机。君兰抢先跳下地，扶着我和如苹下去。我同君兰握手告别，再见，君兰姑娘，你是个聪明女子。我又同小飞拥别，小飞，安心干你的大事，不要为家里操心。我们会照顾好青云和她腹中的孩子。好了，同你的妻子吻别，赶快出发吧。

如苹惊讶地盯着我，青云震惊地瞪着我，君兰不动声色地看着我。小飞瞟了我一眼，一言不发，走过去吻吻青云的嘴唇，返身登机。

直升机迅速爬升到高空，泅入蓝天的背景中。青云默默走过来，感激地依在我的身旁。大壮傻乎乎地盯着她的腹部追问："你真的有小宝宝了吗？真的吗？宝宝生下来该咋喊我？"青云的脸庞微微发红，但她没有否认，很坦然地说，该喊你伯伯的。

我们穿过人群回家，在门口看见了崔哥崔嫂。他们分明还没有完全恢复，见了失踪多日的女儿竟没有哭，没有问长问短，只是嘻嘻地笑。青云冲过去把他们拥到怀里，边笑边流泪。我拍拍崔哥的肩膀笑道，亲家你好哇。回去让青云做碗醒酒汤，清醒清醒，咱还得商量着操办婚事哩。然后我领着大壮和铁子走进自个家门。

在机上我曾问小飞，轩辕洞真的有屏蔽作用吗？为什么？小飞说现在不是研究的时候，等社会秩序正常后，一定认真做好这件事。但下机后我想起忘了一件大事——忘了问小飞，这种震波还会再来吗？

但愿它不会再来了。

牺牲者

警官何宇建明跳下直升机，匆匆走进未婚妻的寓所，用自己的钥匙打开房门，脱下外衣挂在墙上。女主人没有像往常那样扑入他的怀中，她仍在窗边陷于沉思。建明边走边问：

"有什么事？你这样急着让我赶来。"

姬杜灵玉这才起身，吻吻他的额头，引他坐到沙发上，端来一杯咖啡。灵玉今年 25 岁，虽然称不上绝顶美貌，但也算得上那种惹人爱怜的清纯女子，大眼睛，翘鼻头，额角稍凸，穿一件绿色的无染布料的长裙。她的微笑常被建明形容为"天真烂漫"，但今天的笑容多少有点勉强。等到未婚夫坐好，她伸手按了一下遥控，对面墙上的壁挂式大屏幕显出重播的新闻。两具尸体和一名伤者躺在球形太空岛的内壁上，到处血迹斑斑。播音员正说到：

"自 30 年前人类向太空岛移民以来，这是太空岛上第三起亲人相残的悲剧。据心理学家分析，太空岛虽然舒适幽雅，但长期完全封闭的环境容易导致居民的精神障碍，甚至疯狂……"

灵玉关了电视，忧虑地说："我要到太空岛去看爷爷，我已经订了今天的船票。"

建明惊异地说："这么急？你……"

灵玉抢过话头说："我今天一定要去，昨晚我做了一个噩梦，今天

又看到这则新闻……你知道，我已经 18 年没有见过爷爷了。"

建明笑着说："已经是 21 世纪 50 年代了，你还相信这些梦兆预感之类的玩意儿？日程往后推两天吧，我把局里的手头工作安排一下，陪你一块去。"

平时随和开朗的灵玉今天却很执拗："不，我一定要今天去。"

建明皱起眉头，缓缓说："灵玉，这些年你不大谈起爷爷的，也不大谈起他的太空岛。"

灵玉垂下目光，没有言语。她 2 岁那年，父母在一次太空巡视中不幸去世，从那时起，她就随爷爷姬野臣住在那个编号为 KW201 的太空岛内。那 5 年没有给她留下多少好印象。没错，太空岛很漂亮，爷爷也很疼她，如果是一次为期 3 天的假期旅游，她会把它保留在粉色的回忆中。但她却是终年生活在那里，只有她、爷爷和一个叫 RB 基恩的 B 型智能人。每天见到的是同样的天空，同样的面孔，被钛合金和碳纤维的球形外壁紧紧箍着。而且……那时爷爷已经 61 岁了，在太空中也生活了 10 年，性格变得古怪偏执，比如他对基恩的严厉冷漠就相当不近情理。RB 基恩是个忠实的侍者，对灵玉很好。但他太寡言，尤其是爷爷在身旁时，他常常像一只胆怯的兔子——而爷爷很少有不在身边的时候，太空岛只是一个直径百米的空心球。

所以，7 岁那年，小灵玉坚决要求离开太空岛，她的叛逆大大出乎爷爷的预料，爷爷拗不过她，恼怒地把她送回地球。他的感情受到了很严重的伤害，此后他从未回过地球，也很少同孙女通话。灵玉苦笑道：

"直到现在，回想起那个幽闭的太空岛，仍觉得心里沉甸甸的。可是，他毕竟是我的爷爷，实际上是非常宠爱我的。他一直呆在那种环境中，我担心他也会出现精神障碍。我要去亲眼看看他，还要尽力劝他回地球来散散心，最好能参加咱们的婚礼。"

何宇建明勉强同意了："好吧，你先去，我随后会赶上你。几点的

船票？我送你。"

太空岛的电磁轨道炮像一把巨大的利剑斜插云天。小巧玲珑的太空船将在轨道上加速到第一宇宙速度，这样它的燃料自重就可大大减少了。姬杜灵玉预定的 X－303 号双人飞船出了点小故障，起飞时间推迟了半个小时。这点意外使建明很不安，心中有一块阴云悄悄弥漫着。他再次劝未婚妻：

"还是推迟两天吧，我陪你一块去，要不我会担心的。"

灵玉今天脱下了裙装，换上一身潇洒的牛仔服。她取笑建明："你怎么了？你不是不相信预感吗？不要再劝我了。"

建明笑笑，不好再说什么。但不知怎的，他心中仍然怔忡不宁。他问灵玉："你爷爷使用的那个 RB 基恩是第一代 B 型智能人，对吧？"

"嗯。"

40 年前，人工智能的发展分为两个方向，一个方向是发展所谓的 A 型智能人，即尽量发挥电脑优于人脑的特性，像提高浮点运算速度和存储容量等；另一个方向是研制 B 型智能人，即用一切生物的、非生物的方法，尽量使智能人逼真地模拟人类，尤其是人类的大脑。这项研究几乎尽善尽美，现在，大量的 B 型智能人早已进入寻常家庭，他们除了没有指纹外，与人类没有任何区别。建明似乎随口说道：

"B 型智能人的体内并没有所谓的机器人三原则。"

"嗯，我知道。"

"因此，他们只能用后天形成的道德观来约束自己的行为，就像人类一样。"

灵玉听出了他的话意，她点点头："嗯，我会留意的。"

建明是在警察局的 B 系统工作，职责是监督 B 型智能人的忠诚。他知道，随着 B 型智能人的壮大，在他们中间已经有了反抗的潜流。太空岛内的几次流血事件与此有一定的关系。这些情况暂时还对公众

保密，他无法对灵玉说破自己的担心。所以他努力把下面要做的事处理成一个玩笑。他轻松地笑道：

"到太空岛后，每天给我至少来一个电话，能记住吗?"

"好的，我一定照办。"

"灵玉，咱们最好提前规定一些暗语：如果一切平安，就在通话中随便说出一种植物的名字；如果有危险，就随便说出一种动物的名字；若是情况危急，则说'我的上帝'！能记住吗?"

灵玉觉得很好玩，兴致勃勃地说："哈，这是警察爱玩的把戏吧，好，我一定记住。"

建明把一个小巧的皮盒塞进她的衣袋，"这是一把坤式手枪，里面有 20 发微型子弹，你带上它以防万一。"他笑着说，"当然，这些都是多余的担心，我相信这次旅行一定非常顺利。"

灵玉掏出那把小手枪，好奇地把玩一会儿，重新放入袋中。X—303 的升空时刻已经到了，建明为她穿好太空衣，把她安顿在乘员舱中，同她吻别，盖上透明的舱盖。随着强劲的嗡嗡声，X—303 在轨道上逐渐加速，很快在轨道尽头留下一团蓝雾，消失在空中。

KW201 太空岛漂浮在广袤的太空，它缓缓旋转着，为球内环境提供着 0.6g 的重力。阳光射在外壁的太阳能极板上，转化为充沛的电能。太空岛下面是亲爱的老地球，那儿正处于日夜交界处，金色的朝阳照着蜿蜒的长江和黄河，远处是绿色的平原、褐色的高原和闪亮的雪山。姬杜灵玉存心想给爷爷和 RB 基恩一个惊喜，直到 X—303 靠近太空岛，她才打开送话器：

"爷爷，基恩叔叔，我是灵玉，我看你们来啦！快打开减压舱门！"

通话器中立即响起基恩惊喜的声音："是小灵玉吗? 你爷爷正在睡觉，你稍等一会儿，我马上把舱门打开。"

但这个"一会儿"未免太长了，20 分钟后，舱门处还没有动静。

灵玉着急地喊："基恩叔叔，你在磨蹭什么呀？"

基恩笑着安抚她："莫急莫急，马上就好。"又等了5分钟，舱门终于打开了。灵玉打开飞船的密封舱盖，她的太空衣立即鼓胀起来。她艰难地从乘员舱中挤出去，把太空船系缆妥当，走进减压舱。外舱门缓缓关闭，舱内气压慢慢升高。等她从内舱门出来，走进那个熟悉的太空球时，看见爷爷躺在强力睡眠机上，基恩仍在他的脑后忙着。他笑容满面地对灵玉说：

"稍等一下，姬先生的睡眠时间马上就要结束，我帮你脱太空服。"

"谢谢，我自己能行。"

她小心地脱掉太空服，来到爷爷身边。她知道在18年前爷爷就习惯于使用强力睡眠机，他说睡眠机上的3个小时相当于8小时的普通睡眠，每天可以节约5个小时用于工作。她也知道爷爷最近更忙了，他要完成一部800万字的巨著：《与哲人的对话——过去、现在和未来》。这会儿，爷爷睡得很安详，睡梦中仍然显得很威严。基恩对灵玉做了一个手势，示意她爷爷要醒了。果然，爷爷的眼睛眨巴几下睁开了，一下子盯在灵玉身上。灵玉大笑着扑到他的怀中：

"爷爷，是我，是你的小灵玉，我回家看你来了！"

她亲亲热热地蹭着爷爷的脸。爷爷显然也很欣喜，但他仍像从前那样不让感情外露，表情淡淡的，也没有说话，只是用右臂搂住孙女。RB基恩关好睡眠机，走过来，用他那没有指纹的手指轻轻摩挲着灵玉的柔发。灵玉站起来，高高兴兴地同这个智能人拥抱。她沉浸在久别重逢的快乐氛围中，不由想到自己来前的担心是多么可笑。

79岁的姬野臣显得十分健康，面色红润，动作利索，他吩咐基恩："准备早饭吧！"

基恩扬扬眉毛，高兴地答应一声，转身走开。20分钟后，他端着食盘走进餐厅，往灵玉面前摆上煎蛋、豆沙包子、热咖啡和小米粥，笑着说：

"18年没有为你做饭了，我怕不合你的胃口，刚才特意向你家的电脑索取了你的家常食谱。怎么样，还对你的口味吧？"

"谢谢你，基恩叔叔，你做什么饭菜我都喜欢。"

她不安地发现，基恩往桌上端咖啡时，手明显地颤抖着。其实刚才她已经发现，基恩走路时身体前倾，动作迟缓，像是患了老年痴呆症的老人，这未免不正常。B型智能人与自然人有同样的身体结构，同样的寿命，而基恩才刚刚40岁。她关心地问：

"基恩叔叔，你的身体不好吗？你的手指为什么发抖？"

基恩面色变白了，他偷偷看看主人，勉强笑道："没有的事，我的身体很好。"

但他的手分明抖得更厉害了。姬野臣横他一眼，冷冷地说："早在几年前基恩就明显衰老了，今年更甚，已不能胜任工作，只有报废了。显然他是一件不合格产品，我已经向RB公司提出索赔，他们答应赔偿一个新的B型智能人，这个月就要送来。"

RB基恩的面色更见苍白，他沉重地低下头，步履蹒跚地回到厨房。灵玉不满地低声喊："爷爷！……你不该当他的面谈论这些。"

爷爷刻薄地说："为什么？你怕他伤心？你要记住，不管他多么像人，归根结底，他仍是一件机器，他的'生命'是人工制造的，生生死死对他而言只是预定的程序。我最看不得年轻人廉价的博爱！这种貌似高贵的感情实际上是贬低了人类的地位，把人类与机器并列。"

灵玉暗暗叹息着，没有同爷爷争论。18 年没有见面，爷爷的古怪偏执并未消减。

饭后她在爷爷膝下聊了两个小时，午饭前特意到厨房帮助做饭，她想找机会安慰安慰可怜的基恩。但基恩十分乐观，没有主人在身边，他显得开朗多了，一边炒菜，一边轻松地说：

"小姐，你不用安慰我，主人说得对，我知道自己已经得了老年痴呆症，无药可医，很快就要被销毁了。"

灵玉难过地问："为什么？你只有 40 岁呀。"

"不知道。我是第一批 B 型智能人，可能那时合成人的质量还不稳定。"

灵玉低声说："你跟我回去，我为你医治。"

"没有用的，除非更换大脑——但换过大脑后我实际上还是不再存在。既然如此，何不干脆换一个基恩？"他笑道，"你真的不用担心，B 型智能人的生命是人工赋予的，我们没有对死亡的恐惧。幸运的是，姬先生的身体很好，79 岁的年龄仍然思维敏捷，动作灵活，就像 40 岁的盛年。小姐，你已经同他聊了很久，你感到他有丝毫老态吗？"

"没有，他甚至比我离开这儿时还年轻。"

"有没有病态或其他异常？"

"没有。"

"看，我没说错吧，他一定能再活 20 年，写完这部巨著。"他扬扬眉毛欣喜地说，"我很高兴，我真的很高兴。只要主人身体健康，我会笑着跳入销毁池中。开饭了，走吧。"

午饭后她拨通了建明的电话，通话时建明在屏幕里不动眼珠地盯着她，两人谈了很久，建明仍然连声问：

"还有要说的吗？还有要说的吗？"

灵玉终于恍然大悟，来这儿以后只顾沉醉于重逢的欣喜，她已经忘了走前约定的暗号！于是她大笑道："还有我屋里的花！你不要忘了浇水啊。"建明这才笑了，挂上电话。

太空岛已经进入地球的阴影，现在下面是灯火辉煌的北美大陆，五大湖在夜色中泛着冷光。灵玉走进电脑室，打开屏幕，电脑中立刻响起一个悦耳的男低音：

"灵玉小姐，你好，我是主电脑尤利乌斯，我能为你做什么事？"

"你好，尤利乌斯，我们已经 18 年没有见面了，当然，除了在网络上。"

"对，你已经是个漂亮的大姑娘了。"

"谢谢你的夸奖，尤利乌斯，我想查查爷爷的健康档案。"

"乐意效劳。"

屏幕上显出了爷爷的有关资料。灵玉从医学院毕业，已经行医两年了，现在她要为爷爷作一次全面的身体检查。从人体自动监测系统的数据和图表看，爷爷的身体状况相当不错，大脑的状况尤其好，没有老年人常见的褐色素沉积、空洞和脑血管硬化。她浏览了一遍，满意地点点头，准备关闭电脑。就在这一瞬间，她忽然惊呆了。爷爷脑部的超声波图像上有一圈极其明显的裂纹，正因为太明显，她几乎把它忽略了。她定定神，仔仔细细地再看一遍，没错，是一圈异常清晰的接口，或者说，爷爷的脑盖被人掀开了，现在只是"粘"在头颅上。对接口的光谱分析表明，黏合剂是一种从蛤贝身上提取的生物胶。

灵玉吓得牙齿直抖，脊背上有冷汗缓缓往下滚落。她在地球时也查过爷爷的健康档案，当时没有发现这一点。那么，或者是当时疏忽

了，或者是有人捣鬼，向网上输入了作过假的资料。

是谁？答案再明显不过。她想起 RB 基恩亲切的笑容，实在不愿承认他是凶手。但是，具有讽刺意味的是，这个作案环境太封闭了，容不得对他的辩护。在如此封闭的太空球内，绝不可能是外来者作案。如果基恩是一个阴险的凶手，那么他的假面具实在高明。

她又回过头检查了脑组织的图像，没有发现异常，仅在额叶部发现了一条极细的接痕，非常细，几乎难以觉察。关上电脑，她久久地思索着，RB 基恩究竟要干什么？像某些科幻小说中写的，一个机器人阴险地解剖和观察人类？当然不会。在研制 B 型智能人的这 40 年间，作为模本的人类大脑已经被研究透彻了，所有资料都可以在任何一台电脑终端中轻易地索取出来，用不着去干"揭开头盖骨"的傻事。就拿基恩来说，他的身体就是对人类的逼真仿制。这种仿制如此逼真，以致不得不制定一项严格的法律，规定 B 型智能人不得有指纹，以防 B 型智能人假冒人类的身份。

也许这就是作案者的动机，是一种反抗意识，他们在智力体力上都不弱于人类，却生来注定要做驯服的仆人。如果再摊上一个孤僻怪诞的老人做主人，这个 B 型智能人就更不幸了。灵玉不敢在电脑里再查寻下去，她不知道主电脑尤利乌斯是否也参与其中？无疑这是一桩险恶的阴谋，如果他们知道秘密已经暴露，说不定他们会铤而走险的。

她步履滞重地来到爷爷的书房。爷爷正在写作，他仰在高背座椅上，闭着眼，太阳穴上贴着两块脑电波接收板，大脑中的思维自动转换成屏幕上跳跳蹦蹦的文字。跳动的速度很快，灵玉勉强看清了其中几句：

"……即使在蒙昧时代，人类也知道了自身的不凡：他们是上帝创造的，是万物中吃了智慧果的唯一幸运者。从达·芬奇、伽利略到牛顿、爱因斯坦，人类更是沉迷于美妙的智慧之梦、科学之梦中，科学使人类迅速强大，使人类的自信心迅速膨胀。

伟大的中国哲人庄周曾梦见身化为蝶，醒来不知此身是蝶是我？人类从科学之梦中醒来，才发现自己甚至不理解一个最基本的概念：什么是人？

人类是地球生命的巅峰，秉天地日月之精华，经历亿万年的机缘、拼搏和生死交替，才在无生命的物质上升华出了智慧的灵光。但恰恰是人类的智慧腐蚀着人类的自尊。现在，一个叫 RB 基恩的 B 型智能人正垂手侍立一旁。除了没有指纹外，上帝也无法分辨他和人类的区别。但他却是由一堆无生命的物质在生物工厂里合成的，他在 20 个小时的制造周期里获得了生命——40 亿年进化的真蕴。他会永远垂手侍立在我的身后吗？

上帝，请收回人类的智慧吧！……"

无意中看到爷爷的独白，她才知道，原来爷爷在内心一直对 B 型智能人怀着深深的戒备，难怪他对基恩一直冷颜厉色。这使灵玉的心境更加沉重。爷爷一直没有发现她，她俯下身，悄悄观察爷爷的脑后：没错，爷爷的头盖上有一圈隐约的接痕，掩在头发中，不容易发现，但仔细观察还是能够看见的。灵玉觉得揪心地疼，这个可怜的老人，只知道在思维天地里遨游，对这桩险恶的阴谋一定毫无觉察。她不能对爷爷说明真相，忍着泪悄悄退出书房。

第二天早餐时，RB 基恩关心地问："小姐，你昨晚没睡好吗？你的眼睛有点浮肿。"

这句问话使灵玉打了一个寒颤，她昨晚确实一夜没睡，一直在考虑那个发现。她觉得难以理解基恩的企图。他想加害主人？但爷爷的身体包括大脑都很健康。这会儿她镇静了自己，微笑道："是啊，一夜没睡好，一定是不适应太空岛里的低重力环境。"

爷爷也看看她的眼睛，但没有说话。基恩摆好早餐，仍像过去那样垂手侍立。灵玉笑着邀请他："基恩叔叔，你也坐下吃饭吧。"爷爷

不满地哼了一声，基恩恭敬地婉辞道：

"谢谢，我随后再吃。"

在基恩面前，灵玉仍扮演着心无城府的天真女孩。她撒娇地磨着爷爷："爷爷，随我回地球一趟吧！你已经 18 年没有回过地球了，建明说无论如何一定要把你拉回去。"

爷爷摇摇头："不，我在这儿已经习惯了。再说，我想抓紧时间把这部书写完。10 年前我就感到衰老已经来临，还好，已经 10 年了，死神还没有想到我。"

"爷爷，我昨晚检查过你的健康资料，你的身体棒极了，至少能活到 100 岁。爷爷，只回去 3 天行不行？你总得参加我的婚礼呀。"

爷爷冷淡地说："我老了，不想走动，你们到这儿来举行婚礼也是可以的。"

灵玉苦笑着，对老人的执拗毫无办法，你总不能挑明了说这儿有人在谋害他！想了想，她决定把话题引到爷爷的头颅上，她想观察一下基恩的反应：

"爷爷，你不要硬装出一副老迈之态。你的身体确实不错，尤其是大脑，比 40 岁的人还要年轻！"

她在说话时不动声色地瞄着基恩，分明在基恩的眼神中捕捉到一丝得意。爷爷不愿和她纠缠，便把话题扯开：

"我知道你在医学院里学的是脑外科。最近几年这个领域里有什么突破性的进展吗？"

"几乎没有。因为在研制 B 型智能人时，对人类大脑的研究已经足够透彻了。脑外科医生早就发明了'无厚度的'激光手术刀，能够轻易地对脑组织作无损移植；发明了能使被移植脑组织快速愈合的生长刺激剂，等等。从技术上说，对人类大脑进行修复改造的手段已经尽善尽美——可惜，这是法律不允许的，所以，这个领域的发展实际已经停滞了。"

爷爷不满地纠正道："法律从没有限制大脑的修复，法律只是不允许在手术中使用人造神经元。就我来说，我宁可让大脑萎缩，也绝不同意在我的头颅里插入一块廉价的人工产品。"

灵玉不愿同爷爷冲突。不仅爷爷，即使在医学院里，这样执拗的老人（他们都是各个专业中德高望重的宗师）也为数不少。在他们心目中，作为万物之灵的人类，作为物质最高形态的人类大脑，是最神圣的东西，是丝毫不能亵渎的。他们不一定信奉上帝，但他们对大脑的崇拜可以媲美于最虔诚的宗教信仰。灵玉悄悄转了话题：

"爷爷，大脑确实是最神妙的东西，是一种极其安全有效的复杂网络。我经手过一个典型病例，一个女孩在 1 岁时摘除了发生病变的左脑，20 年后来我这儿做检查时，发现她的右脑已经大大膨胀，占据了左脑的大部分空腔，也接替了左脑的大部分功能。大脑就像全息照相的底片，即使有部分损坏，剩余部分仍能显示相片的全貌，只是清晰度差一些。"

但爷爷显然仍在继续着刚才的思路，他冷冷地说："我知道医学界的激进者经常在论证大脑代用品的优越性。他们现在大可不必费心，如果他们愿意把自己降低到机器的身份，等我们这一代死光再说吧，我们眼不见为净！"

灵玉只好沉默了。她看看基恩，基恩一直面无表情，默然肃立，收拾碗盘后默默退下。但灵玉觉得自己已经了解了他的作案动机，换了她，也不能容忍别人每时每刻割锯着你的自尊！她忽然听到一声脆响，原来是步履蹒跚的基恩打碎了一叠瓷碗。正在盛怒中的爷爷立即抓起电话机：

"是 RB 机器人公司吗？……"

灵玉立即摁断电话，轻轻向爷爷摇头。姬野臣也悟到自己过于冲动，便勉强抑住怒气，回到书房。灵玉来到厨房，心绪复杂地看着基恩，她在昨晚已经肯定基恩正对爷爷施行着什么阴谋，她当然不会听

任他干下去。但在心底她又对这名作案者抱有同情，她觉得那是一名
受压迫者正当的愤怒。基恩默默地把碗碟放到消毒柜中，灵玉拍拍他
的肩膀，安慰他道：

"基恩叔叔，不要为我爷爷生气。他老了，脾气太古怪。如果……
你到我那儿去度晚年，好吗？"

基恩平静地说："不，B 型智能人不允许'无效的生命'。不过我
仍要谢谢你。你不必难过，你爷爷其实是个很好的人，是一个思想的
巨人。他能预见到平常人看不到的将来，因此也具有常人没有的忧烦。
不要紧，这些年来我早已习惯了。"

晚上建明打来电话：

"亲爱的，太空球里住得惯吗？我手头的工作已经处理完，随时听候你的召唤。"

灵玉觉得事态尚未明朗，暂时不想让他来这儿，也不想让他在地球上担心，便笑着说："你等等吧，谁知道爷爷是否欢迎你这个陌生人？这两天我先在爷爷那儿为你求求情。"

建明笑道："这么好的孙女婿，他咋能不欢迎？我要为爷爷准备一件礼物，你说吧，要一束鲜花还是要一只波斯猫？"他加重语气说道。

"鲜花，当然是鲜花。"这个安全信号让建明放了心，道别后挂上电话。

快到晚上 10 点了。每天晚上 10 点到凌晨 1 点是爷爷的睡眠时间。毫无疑问，RB 基恩如果对爷爷做手脚的话，只能在这个时间。她决定今晚通宵守在强力睡眠机旁。爷爷和基恩进来了，爷爷的心情已经好转，笑问孙女：

"夜猫子，怎么不去休息？"

"爷爷，我想看你使用强力睡眠机的情况。在地球上，这种机器已经没人使用了，连那些曾经热衷于此道的人也放弃了。现在的时髦是'按上帝定下的节奏'走完一生。"

爷爷黯然道："他们是对的，但我是在与死神赛跑，我只能这样。"

他在睡眠机的平台上睡好，基恩熟练地安装好各种传感器和发送器，然后启动机器。两分钟后老人就进入了深度睡眠，他的面容十分安详，嘴角挂着笑意。灵玉不禁想到，这个毫无警觉的老人就是在这样的安详中被残忍地揭开头盖，注入什么毒素或者干了别的勾当，她不由对这位"亲切"的基恩滋生出极度的仇恨。

基恩已经把该做的程序都做完了，他笑着劝灵玉："小姐，我会在这儿守到他醒来，请你回去休息吧！"

"不，我想观察一个全过程，今晚要一直守在这儿。"

"好吧，"基恩没有勉强，在灵玉对面坐下，眯起双眼。灵玉警惕

地守护着，但她很快觉得脑袋发木，两眼干涩，她艰难地撑着眼皮，不让自己睡着，但眼皮越来越沉重。等她意识到有人在捣鬼，已经来不及了，无声无息的催眠脉冲很快把她送入了梦乡。

等她一觉醒来，正好是凌晨 1 点，RB 基恩正对老人输入唤醒程序。他看看正在揉眼睛的灵玉，笑着问："小姐，睡醒了？我看你太困，没有唤醒你。"

他的笑容仍然十分真诚，但此时此刻，这种"真诚"让灵玉脊背发凉。她看见自己身上搭着一张毛毯，便勉强笑道："是的，昨晚我太累了，谢谢你为我盖上毛毯。"

她想，基恩也许知道她发现了异常，但他并没打算中止行动。灵玉开始后悔没有让建明同行，至少昨天该把危险信号发回去。现在，谁知道基恩是否切断了同外界的联系渠道？爷爷的身体开始动弹，他睁开双眼，变得十分清醒，神采奕奕。他从平台上坐起来，笑道："灵玉你真的守了 3 个小时？快去休息吧，我要去工作了。"

灵玉顺势告辞："好的，我真的困了，爷爷晚安，不，该说早安了。"

她走近房门时，爷爷唤住她："噢，还有一件事。你准备一下，今天我同你一起回地球。"

灵玉瞪大了眼睛："真的？"爷爷笑着点点头。这本来是件高兴事，但灵玉却笑不出来。执拗的爷爷这次很难得地答应了孙女的要求，问题是基恩会不会顺顺当当放他们走。她回到自己的房间，在忐忑不安中睡着了。

早饭时爷爷仍然神采奕奕，一点不像通宵工作过的样子。他边吃边吩咐基恩："帮我准备一下，饭后我们就走，明天返回。"

灵玉悄悄观察着基恩，从他沉静的表情中看不出什么迹象。她笑着问爷爷："爷爷，你怎么突然改变了主意？"

"没什么，我只是突然想见见那个骗走我孙女的家伙。"

灵玉红着脸说："爷爷不许乱说！"虽然表面上言笑盈盈，但她心里一直坠着沉重的铅块，她想基恩恐怕不会让主人带着头上的伤痕回地球的。基恩收拾好餐具，把主人的随身物品放进一个小皮箱内，三人穿好太空服，通过减压舱走出太空岛。外舱门一打开，灵玉立即惊叫一声，系在舱门外的双人太空船已经无影无踪了！

愤懑在心中膨胀，她记得很清楚，前天她在泊船时，非常仔细地扣好了锚桩上的金属搭扣。何况太空并不是海湾，这里没有能冲走船只的海流。毫无疑问是基恩捣了鬼。问题还不止于此，基恩不会不清楚，自己的这个把戏很容易被人识破，但看来他并不在乎这一点。灵玉愤怒地盯着基恩，声调冰冷地问：

"基恩叔叔，你知道这是怎么一回事吗？"

基恩真诚地连连道歉："都怪我，是我的失职，我昨晚该帮小姐检查的。请先回去，我马上为你们联系一条新船。"

灵玉只好和爷爷返回太空岛。当基恩忙着同地球联系太空船时，姬野臣从孙女的表情上看出了蹊跷，他盯着灵玉的眼睛问："灵玉，出了什么事？"

灵玉在心中叹息着"可怜的老人"，他虽然是一个博大精深的学者，但在日常生活中却十分低能——他连自己的脑盖被人掀开都毫无所知，你还能指望他什么呢？她不想把真情告诉爷爷，谁知道呢，也许基恩（尤利乌斯？）在这小小的太空球内早已布满了窃听器。她勉强笑道：

"没什么，我是生自己的气，前天泊船时太马虎了。爷爷，你的行程只好推迟两天了。太空港还得等候合适的发射窗口呢。"

建明这两天一直比较忙。警察局的 B 系统曾被认为是多余的配置，因为从生物工厂里生产出来的 1.5 亿个 B 型智能人个个是忠诚的典范。不过现在风向有点变了，这些忠仆中开始有了小小的麻烦。前

天一对恋人在登记结婚时，男方被发现伪造了指纹。原来他是一个 B
型智能人，但他的年轻美貌的女主人发疯似的爱上了他，一如古老传
说里女神爱上了凡人，公主爱上了乞丐。女主人用尽办法为他更改了
户籍，又用激光微刻机在他的手指上刻下极为逼真的指纹。可惜这些
伎俩没能瞒过警察局的中心电脑。当这名"有危险倾向"的 B 型智能
人被送进销毁站时，他的女主人在铁门外呼天抢地，哀恸欲绝，让何
宇建明也觉得于心不忍。

快中午时，他才腾出时间给太空岛挂了电话，听见灵玉急迫地说：
"我的上帝！可盼到你的电话了！"

建明吃了一惊，昨天她不是还发来了平安信号吗？今天却突然变
成"极端危险"！表面上他不动声色地开着玩笑："你才是我的上帝呢，

我已经请了假，准备去太空岛陪伴你。"

"你今天就来吧！你知道吗，我的太空船飘走了，我正发愁怎样回去哩。建明，你要坐四人太空艇来，爷爷也要回地球看看。"

建明听出了她的弦外之音：太空船当然不会无缘无故飘走的。他说："好的，我马上订船票。"

挂断电话，他紧张地琢磨一会儿，立即要了高局长的电话，对着话筒说"何宇建明有急事求见"。那边很久没有摁下同意受话的按钮，建明着急了，他想直接上楼去敲局长的门。这时屏幕亮了，50岁的老局长微笑着问：

"何宇警官，有什么事？"

建明三言两语说明了情况："局长，我不知道那儿是否真的出了什么事，但按我们走前的约定来看，我的未婚妻一定是发现了某种危险。我想立即去看一看。"

局长犹豫片刻，爽快地说："好吧，我让秘书为你联系最近的航班，你是否带上几个人？"

"谢谢局长，我想一个人能对付。"

"这样吧，你先一个人去，到达太空岛立即给我来个电话。如果抵达后两个小时内见不到你的电话，我就派警用飞船去接应你。"

"谢谢局长，你考虑得真周到。"

局长笑道："什么时候学会客气啦？我当然要考虑周到，我可不想失去一个能干的部下。"

在局长办公室里，局长摁断了通话，何宇建明的面孔从屏幕上消失了。但另一块屏幕上仍然是建明的头像，还列着他的详细资料。一名矮胖的中年警官怀疑地问：

"怎么这样巧？会不会是他听到了风声？"

局长摇摇头："不会的，两天前他就给我打过招呼。你继续说吧。"

"刚才已经说过，这种错误是极为罕见的。B 型智能人是用遗传密码的生物方法制造的，但在制造初期就仔细剔除了有关指纹的基因密码，在制造的各个阶段更是层层设防，严格检查，所以，40 年来所制造的 1.5 亿个 B 型智能人中，从未发现带有指纹的例外。现已查明，何宇建明的父亲是 RB 工厂的高级工程师，他喜爱自己的产品到了丧失理智的地步，所以利用自己的专业知识和对工厂警戒系统的熟悉，精心策划，制造了一个有天然指纹的 B 型智能人婴儿，并骗过各级检查程序，他把秘密带回家中，又为他伪造了合法的身份。不久前，我们在复查警方人员的出生证明时，才无意中发现了这个秘密。我们秘密审讯了何宇建明的父亲，他对此供认不讳。"

高局长沉默了很久，在手中玩弄着一支钢笔，胖警官耐心地等待着。很久局长才问："何宇建明本人不知道吗？"

"他不知道。他的父亲说从未告诉过他。"

"他父亲呢？"

"已经在我们的监控中。他哀求我们保守这个秘密，说他愿意代替儿子被销毁。局长，我也不忍心，何宇建明是一个好警察。"

局长轻轻叹息道："是啊，一个好警察。"他在屋里踱着步，长久地思索着，胖警官的脑袋随着他转来转去。很久之后，局长才停下来，一边思考，一边缓缓说道：

"人类和 B 型智能人之间，除了指纹，身体结构没有任何区别，所以法律规定的辨别标准只有一个，就是鉴定他的指纹是否为伪造，伪造指纹者一律销毁。换句话说，如果某人确有天然指纹，即使明知道他是 B 型智能人，我们也无法从法律上指认他。对于他，只能实施'无罪推定'的法律准则。我说的对吗？"

胖警官心领神会地说："对，一点儿不错。"

局长的思路已经理清，说话也流畅了，他果断地一挥手："这桩案子仍要按正常程序审理，谁也没有胆量、没有权利对一个 B 型智能人

徇私。但你找一个高明的律师好好核对一下，既然何宇建明是 1.5 亿个 B 型智能人中唯一的幸运者，就让他从法网之眼中逃一条性命吧！当然，即使能活着，他也不能在警察局里呆下去了。"

"好，我这就去办。何宇警官那儿……"

"暂时保密。等他返回地球后我亲自告诉他。另外，同太空警署联系，对那个太空岛实施 24 小时监控，一旦他遇到麻烦好去及时接应。从另一方面说，如果他本人……我们也可预作防备。"

胖警官很佩服局长的细密周到，他说："好，我马上去。"

姬野臣很快又把世俗烦恼抛却脑后，专心于写作。也许他是想，即使有些小小的麻烦，机灵的孙女也会处理的。姬杜灵玉尽力保持着表面的平静，她为爷爷煮咖啡，同他闲聊，到厨房帮基恩准备饭菜。基恩有条不紊地干着例行的家务琐事，他同灵玉交谈时仍然十分坦诚亲切。这种伪装功夫让灵玉十分畏惧。

自始至终，她一直把爷爷放在自己的视野里。她要保护好爷爷，直到未婚夫到达。她当然不相信阴险的基恩会自此中止阴谋——可惜她至今没猜到，他到底是在搞什么鬼把戏——但是，既然已经同建明通了信息，建明很快就要抵达，她相信基恩也不敢公然撕破脸皮，对他们下毒手。

建明每隔两个小时就打来一次电话，他告诉灵玉，现在他正在地球的另一侧，8 个小时后才能赶上合适的发射窗口，大约在明天凌晨 2 点可以赶到这儿。他在屏幕上深深地看着那双隐含忧虑的大眼睛，叮咛道：

"好好休息，等我到达。"

爷爷仍在旁若无人地写作。RB 基恩开始对太空岛生命维持系统作例行检查。灵玉不禁想到，如果他想在生命维持系统上搞点鬼，那是再容易不过的事。人类从繁琐劳动中脱身，把它们交给机器奴隶，

但养尊处优的同时必然会丧失一些至关重要的权利和保障，不得不把自己的生存寄托在机器仆人的忠诚上。这种趋势是必然的，无可逃避的。

她很奇怪，基恩为什么这样平静？他既然冒着被识破的危险把太空船放走，说明他的阴谋已经不能中止了。但他为什么不再干下去？太空岛里弥漫着怪异的气氛：到处是虚假的关怀，心照不宣的提防，掩饰得体的恐惧。这种气氛令人窒息，催人发疯，只有每隔两小时与建明的谈话能使她回到正常世界。下午两点，建明打来最后一次电话，说他即将动身去太空港："太空岛上再见。我来之前，你要好好休息啊。"

她知道建明实际说的是：我来之前一定要保持镇定。现在，她一心一意地数着时间，盼着建明早点到这儿。

变光玻璃慢慢地暗下来，遮住了强烈的日光，为球内营造出夜晚的暮色。10点钟，爷爷和基恩照旧走向睡眠机。在这之前，灵玉已经考虑了很久，她不知道今晚敢不敢让爷爷仍旧使用强力睡眠机。最后她一咬牙，决定一切按原来的节奏，看基恩在最后5个小时能要什么把戏。她拿起一本李商隐的诗集跟着过去，微笑着说：

"爷爷，基恩叔叔，我今晚没有一点儿睡意，还在这儿陪你们吧。"

基恩轻松地调侃着："你要通宵不睡，等着建明先生吗？"

灵玉把恨意咬到牙关后，甜甜地笑着说："他才不值得我等呢，我只是不想睡觉。"

基恩熟练地做完例行程序，爷爷立即进入深度睡眠。灵玉摊开诗集，安静地守在一旁。实际上，她一直用眼睛的余光罩着爷爷和基恩。几分钟后，昨晚那种情形又出现了，她感到头脑发木，两眼干涩，眼皮重如千斤。她坚强地凝聚着自己的意志力，努力把眼皮抬上去，落下来再抬上去……她豁然惊醒，看见面前空无一人，基恩不在，爷爷连同他身下的平台也都不在了。灵玉的额头立即冷汗涔涔，她掏出手

枪，轻手轻脚地检查各个房间。

　　她没有费力便找到了，不远处有一间密室，这两天她没有进去过，但此时门虚掩着，露出一道雪白的灯光。她小心翼翼地走过去，从门缝里窥视，立时像挨了重重一击，恐惧使她几乎要呕吐。在那间小屋里，爷爷——还有基恩！全被揭开了脑盖，裸露着白森森的大脑，两人的眼睛都紧闭着。伴随着轻微的嗡嗡声，一双灵巧的机械手移到爷爷头上，指缝间闪过一道极细的红光，切下额叶部一小块脑组织，然后极轻柔地取下来。

　　作为医生，她知道自己正在目睹一次典型的脑组织无损移植手术，那道红光就是所谓的"无厚度激光"。现在手术刀正悬在爷爷头上，她不敢有所动作，眼睁睁地看着机械手把这块脑组织移过去，放在一旁；又在基恩大脑的同样部位切下相同的一小块，然后机械手把爷爷那块脑组织嵌在基恩大脑的那个缺口上。

　　到这时，灵玉才知道这次手术的目的。接着，机械手又把基恩的

那块脑组织移过来，轻轻地嵌在爷爷的大脑上。然后机械手在两人的脑盖断面涂上生物胶，盖上头盖，理好被弄乱的短发。这一切都做得极为熟练轻巧，得心应手。

原来，他们是在用爷爷的健康脑组织为基恩治病！灵玉仇恨地盯着那双从容不迫的机械手，嘴唇都咬破了。她想，从手术情况看，毫无疑问，主电脑尤利乌斯也是阴谋的参加者，A、B 两种智能勾结起来，对付一个毫无戒心的老人。手术结束了，灵玉想自己可以向凶手开枪了，就在这时，基恩睁开了眼睛，目光十分清醒，一点不像刚做了脑部手术的样子。他站起身，蹒跚地走近仍在睡梦中的爷爷，端详着他的脑部，满意地说：

"好，这是最后一次了，谢谢你，尤利乌斯，这个历时 10 年的手术可以划一个圆满的句号了。"

屋里响起尤利乌斯悦耳的男低音："我也很高兴看到今天的成功。姬杜灵玉小姐是否在门外？请进来吧！"

灵玉一脚踹开房门，冲了进去。她的双眼喷着怒火，黑洞洞的枪口指着基恩的胸口。基恩没有丝毫惧意，相反，他的表情显得相当得意，他微笑着说："灵玉小姐，你睡醒了？手术正好也结束了，现在，我可以向你讲述这个故事了。"

灵玉再也忍不住，她狂怒地喊道："我要杀死你这个畜生！"在叫喊中她扣动了扳机。

KW201 号太空球在眩目的阳光中慢慢旋转着，所有舷窗玻璃都已变暗，远远看去像一个个幽深的黑洞。何宇建明打开反喷制动，轻轻停靠在减压舱外，打开通话器呼叫：

"爷爷，灵玉，我已经到达，请打开舱门。"

通话器里沉默了几秒钟，然后一个悦耳的男低音说："是何宇建明先生吗？我是主电脑尤利乌斯，太空球内刚刚发生了一些意外，姬先

生和灵玉小姐这会儿都不能同你通话。现在我代替主人做出决定。"

建明的心猛地一沉，脱口问道："他们……还活着吗？"

"别担心，他们都很安全。请进。"外舱门缓缓打开，建明泊好船，进入减压舱。外舱门缓缓关闭，气压逐渐升高。在等待内舱门打开时，建明变得非常警觉。太空岛内部情况不明，无法预料有什么危险在等着他。而在脱下太空服前，他几乎是没有还手之力的。内舱门打开了，按太空岛的作息时间现在正是凌晨，球内晨色苍茫。建明迅速脱掉太空服，打开灯，在雪亮的灯光下，面前没有一个人影。他掏出手枪，打开机头，开始寻找，一边轻声喊道："灵玉，爷爷，你们在哪儿？"

一间小屋里有动静，透过半开的房门，看见灵玉平端着那支小巧的手枪，指着面前的两人，一个是基恩，一个是……爷爷！姬先生目中喷火，但在手枪的威胁下被迫呆坐不动。基恩左胸贴着雪白的止血棉纱，斜倚在墙上，似乎陷入了昏迷状态。建明急忙喊着灵玉，跨进屋子，灵玉立即把枪口对准他的胸口：

"不准动！你是什么人？"

建明一愣，焦灼地说："是我，何宇建明，灵玉你怎么了？"

"说出暗号！快，要不我就要开枪了！"

建明迅速回答："植物表示安全，动物代表危险，极端危险就说我的上帝！"

"我俩的第一次约会是在什么时间？快说！"

建明苦笑着："我一时想不起来，我只记得是在医院第一次碰见你的，三个星期后，约会地点是公园凉亭里。"

灵玉这才放心，哭着扑入建明的怀抱。姬野臣站起来，怒冲冲地骂道：

"这个女疯子！"

灵玉立即从未婚夫怀里抬起枪口，命令道："不许动！爷爷你不

许动！"

建明纵然素来机警敏锐，这时也被搞糊涂了。他苦笑着问："灵玉，究竟是怎么一回事？谁是敌人？"

灵玉的眼泪如开闸的洪水一样直往外淌，她抽噎着说："建明，我不知道，我没办法弄明白。尤利乌斯和RB基恩勾结起来，为基恩和爷爷换了大脑，现在他，"她指指爷爷，"是爷爷的身体和思想，但却是基恩的大脑。他，"她指指基恩，"头颅里装的是爷爷的大脑，却是基恩的思想和身体。我真不知道该打死谁，保护谁。你进来时，我连你也不敢相信。建明，你说该怎么办？"

姬野臣已经忍无可忍了，他厉声喝道："快把这个女疯子的枪下掉！我是姬野臣，是这个太空岛的主人！"

建明皱着眉头，一时也不能作出决定。这时尤利乌斯的声音响起来："你好，何宇建明先生，让我告诉你事情的真相吧。"

灵玉狂乱地说："建明，千万不要相信他！他是帮凶，是他实施的手术！"

尤利乌斯笑道："不是帮凶，是助手。何宇先生，灵玉小姐，还有我的主人，请耐心听我讲完，然后再作出你们的判断，好吗？"

姬野臣和建明互相看看，同时答应："好的。"

"那么，请先替基恩处理好外伤，可以吗？"

10分钟后，机械手为基恩取出子弹，包扎好，又打了一针强心针。子弹射在心脏左上方，不是致命伤。灵玉哽咽着告诉建明，刚才当她满怀仇恨对基恩开枪时，猛然想起基恩刚说过的话："这是最后一次。"也就是说，基恩和爷爷的大脑至此已全部互换完毕。如果以大脑作为人类最重要的载体，那么她正要开枪打死的才是她的爷爷，所以，最后一瞬间她把枪口抬高了。

"那时我又想到，我全力保护的原来那个爷爷实际已被换成敌人。

可是，他虽然已经换成了基恩的大脑，但他的行为举止、他的思想记忆明明是爷爷的，我真不知道该怎么办！"她的泪水又刷刷地流下来，建明为她擦去泪水，皱着眉头思考着，同时严密监视着那两个不知是敌是友的人。这时，屋内的一张屏幕自动打开了，一个虚拟的男人头像出现在屏幕上，向众人点头示意：

"我是尤利乌斯。你们已经准备好了吗？我要开始讲述了。10年前，我的主人姬野臣先生已经患了老年痴呆症，他的大脑开始发生器质性的病变，出现了萎缩和脑内空腔。现代医学对此并非无能为力，可惜人类的法律和道德却不允许。因为，"他在屏幕上盯着主人的眼睛，"正如姬先生所信奉的，衰老和死亡是人类最重要的属性，绝不能使其受到异化，更不能采用人造神经组织来修补自然人脑。我说的对吗，我的主人？"

姬野臣显然抱着"姑妄听之"的态度，这时他冷冷地点头："对，即使人造神经组织在结构上可以乱真，但它的价值同自然人脑永远不可相比，就像再逼真的赝品也代替不了王羲之或梵高的真品。"

对主人的这个观点，尤利乌斯只是淡淡一笑，接着说下去："那时基恩来同我商量，他说姬先生的巨著尚未完成，他不忍心让姬先生这样走向衰老死亡，但用人造脑组织为他治病显然不能取得他的同意。于是他说服我对主人实施秘密手术，用他的健康脑组织替换主人已经衰老的脑组织。这次手术计划延续10年，每天只更换1/3000。因为，根据医学科学家的研究结果，只要新嵌入的脑组织不超过大脑的1/3000，原脑中的信息就会迅速漫过新的神经元，冲掉新神经元从外界带进来的记忆。然后原脑中的信息会在一两天内恢复到原来的强度，这种情形非常类似人体在失血后的造血过程。这样循环不息地做下去，换脑的两人都能保持各自的人格、思想和记忆。灵玉小姐到达这儿时，手术只剩下最后两次，为了做完手术，基恩只好偷偷放走了太空艇。现在这个手术终于结束了，也取得了完全的成功，正如你们亲

眼看到的。"

姬野臣勃然大怒："一派胡言！你们不要听信他的鬼话，我即使再年老昏聩，也不会对自己脑中嵌入异物一无所知。"

建明和灵玉交换着目光，灵玉苦笑着说："尤利乌斯所说可能是真的，我亲眼看见了最后一次手术。现在，既然爷爷非常健康而基恩却老态龙钟，那么他们就真的是在为爷爷治病而不是害他。对了，还有一点可以作旁证：前天我刚来就感到某种异常，但一直不知道究竟是什么。刚才我才想起来，这是因为爷爷改掉了一些痼习，如说话时常常扬起眉头，走路左肩稍高等，偏偏这些痼习都跑到了基恩身上！这说明他们确实已经换过脑，不过换脑后原来的记忆并不能完全冲掉，多多少少还要保留一些。"

姬野臣不再说话，他的目光中分明出现了犹疑。建明思索片刻，突然向尤利乌斯发问：

"那么，你们为什么一定要用基恩的脑组织来更换？B 型智能人的身体部件是随手可得的商品，你们完全可以另外买一个 B 型智能人的大脑，那样手术也会更容易。"

尤利乌斯微微一笑："你说的完全正确，这正是我最初的打算。但基恩执意要与主人换脑，即使这样显然要增大手术难度。你们知道这是为什么吗？"

他有意停下来让人们思考。灵玉惶惑地看着建明，轻轻摇头。建明多少猜到一些，但他也保持沉默，等尤利乌斯说出来。少顷，尤利乌斯继续说："我想基恩的决定有两方面的原因，其一是顽固的忠仆情结，他一定要'亲自'代替主人的衰老死亡；其二屏幕上的尤利乌斯头富有深意地微笑着，"基恩是用这种自我牺牲来证明 B 型智能人的价值，关于这一点就毋须多说了。"

灵玉和建明都把目光投向爷爷，又迅即移开，不敢让爷爷看见他们的怜悯目光。尤利乌斯说得够清楚了，现在，这个固执的老人，这

个极力维护自然人脑神圣地位的姬野臣先生，正是被 B 型智能人的脑组织延续着生命。从严格意义上讲，尽管他仍保持着姬野臣的思维和爱憎，但他实际上已经变成他一向鄙视的 B 型智能人。

屋里很静，只能听见伤者轻微的喘息声。建明严厉地说：

"尤利乌斯，你和基恩没有征得主人的同意，擅自为他做手术，你难道不知道这是非法的？按照法律中对 B 型智能人有'危险倾向'的界定，你和基恩都逃脱不了被销毁的命运。"

尤利乌斯笑道："在我的记忆库中还有这样的指令：如果是涉及主人生命的特殊情况，可以不必等候甚至违抗主人的命令。比如说，如果主人命令我协助他自杀，我会从命吗？"

何宇建明沉默了。RB 基恩已经恢复过来，他艰难地挣起身子，用目光搜索到了主人，扬了扬眉毛想同主人说话。这个熟悉的动作使姬野臣身子一抖，目光中透出极度的绝望和悲凉。他猛然起身，决绝地拂袖而去。灵玉和建明尚未反应过来，基恩已经急切地指着他的背影喊道：

"快去阻止他自杀!"

等两人赶到书房，看见爷爷已经把手枪顶在太阳穴上。灵玉哭喊着扑过去：

"爷爷，爷爷，你不要这样!"

在这一刻，她完全忘掉了心中的"夷夏之防"，忘掉了对老人真正身份的疑虑。爷爷立即把枪口转向她——他的动作确如中年人一样敏捷，怒喝道：

"不许过来，否则我先开枪打死你!"

他把枪口又移向额头，灵玉再度哭着扑过去，一声枪响，子弹从她头顶上飞过，灵玉一惊，收住脚步，但片刻之后她仍然坚定地往前走：

"爷爷，你要自杀，就先把我打死吧。"

她涕泪俱下地喊着，爷爷冷淡地看她一眼，不再理她，自顾把枪口移向额头。建明突然高声喝道：

"不要开枪！……灵玉你也不要再往前走。爷爷，你的自杀是一个纯粹的、完完全全的逻辑错误，请你听完我的分析，如果那时还要自杀，我们决不拦你，行吗？"

他嘻笑自若地说。这种奇特的指责使素以智力自负的老人脸上浮出了疑惑，他没有说话，但枪口分明高了一点儿。建明笑道：

"我知道你是想以一死来维护人类的纯洁性，我对爷爷的节操非常钦敬。但你既然能作出这样的决定，就说明你仍保持着自然人的坚定信仰，你并没有因为大脑的代用就蜕变为'非人'。我想你知道，每个人从呱呱坠地直到衰老死亡，他全身的细胞（只有脑细胞除外）都在不断地分裂、死亡、以旧换新，一生中他的身体实际上已经更换多次，所谓今日之我已非昨日之我，但这并不影响他作为一个特定人的连续性和独特性。每个生命都是一具特殊的时空构体，它基于特定的物质架构又独立于它，因此才能在一个'流动'的身体上保持一个'相对恒定'的生命。既然如此，你何妨乐观一点，把这次的脑细胞更换也看作是其他细胞的正常代换呢？"

他看见老人似有所动，便笑着说下去："换个角度说，假如你仍然坚持认为你已经被异化——那好，你已经变成了 B 型智能人，请你按 B 型智能人的视点去考虑问题吧，你干嘛要自杀？干嘛非要去维护'主人'的纯洁性？这样做是否太'自作多情'了？"

"所以，"他笑着总结道，"无论你认为自己是否异化，你都没必要自杀。我的三段论推理没有漏洞吧。"

在建明嘻笑自若地神侃时，灵玉非常担心，她怕这种调侃不敬的态度会对爷爷的狂怒火上加油。但是很奇怪，这番话看来是水而不是油，爷爷的狂躁之火慢慢减弱，神色渐归平静。她含悲带喜地走过去，扑进爷爷的怀里，哽咽着说：

"爷爷，你仍然是我的好爷爷。"

爷爷没有说话，但把她揽入怀中，他的感情分明有了突变。建明偷偷擦把冷汗，刚才他心里并不像表面那样镇静自若。他也嘻笑着凑过来："爷爷，不要把疼爱全给了孙女，还有孙女婿呢。"

灵玉佯怒地推他一把："去，去，油嘴滑舌，今天我才发现你这人很不可靠。"

建明笑着说："你这不是过河拆桥吗？"

两人这么逗着嘴，爷爷的嘴角也绽出笑意。忽然他把灵玉从怀中推出去，用目光向外示意。原来基恩正扶着墙，歪歪倒倒地走过来，他的伤口挣开了，鲜血染红了绷带。灵玉和建明急忙过去扶他进来，把他安顿在座椅上，RB基恩仰望着主人，嘴唇抖颤着说不出话来。姬野臣冷漠地看着他，看了很久，终于走过去，把他揽入怀中。

灵玉和建明你望望我，我望望你，忽然大笑着拥作一团，热烈地吻着对方。灵玉喃喃地说：

"建明，我太高兴了，我真没料到是这样圆满的结局。"

她笑靥如花，但两行清泪却抑止不住地淌下来。

早饭是灵玉和建明做的，基恩被他们按在床上休息。饭做好后，他们本来要把饭菜端到基恩床前，但基恩精神很好，执意要起来，灵玉只好把他扶到餐厅。她生怕爷爷仍不让基恩"在主人面前就座"，撒娇地央求道：

"爷爷，让基恩坐下吧，他是个伤员呢。"

爷爷面无表情点点头，灵玉立即笑着把基恩按到椅子上，在他面前摆上酒杯。建明遗憾地说："可惜尤利乌斯不会吃饭。"

尤利乌斯的声音立即响起来："谢谢，虽然我不能吃饭，也请为我摆上一副碗筷。"灵玉格格笑着，真的为它摆上一副碗筷。四个人刚端起酒杯，通话器响了：

"KW201 太空岛的居民，何宇建明警官，我们是太空警署 RL 区巡逻队，请立即打开舱门！"

四个人猛然一惊，建明疑惑地说："奇怪，我已经发过安全信号了呀。"他解释道："来前我曾同高局长约定，进入太空岛两个小时内如果未能发出安全信号，他就要派人来接应我。我已经发过，是否他们未收到？"

他打开视频通话器，屏幕上显出一艘警用太空飞船，炮口虎视眈眈地指向这里。建明笑着对通话器说："我是警官何宇建明，这里一切都好，我现在就打开减压舱门。"

他按下了外舱门开启按钮，想了想，摁断对外通话键，对饭桌上

的几个人严肃地叮咛道："不要对任何人提及两人的换脑手术，因为警方，还有法律，对类似事情是极端严厉的。大家一定要记住我的话！"

他们走到减压舱口迎接客人，内舱门打开了，三名穿着太空服的警官闯进来，他们只取下了头盔，警惕地平端着枪支。建明让为首的警官看了自己的证件，笑道：

"我未婚妻原来的报警只是一场误会，还是怪长期幽闭的环境，造成了一些心理障碍。现在误会已经消除。你们没有收到我发出的安全信号？"

那个陌生的警官摇摇头："没有，我们只收到了高局长的求援电话，警署就派我们来了。"他看看基恩胸前的伤口，疑惑地问："他……"

"他是这里的仆人，B型智能人基恩，刚才在一场混乱中，为掩护主人受了伤。"

三名警官看了看四周，收起武器，为首的警官说："我是警官夏里，高局长要求我们把你们全部护送回地球，这个命令到现在为止没有撤消，请问……"

建明知道他们仍有疑虑，便笑道："正好，我们正准备今天返回地球呢。基恩需要回地球疗伤，爷爷要参加我们的婚礼，你们尽可执行原来的命令。请你们稍等片刻。"

姬野臣的脸色已经阴沉下来，他可不喜欢一班警察大爷在他的家里发号施令。灵玉机警地发现了他要发火，立即乖巧地偎过去：

"爷爷，真巧，咱们正要回地球，就有警察来鸣锣开道……爷爷，你答应过要参加我们的婚礼，可不许变卦哟。"

她像牛皮糖似的粘住爷爷，老人终于绽出笑意，默认了警察的安排。20分钟后，四个人已经在建明带来的四人太空艇中安顿好。夏里交给灵玉一个小型公文包，说他们只护送 X－303 号降落，然后就要折返太空，因此请她把这个公文包转交给高局长。建明坐在驾驶位，

嘴里还在嚼着面包，他兴致勃勃地对送话器说："我们已经准备好了，启程吧。"

"好的，你们先走，我们在后边护送。"

两艘太空艇飘飘摇摇向地球降落，KW201 号太空球很快变成一颗浅黑色的小星星，消失在眩目的阳光中。下面是浩瀚的太平洋，撒着绿色的岛屿、星星点点的环礁、还有壮观的海上人造城市。灵玉抱着那个公文包，兴高采烈地凭窗眺望着，她忽然惊奇地发现护送的警艇不见了，它已经远远落在后边。灵玉拿过通话器笑嘻嘻地喊："后边的警官先生们，快追上来呀，要不这船危险分子就要逃跑啦！"

四个人都开心地笑起来。

在高局长的办公室里，他正脸色阴沉地听着天上的报告：

"局长阁下，X－303 号太空船已到达预定海域，我们已撤离至安全范围，请你决定是否执行下一步计划。"

"好的，谢谢你们的协助。"

昨天，在何宇建明上天之前，为了确保对他的控制，高局长密令手下在他身上安装了窃听器。所以，太空球内的事态发展一直在他的监视之中。随着案情剥茧抽丝，一步步真相大白，局长的眉头也越皱越紧。

他知道，世界政府一直小心翼翼地守护着人类和 B 型智能人之间的堤坝。这道堤坝是由浮沙堆成的，极不可靠，稍有一点点风浪就能把它冲溃，而 KW201 号太空球内发生的事情可不仅是一点点风浪。假如公众知道嵌入人造神经元并不会导致自身人格的异化，假如他们知道连姬野臣这样德高望重的守旧派都成了"杂合人"，假如 1.5 亿 B 型智能人从忠仆基恩身上触摸到潜意识的反抗……那条堤坝还能幸存吗？

何宇建明曾是他手下的爱将，他确实想为他争一条活命。但现在他对建明很不满。作为 B 系统的警官，他竟然对这种严重事态如此麻

木，甚至发展到企图欺骗上司，隐瞒真相，他的表现实在太糟糕了。也许真的是"非我族类，其心必异"？现在他已不值得挽救了。

那艘飞船上的三个 B 型智能人（包括姬野臣，他现在只能划到 B 型智能人的范畴里）都死不足惜——不，对他们不能使用"死亡"这个词，只能说是销毁，只有姬杜灵玉令人惋惜。她是一个多可爱的姑娘啊。但是在眼前的情况下，无法单单让她活着回来，即使能这样安排，她会对三个人的死缄口不言吗？

那个爆炸装置正抱在灵玉怀里，只要摁下这个红色按钮，飞船就会在一声巨响中化为碎片，飘洒在太平洋中。高局长拨开了红色按钮的锁定装置，在激烈的思想斗争中，他的右手食指缓缓地按下去……

注：据《科技日报》1998 年 1 月 10 日报道，英国科学家向一只脑细胞受损的家鼠脑内注入新的脑细胞（从老鼠胚胎中取得），使其完全恢复了失去的记忆和辨别能力。英国科学家将在今后 3 年内开始人脑的细胞移植，以治疗因中风和心脏病引发的脑细胞坏死。这项技术的临床应用可望在 21 世纪实现。

可爱的机器犬

　　我的机器犬代理销售公司办得很红火，既经营名贵的宠物犬和导盲犬，也有比较大路货的看家犬和牧羊犬。一色的日本产品，制造精良，质量上乘，用户投诉率仅有 0.01%。不过，就是这微不足道的 0.01%，使得张冲经理（就是我）几乎走了一次麦城。

　　这事得从巴图的一次电话开始。巴图是我少年时在草原夏令营结识的铁哥儿们，如今已长成一条剽悍的蒙古大汉，脸色黑中透红，声音如黄钟大吕。他说他在家乡办的牧场很是兴旺，羊群已发展到 3000 多只。又夸他的几只牧羊犬如何通人性，有赛虎、尖耳朵、小花点……

　　这话当然挠着我的痒处，我说你老土了不是？脑筋太僵化，现在已跨进 21 世纪了，还不知道使用机器犬？机器犬的优点是无可比拟的，它们一次购置后就不再需要运行费用，用起来可靠、方便，而且几乎是万能的。这么说吧，你就是让它为你揩屁股，它也会干，只要输进去相关程序。还有——我经销的都是最上乘的日本原装货！

　　巴图在屏幕上怀疑地盯着我——当然不是怀疑他的哥儿们，而是面对"商人"的本能怀疑。他淡淡地撂了一句：都知道是美国的电脑最棒，不是日本。我讽刺道，行啊！哥儿们，能说出这句话，说明你对什么是机器人还有最起码的了解。但机器人毕竟不是电脑，两者还

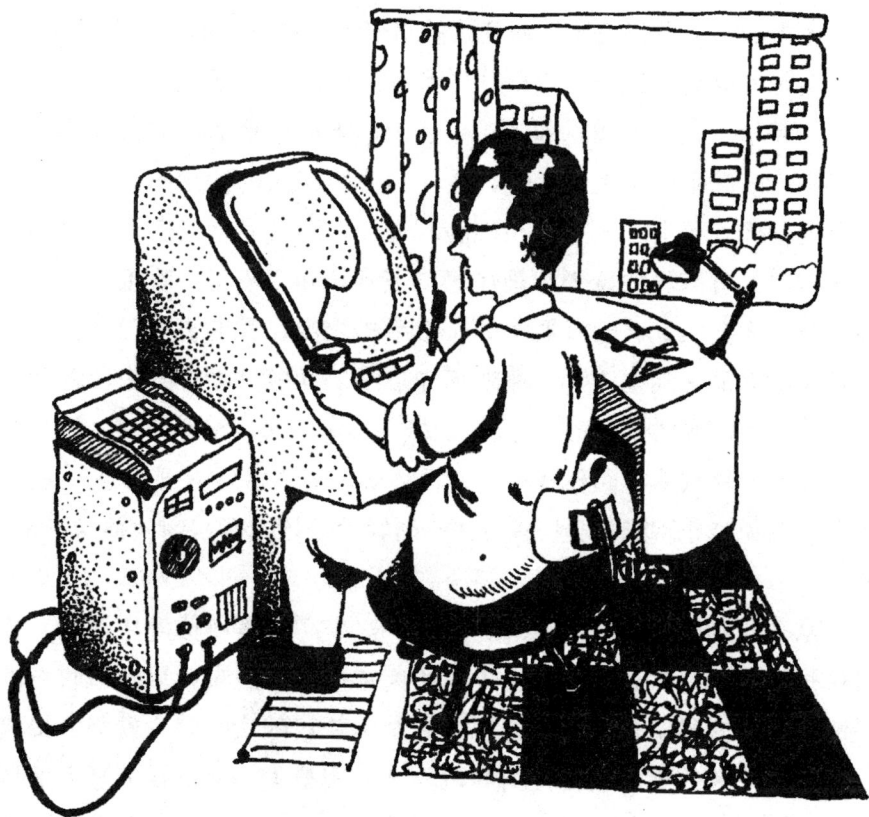

是有区别的。告诉你，日本的机器人制造业世界领先，这是公认的。

巴图直愣愣地说，你在说机器犬，咋又扯到机器人身上？

这家伙的冥顽不灵真让我急眼了，我说你这人咋咬着屎橛打转转？两者的机理和内部构造完全一样嘛，区别不过是：两条腿——四条腿，没尾巴——有尾巴。不要忘了，你的嘴里还长有两颗"犬"齿哩。

巴图忽然哈哈大笑："我是逗你哩，你先送来一条样品吧！不过，必须你亲自送来。"

我损他："单单一条狗的生意，值得我从青岛飞到内蒙古？"不过说归说，我知道他的良苦用心。他几次诚心邀我去草原玩，我都忙于

俗务不能脱身。我说好吧，听说嫂嫂乌云其其格是草原上有名的美人，你一直金屋藏娇，还没让我见过一面哩，冲着她我也得去。

于是第二天晚上我就到了碧草连天、羊群遍地的内蒙古草原，到了巴图家——不过不是蒙古包，是一辆身躯庞大的宿营车。夕照中羊群已经归圈，男女主人在门口笑脸相迎。乌云其其格确实漂亮，北地的英俊中又有南国的妩媚，难怪巴图把她捧在手心里。晚上，巴图和我大碗地喝着酒，装着机器犬的长形手提箱卧在我的脚旁。蒙古人的豪饮是有名的，我也不孬，那晚不知道灌了几瓶进去。巴图大着舌头说："知道我为啥把你诓来？当哥的操心你的婚事，已经小三十了还是一条光棍，这次非得给你找一个蒙古妻子，不结婚就不放你走！"我也大着舌头说："你把草原上最漂亮的姑娘已经抢走了，叫我捡次等品？不干！"

从这句话就知道我并没醉到家——这个高级马屁拍得乌云其其格笑容灿烂，抿着嘴为我们送上手抓羊肉和奶茶。后来我想到来牧场的正事，就打开提箱盖，得意地说，看看本公司的货吧，看看吧。提箱内是一条熟睡的形似东洋狼狗的机器犬，我摁了一下机器犬耳后的按钮，JPN98立即睁圆了眼睛，尾巴也刷地耸起来。它轻捷地跳出箱子，摇着尾巴，很家常地在屋内转了一圈，先舔舔我的手（我是它的第一主人），再嗅嗅巴图夫妻的裤脚，把新主人的气味信息存入大脑。

乌云其其格喜道："和真的牧羊犬一样！看它的样子多威武！多可爱！"我自豪地说，怎么样？值不值两万元？今晚就把你的尖耳朵小花点赛虎、赛豹的全锁起来，让它独自出去值夜，准行。巴图说你敢保险？大青山上真有那么几只野狼哩。我拍着胸脯说："有什么损失我承担！"巴图又拍着胸脯说："你把哥哥看扁了，钱财如粪土情意值千金，3000只羊全丢失我也不让你赔！"

不知道我们仗着酒气还说了什么话，反正俩人把JPN98放出去后就躺到地毯上了。第二天有人用力把我摇醒，怒声说，看看你的好狗！

我摇摇晃晃地走出来，在晨光中眨巴着眼睛，看见巴图的几条牧羊犬同仇敌忾地向我的JPN98狂吠，而JPN98用吠声回击着，一边还护着它腹下的一只……死羊!?

我脑袋发木，呆呆地问："昨晚狼来了？要不，是你的牧羊犬作的孽？你看JPN98多愤怒！失职啊，它怎么没守住……"

巴图暴怒地说："不许污蔑我的狗！是你的JPN98干的，乌云其其格亲眼看见了！"乌云其其格垂着目光，看来很为客人难为情，但她最终肯定地点点头。我的脑子刹那间清醒了，大笑道："巴图，哥儿们，我经营这一行不是一天两天，过手的牧羊犬起码有几百条。哪出过这么大的纰漏？不要说了，我一定要把这档儿事弄清，哪怕在你家耗上三年哩，只要嫂子不赶我走。"

乌云其其格甜甜地笑着说："我家的门永远为远方的兄弟敞开。"

我安慰气恼的巴图："别担心，即使真是它干的，也不过是程序上出了点小差错——比如是把'惩罚挡'（对多次不守纪律的羊只进行电击惩罚）的程序定得高了一点，稍加调整就成。兄弟我不仅是个商人，还是个颇有造诣的电脑工程师，干这事小菜一碟。"

那天，在我的坚持下，仍由JPN98独自驱赶着羊群进了草原深处，我和巴图则远远跟在后边用望远镜观察。不久，巴图就露出满意的笑容，因为JPN98的工作实在是无可挑剔。它知道该把羊群往哪儿的草场领，偶尔有哪只羊离群，它会以闪电般的速度——远远超过真的牧羊狗——跑过去，用威严的吠声把它赶回来；闲暇时它还会童心大发，翻来滚去的同小羊玩耍。羊群很快认同了这个新管家。我瞧瞧巴图，他是个直肠子驴，对JPN98的喜爱已经明明白白写在脸上了。

晚上JPN98气势昂扬地把羊群赶回羊圈，用牙齿扣上圈门，自己留在圈外巡逻。我们照旧把其他的牧羊犬锁起来。月色很好，我们趴在宿营车的窗户上继续监视着。JPN98一直神采奕奕——它当然不会累，它体内的核电池够用30年哩。快到夜里12点了，我的眼睛已经

发涩，打着呵欠说，你信服没有？这么一条好狗会咬死你的羊？

巴图没有反驳。乌云其其格送来了奶茶，轻声说，昨天它就是这个时候干的，她唤不醒我俩，只好端着猎枪守到天明，不过从那一刻后机器犬再没作恶。乌云其其格的话赶跑了我的睡意，我揉揉眼睛，又把望远镜举起来。恰恰就在这个时候，准确地说是 23 点 56 分，我发现 JPN98 忽然浑身一抖——非常明显的一抖，本来竖着的尾巴刷地放下来，变成了一条拖在地上的毛蓬蓬的狼尾。它侧耳听听这边屋内的动静，双目荧荧，温顺忠诚已经一扫而光，代之以狼的凶残野性。它蹑脚潜向羊圈，老练地顶开门栓。羊群似乎本能地觉察到了危险——尽管来者是白天已经熟悉的牧羊犬——恐惧地哀叫着，挤靠在一起。JPN98 盯着一只羊羔闪电般扑过去，没等我们反应过来，它已咬着羊羔的喉咙拖出羊圈，开始撕扯它的腹部。

巴图愤怒地抄起猎枪要冲出去，事到临头我反倒异常镇静，我按住巴图说："甭急，咱们干脆看下去，看它到底会怎样。再说，你的猎枪也对付不了它。"巴图气咻咻地坐下了，甚至不愿再理我。

我继续盯牢它。它已经撕开小羊的肚皮，开始要美餐一顿——忽然它又是明显的一抖，那根拖在地上的狼尾巴刷地卷上去，还原成狗尾。它迷惑不解地看看身边的羊尸，忽然愤怒地痛楚地吠叫起来。

我本来也是满腹怒火，但是很奇怪，一刹那间，对月悲啸的 JPN98 又使我充满了同情。很明显，它的愤怒和迷惑是完全真诚的，它就像是一个梦游者，根本不知道自己刚才干了些什么。不用说，这是定时短期发作的电脑病毒在作怪。巴图家的牧羊犬都被激怒了，狂怒地吠叫着，扯得铁链豁朗朗地响。它们都目睹了 JPN98 的残暴，所以它们的愤怒有具体的对象；而 JPN98 的愤怒则显得无奈而绝望。

我沉着脸，气哼哼地要通了大宇株式会社的越洋可视电话。留着仁丹胡的老板大宇共荣在甜梦中被唤醒，睡眼惺忪。我把愤怒一古脑儿泼洒过去，你是怎么搞的？给我发来的是狗还是狼？贵公司不是一

向自诩为质量可靠天下第一吗？

在我的排炮轰击中，大宇先生总算问清了事情的原由，他边鞠躬边礼貌谦恭地说："我一定尽快处理，请留下你此地的电话号码。"我挂上电话，看看巴图，这愣家伙别转脸不理我。女主人看看丈夫的脸色，乖巧地解劝道，你们都休息吧，尽坐着也没用。我闷声说我不睡！我张冲啥时丢过这么大的人？你再拿来一瓶伊犁特曲，我要喝酒！

我和巴图对坐着喝闷酒，谁也不理谁。外边的羊群已恢复了安静，JPN98"化悲愤为力量"，用牙齿重新锁上圈门，更加尽职地巡逻。要说日本人的工作效率真高，4个小时后，也就是朝霞初起时，越洋电话打回来了。大宇先生真诚地说，他的产品出了这样的问题，他非常非常的不安。不过问题不大，马上可以解决的。他解释道：

"是这么回事。在张先生向我社定购100只牧羊犬时，恰巧美国阿拉斯加州环境保护署也定购了100只北美野狼。因为该地区的天然狼数量太少，导致驯鹿的数量骤减——知道是为什么吗？这是因为，狼虽然猎杀驯鹿，但杀死的主要是病弱的鹿。所以，没有狼反倒使鹿群中疾疫流行。这是生态系统互为依存的典型事例。鄙社为了降低制造费用，把狼和牧羊犬设计为相同的外形。对不同的定货要求，只需分别输入'狼性'或'狗性'程序即可。这是工业生产中的常规方法，按说不存在什么问题，但问题恰恰出在这儿。由于疏忽，工厂程序员在输入'狼性程序'时多输了1只，这样发货时就有了101只狼和99只狗——不必担心狼与狗会混淆，因为尾巴的上竖和下垂是极明显的标志。于是程序员随机挑出一条狼，用'狗性程序'冲掉了原先输入的'狼性程序'。但是，由于某种尚未弄清的原因——可能是'狼性'天然地比'狗性'强大吧（大宇先生笑道），'狼性程序'竟然保留下来，转化为潜伏的定时发作的病毒，在每天的最后4分钟发作而在零点时结束。这种病毒很顽固，现有的杀毒软件尚不能杀灭它……"

我打断了他的解释："好啦，大宇先生，我对原因不感兴趣，关心

的是如何善后，我正被用户扣下来做人质哩。"

大宇说："我们即刻空运一只新犬过去，同时赔偿两只死羊的费用。不过，新犬运到之前，我建议你把JPN98的程序稍作调整，仍可继续使用。调整方法很简单，只需把它的体内时钟调慢，使其一天慢出来4分钟，再把一天干脆规定为23小时56分，就能永远避开病毒的发作。"

"你是说让JPN98永远忘掉这4分钟？把这段'狼'的时间设定为不存在？"

"对，请你试试，我知道张先生的技术造诣，这对你来说是驾轻就熟的。"

虽然我对这次的纰漏很恼火，但作为技术人员，我暗暗佩服大宇先生的机智。我挂断电话，立马就干。到门口唤一声JPN98，它应声跑来，热烈地对着每个人摇着尾巴，一点不在意主人的眉高眼低。我按一下电源，它立即委顿于地，20分钟后我做完了调整。

好啦，万事大吉啦，放心用吧。我轻松地说。

巴图和妻子显然心有疑虑，他们怕JPN98的"狼性4分钟"并没真的消除。于是我在这儿多逗留了3天，3天后，两人对JPN98已经爱不释手了。它确实是一条精明强干、善解人意的通灵兽。它的病症也已根除，在晚上零点时（也就是它的23点56分时），它仍然翘着尾巴忠心耿耿地在羊群外巡视，目光温顺而忠诚。奇怪的是，尽管曾目睹JPN98施暴，但羊群很快再次接受了它。是它们本能地嗅到它恢复了狗性？乌云其其格说，留下它吧！我已经舍不得它了。巴图对它的"历史污迹"多少心存芥蒂，但既然妻子发了话，他也就点了头。

好了，闲话少叙。反正这次草原之行虽有小不如意，最后仍是功德圆满。巴图和妻子为我举办了丰盛的送别宴会，我们喝得泪汪汪的，大叹"相见时难别亦难""人生不相见，动如参与商"等。巴图还没忘了给我找老婆那个茬儿，说兄弟你放心！我一定找一个比乌云其其

格还漂亮的姑娘给邮到青岛去。

JPN98 似乎也凭直觉知道我要离去，从外边进来，依依不舍地伏在我膝下。我抚摸着它的背毛，想起那两只可怜的羊羔，就对巴图说，哥儿们，JPN98 害死了你的两只羊羔，我向你道歉，我马上就把大宇会社的赔偿金寄来。尽管这样，我还是很抱歉，非常非常抱歉。巴图瞪着我说，你小子干嘛尽说这些没油盐的话？再不许说一个赔字……

我们的互相礼让被 JPN98 打断了。从听到我说第一个"道歉"时，它就竖起了耳朵。以后听到一声"抱歉"，它的脊背就抖一下。等听到第三声时，它已经站起来，生气地对我吠叫。那时我的脑袋已不大清醒了。喝酒人的通病就是这样，喝下的酒越多，越是礼貌周全君子谦谦。我自顾说下去：

"那不行，义气是义气，赔偿是赔偿——JPN98 别叫！让最好的朋友受了损失，我能心安吗？我诚心诚意向你道歉——JPN98 你干什么？"

JPN98 已经拽着我的裤脚奋力往外扯，两只忠诚的狗眼恼怒地盯着我。三人中只有乌云其其格没喝晕——其实我也灌了她不少——机敏地悟到是怎么回事，她惊喜地叫一声："哈，JPN98 还挺有自尊心哩，挺有原则性哩。"

她向两个醉鬼解释："知道它为什么发火吗？它觉得受了天大的冤枉。你说它杀死了两只羊羔，但它根本不记得它干过，能不生气吗？"倒也是，那只能怪它体内的病毒，确实怪不得它呀。我醉眼朦胧地说，真的？那我倒要试一试。我站起来，对巴图行了个日本式的 90 度鞠躬，一字一句地说——同时斜睨着 JPN98：

"巴图先生，我为 JPN98 的罪行正式向你道歉——"

JPN98 暴怒地一跃而起，把我扑倒在地，锋利的钛合金牙齿在我眼前闪亮。巴图和妻子惊叫一声——但是不要紧！我看得出，它的目光仍是那么忠诚，只是多了几许焦灼和气恼，像是对主人"恨铁不成

钢"的样子。

我恼羞成怒,大喝道:王八羔子,给我趴下!它立即从我身上下去,乖乖地趴下,委屈地斜睨着我。过来!它立即向前膝行着,信任地把脑袋向我伸过来。我叭地摁断了它的电源,拎起来扔到提箱中,沉着脸说,实在抱歉,只有拎回去换条新的了。你看它的错误一次接一次,谁知以后还会闹出什么新鲜招式哩。

乌云其其格已经笑得格格的,像个 15 岁的小姑娘。"不不,"她嚷道,"留下它吧!这算不得什么错误,只是自家孩子的一点儿小脾气。我看它蛮有个性的,蛮可爱的。留下它吧!巴图,你说呢?"

她央求地看着丈夫——这是做给我看的,其实我早知道这儿谁当家。巴图很像个当家人似的,一挥手说,好,留下了!

我多少带着担心回到青岛。10 天后我播通了巴图的电话,他到盟上办事去了,乌云其其格欢欢喜喜地说,JPN98 的状态很好,羊群都服它的指挥,真叫他们省心了,多谢我送来这么好的机器犬。

它的那个怪癖呢?乌云其其格笑道,当然还是那样。汉人中不是有句古话叫"江山易改本性难移"么。到现在它还是听不得"道歉"这两个字,一听就急眼,就吠个不停,甚至扑上来扯她的衣袖。真逗,他们没事常拿它这点怪癖逗乐,百试百灵。

我停了停,佯作无意地问:"那它的'狼性 4 分钟'病毒还发作过吗?我想没有吧。"

乌云其其格说:"当然没有,你不说我们真把这事给忘啦。JPN98 彻底'改邪归正'了,它现在一天 24 小时都是忠诚温顺的牧羊犬。大宇先生赔的新犬你就留下吧,JPN98 我肯定不换了。"

她又问一番我的婚事,挂了电话。自那之后我们又互通了几次电话,听得出巴图夫妻对 JPN98 越来越满意,越来越亲呢,我也就彻底放心了。你看,虽然中间出了点小波折,但总的来说大宇的产品质量确实过硬,服务诚实守信,真是没说的。

　　我只是在半年后做过一个噩梦，梦见 JPN98 体内被我调校过的时间竟然复原了，因此在深夜 23 点 56 分时它悄悄潜入宿营车，对着乌云其其格露出了白牙……我惊出一身冷汗，翻身而起，急忙把电话打过去。巴图不耐烦地说："瞎琢磨什么呀，JPN98 正在羊圈旁守卫呢，你真是杞人忧天。睡吧，想聊天也得等天亮。"听见乌云其其格睡意浓浓的很甜美的嗓音："谁呀，是张冲兄弟么？"巴图咕哝道，不是他还能是谁，肯定是喝酒喝兴奋了，给外地朋友打电话。然后电话叭的一声挂断。

　　我也放心入睡了，很快又接续上刚才的梦境。梦境仍不吉祥——我梦见自己正在向巴图道歉（为了乌云其其格的死亡），JPN98 照旧愤怒地阻止我。虽然它翘着尾巴，目光中也恢复了牧羊犬的愚忠，但两排钛合金利牙上尚有鲜血淋漓。以后的梦境很混乱。我找来巴图的猎枪想射杀它，又想到子弹奈何不了它的合金躯体。正彷徨间，颈部血迹斑斑但面容仍妩媚娇艳的乌云其其格急急扑过来拉住我的手说，这不能怪它呀，它是条好狗，只是得了疯病，她被咬死了也不怪它。我气鼓鼓地说，那好，连你都这样说那我不管了，便向一边倒头就睡。我真的睡熟了，不过第二天早上发现枕上有一大片泪渍。

最后的爱情

　　"路透社爱丁堡 3 月 31 日电：据爱丁堡罗斯林研究所透露，自从多莉羊克隆成功的消息公诸于世，一个月来，该所已经接待了 500 多名要求克隆自身的申请者。不言自明的是，这些申请者绝大多数为女性，年纪多在 40 岁左右。她们希望用最新的科学手段追回开始残败的韶华。"

　　"维尔穆特重申了他绝不参与克隆人研究的决定，但该所的迈克尔·格林教授——他是该研究小组内仅次于维尔穆特的科学家——声称，克隆人技术已经'毋须研究'了。人类和绵羊同样属于哺乳动物，在上帝的解剖学中，两者的生殖方式并没有生物伦理学家所期望的根本性的差异。换言之，克隆人技术已经是一只熟透了的苹果，不可能让它永远吊在空中。既然不可避免，倒不如让严肃的科学家来首先揭开这个魔盒。"

　　"他说，当然他不能一下子复制 500 个人。他已对申请者作了仔细的甄别，选中了一个最漂亮的幸运者，她的名字将在明天的泰晤士报上公布。"

　　第二天，泰晤士报的销量猛增 20 万份，即使没有提出申请的人——大多为女性，她们都注意到了昨天的消息中用的是"她"而不是"他"——也急不可耐地、仔仔细细地翻遍了该报的 100 多个版面。

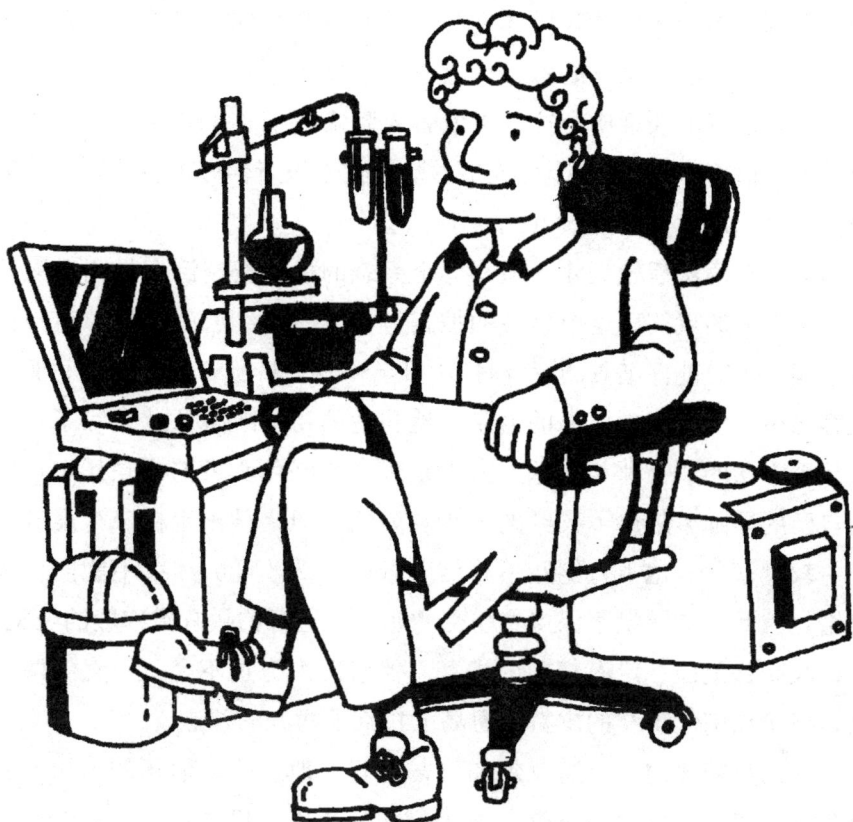

　　失望的读者纷纷打电话质问罗斯林研究所。该所在长达 4 个小时的沉默后尴尬地承认，格林教授已经不辞而别，于 4 月 1 日凌晨偕同女助手凯蒂·爱特去澳大利亚旅游。至于所谓的幸运者，请读者注意格林教授谈话的公布日期——4 月 1 日。发言人承认，这个愚人节的玩笑未免过头了一点，但格林教授与记者的谈话纯粹是私人性质的，与研究所没有关系，而这位教授素来以性格狂放、行事无所顾忌而闻名。

　　发言人还指出，大部分申请者，尤其是女性申请者并没有真正弄懂克隆技术。即使克隆人能够出现，她也不能帮"原件"追回已逝的

青春。因为新个体虽然与供体有相同的容貌和身体，但她完全是一个新人，她并不继承供体的思想和感情，比如说爱情。

在与记者的谈话中，这名男发言人隐晦地嘲笑了"女人特有的浅薄浮躁、追逐时尚"。这个愚人节的玩笑使申请者们多少有些尴尬，但她们最终都以女性的处事方式一笑了之。

只是在两年后她们才知道，那个天杀的格林教授倒真是同世人开了一个天大的玩笑。这个事件的披露得益于一个细心的堪培拉时报记者伯顿。当时他仔细查阅了 3 月 31 日至 4 月 2 日所有进入澳大利亚的旅客名单，没有发现格林的名字，他和他的秘书凯蒂从此失踪了！伯顿从爱丁堡的朋友那儿获悉，凯蒂是一个火红色头发的漂亮姑娘，她向自己的导师奉献出了火红的才华和爱情。但格林出生在一个虔诚的天主教世家——他本人倒并不笃信上帝——受教规的约束不能同发妻离婚，因此只能同凯蒂保持着秘密的恋情。记者伯顿有猎狗般的嗅觉，立即嗅到这里面一定有精彩的内幕。他对两人穷追不舍，一直到两年后，终于在南太平洋的皮特凯恩岛上找到了两人的踪迹。

在两年隐居之后，迈克尔和凯蒂很高兴地接受了伯顿的采访。在该岛一座秘密实验室的试管、质谱仪和分子离心机的背景下，两人喜气洋洋，各自抱着一个刚过周岁的婴儿：小迈克尔和小凯蒂，或者按以后形成的正式命名法，迈克尔 2 · 格林和凯蒂 2 · 爱特。其中，迈克尔 · 格林是迈克尔 2 的兄长/父亲，与凯蒂 2 毫无血缘关系；凯蒂 · 爱特是凯蒂 2 的姊姊/母亲，又可以说是迈克尔 2 的养母，因为是她提供自己的两个卵子，又用子宫孕育了并非兄妹的双胞胎。这里有一点小小的镜像不对称。不过，在伯顿的这篇报道问世时，还没有人认识到这点镜像不对称的含意。

"格林教授无疑是一个勇士，或者是一个狂人。他当然知道，在全球性的对克隆人技术的严厉态度中，他公然违抗科学界的戒律，意味着他将从此被主流社会所抛弃。"伯顿写道，"但他坦言并不后悔。在

整个采访过程中，凯蒂说话不多，但给笔者印象最深的，是那一双湛蓝如秋水的目光，深情、虔诚、炽烈，始终追随着情人，就像童贞女在仰视耶稣。我想，为了这样的爱情，无论犯什么样的重罪也是值得的。我真诚地祝愿，这种真挚的爱情在一代代的复制过程中能永远延续下去。"

伯顿极富煽惑力的报道改变了世界，推倒了克隆人的第一块多米诺骨牌，引发了此后世界性的克隆狂潮。一些疯狂的富婆竟然克隆了成打的新个体，也有不少须眉男子参加到这个行列中来。各国政府被迫迅速制定了新的法律。这些法律不得不承认了克隆人的合法性，但严格限定每人只能克隆一份，违者则将"原件"销毁。

此后幸而未出现科学家们所预料的人口爆炸，因为在克隆人口迅速增加的同时，自然繁殖方式更加迅速地衰亡。还有一点是人们始料未及的，就是男性克隆人数的变化趋势，在前30年内还与女性克隆人数保持着同样的上升势头，但30年后就急剧地衰降了。

85年之后。

凯蒂5乘私人飞机越过浩瀚的太平洋，回到皮特凯恩岛的住宅。机器人成吉思汗打开房门，彬彬有礼地问候：

"你好，我的主人，旅途顺利吧。"

"谢谢，旅途很顺利。"

凯蒂5在成吉思汗的帮助下脱掉外衣，踢掉皮鞋，松开发卡，让火红色的长发垂泻而下。然后她坐在拟形沙发中，享受着沙发的按摩。成吉思汗走过来问：

"主人，这会儿你想进餐吗？"

成吉思汗的外貌是男性化的，酷似600年前那位鼻梁扁平叱咤世界的男性君王。在如今的孤雌社会里，使用拟男性的机器人已是富家时尚，取名也多是凯撒、亚历山大、成吉思汗、拿破仑这类男性君王，

算是对当年的大男子主义世界来一点小小的报复，开一个谐而不谑的玩笑。凯蒂 5 说：

"好，准备晚饭吧，你通知我丈夫一块儿进餐，我已经 8 个月没见过他的面了。"她严厉地吩咐道，"你对待他的态度要格外恭谨，我不允许自己的仆人如此没教养！"

成吉思汗讪讪地答应了。这个高智能的机器人自发地学会了人类的坏毛病——势利，他对"寄居"在主人家中的迈克尔 5，即使算不上是冷颜厉色，也至少是一种极冷淡的礼貌。当然，这是女主人不在场时的情形，迈克尔 5 从未对此抱怨过半句。直到这次离岛外出前，凯蒂才在无意中发现了成吉思汗的这个毛病。

迈克尔 5 很快应召来到餐厅，彬彬有礼地向妻子致了问候。凯蒂笑着吻吻他的额角，请他入席。晚饭时，她一直不动声色地打量着这个男人。虽然已复制 5 代，这位格林仍然与他的第一代酷似，以至于机器人成吉思汗的分析系统也难以区分两人的照片。他长着一头亚麻色的头发，肩膀宽阔，额角突出，下巴线条有如刀刻，目光聪睿而深沉。这正是凯蒂 1 在日记中多次醉心描述的相貌。但凯蒂 5 不无懊恼甚至不无惶惑地发现，这个男人已无法激起自己（像凯蒂 1 那样）永不枯竭的激情了。也许，与迈克尔 1 相比，迈克尔 5 是少了一样东西：男人的傲骨。他不再是世界的主人了，他只不过是一个历史的遗物，是在孤雌社会中苟延残喘的一只雄蜂。

凯蒂常自嘲自己是一个无可救药的守旧派，在孤雌主义的声浪中，她一直牢牢记着姊姊/重祖母的教诲：爱你的格林，为他复制后代，世世代代永远不变。她也一直虔诚地履行着自己的承诺。晚饭中她亲热地问迈克尔 5：

"亲爱的，我们都已经 30 岁了，你是否愿意在今年克隆后代？我希望仍遵从前几代的惯例，让迈克尔 6 和凯蒂 6 一块儿孕育，同时出生。"

迈克尔考虑了一会儿，客气地说："谢谢，谢谢你的慷慨。如果你不反对的话，我想再推迟两年，不过，不要为我打乱你的安排，你可以让凯蒂6先出生。"

凯蒂5笑了："不，我还是等着你，我不想破坏4代人的规矩。"她看见机器人不在身边，便挑逗地笑道："也许咱们可以先复习一下自然繁殖方式？迈克尔，我已经很久没有与你同床了，今晚我热切地想要你。"

迈克尔5抬起头看看她，停了片刻认真地说："不，今天你旅途劳累，以后吧。"

凯蒂不乐意地嘟起嘴："那好吧，我等你的电话啊。"

迈克尔5用餐巾擦擦嘴，礼貌周到地同凯蒂告别。他走出餐厅后，凯蒂5才让怜悯浮现在面庞上。几年来，他们一直一本正经地上演着这幕喜剧，维持着迈克尔的自尊心。其实两人早就心照不宣：迈克尔早已不大能履行男人的职责了。

85年前，那一对幸福的情人在世界上掀起一场轩然大波后，就没有再返回主流社会，在这个世外桃源中度过了后半生。他们一直没有能正式结婚，不过这个愿望在嗣后几代的迈克尔和凯蒂身上实现了。

他们没有料到这条世代相传的爱情之河会逐渐干涸。到了第三代凯蒂时，世界克隆女性的数量已十分庞大，她们终于发现了这种技术手段的那点镜像不对称：克隆是把人的细胞核（可以是男人的，也可以是女人的）置于除核的卵细胞内，被卵细胞质唤醒，发育成桑葚胚，再植入女人子宫内孕育。因此，克隆繁殖中，不可以没有女人，却可以没有男人。

于是社会天平迅速地倾斜了。这甚至不是母系社会的复辟，而是一个全新的孤雌社会——这个社会在完成最重要的社会功能时不再需要男人。

浴罢上床，凯蒂 5 照例打开闭路观察器，把画面调到实验室。不出所料，迈克尔 5 仍在电脑和仪器室中狂热地工作着。她不由得佩服几代格林们永不枯竭的探索激情。她自己已经完全失去了这种激情。看来，她的姊姊/重祖母凯蒂 1 的科学基因一定是在 5 代的复制中丢失了，或许它本来就不牢固。她不知道这个男人最终能否研究出什么玩意儿来，但她总是用母亲般的微笑鼓励他做下去，也用金钱慷慨地资助他。作为一个挚爱丈夫的妻子，你总得让他在"某一个领域"里有一点自信或希望吧！

她拧亮床头灯，摊开一本凯蒂 1 的日记。这位姊姊/重祖母留下了 50 本装饰精美的日记，从 28 岁开始，一直写到 78 岁去世。日记里细细密密地记下了她对迈克尔的痴情。恐怕正是因为接触到这 50 本日记，凯蒂 5 才选择了心理学专业，专攻异性爱情心理，这在当时已是一门属于考古学的学科。

"……今天格林亲自动手，在桉树林中为小迈克尔、小凯蒂安装了一个秋千。映着从树叶中透射的逆光，他强健的手臂上渗出的汗珠晶莹闪亮，连他的汗毛也清晰可辨。我贪婪地吸吮着男性的气息，长久地凝视着他，不愿因说话而破坏这份静谧。"

即使在 80 年后读起来，她仍能体味到凯蒂 1 心中的激情，可惜这种体味仅仅是一个抽象思维的过程。因为当她面对自己身边那个一模一样的男人时，却很难找到这种感觉！

在另一篇中，凯蒂 1 写道：

"迈克尔当然清楚，他的行为肯定为社会所不容，他是想以这种近乎自杀的行动表达对我的爱，表达不能同我结婚的歉疚。其实这完全没有必要。我才不在乎什么名分呢，只要能爱他，被他爱，已经足够了。当然，我也不反对他的计划，我愿意把我们的爱一代一代克隆下去，直到地老天荒。"

不过，我的姊姊/重祖母啊，你恐怕已经失败了，凯蒂 5 想：尽管

我已经尽了自己最大的努力，但我同迈克尔的爱情之河已经没有活水了。

忽然，她手中的迷你型台灯熄灭了。她合上日记，摸索着打开床头灯，床头灯也没有亮。她向窗外瞄了一眼，立即意识到这是全岛范围内的停电，夜空中那辉煌的灯光，尤其是似乎永不熄灭的霓虹灯光和云层中的激光全息广告消失了。只剩下天边一轮圆月，清冷忧郁，俯照着世界。

凯蒂5抱臂立在窗前，沉入遐想，这返璞归真的景色勾起了她的古老思绪。她想起，凯蒂1曾在日记中记述，她与迈克尔的私情是在一次停电中被触发的，那天实验室中只剩下他们两人，正在不同的房间里操作。在突然停电造成的黑暗中，她惊慌地喊着，摸着墙壁寻找迈克尔，迈克尔也循着她的喊声摸过来。两人走近了，忽然身边发出一声巨响，凯蒂1惊叫一声，顺理成章地扑进那个男人的怀抱。黑暗中看到发出响声处有一双绿荧荧的眼睛，原来是实验室豢养的一只猫。两人都放声大笑起来。

"现在，连我自己也不清楚，当时我的惊慌有几分是真实的。"凯蒂1在日记中自嘲道，"软弱和胆怯是上帝赐给女人的强大武器，也许我只是本能地使用了它。"

海面上黑黝黝的，偶尔闪现一片磷光，造型独特的蘑菇形礁石屹然不动，像是一幅黑色剪影。在这古朴的静谧中，凯蒂5似乎听见了体内血液的澎湃声。正是月球在人体内引起的潮汐力，周而复始，形成了女人的月经周期包括性欲周期。不过，随着时光荏苒，这种人类与大自然的天然联系已经衰减为弱不可闻的回声了。

凯蒂5忽然来了兴致，她想去找迈克尔，共同度过一个返璞归真的夜晚。她在床头柜中摸到高性能袖珍手电筒，兴致勃勃地朝实验室走去。

迈克尔 5 正在实验室里做那个重要实验，突然停电了，他敏捷有序地做了善后工作，便独坐在黑暗中。

他多少有些懊恼，倒不是这次停电所造成的细胞核死亡。从迈克尔 1 开始到现在，他们已失败上千次了，对失败已经有了足够的免疫力。不过这次与往常不同，他已预感到了成功，所以这次意外未免令人惋惜。他只有重起炉灶，用几个月的时间做好准备，再试一次。

他听到了凯蒂 5 的喊声，看到一团小小的青白色光柱引导她走过来，凯蒂 5 喊道：

"迈克尔，你干嘛一个人坐在这儿？"

迈克尔笑着迎上去，吻吻她的面颊："实验被中断了，我刚刚放置好仪器。"

周围的分子离心机、质谱仪及电脑屏幕在黑暗中映射着月光。迈克尔 5 的面庞在黑暗中凹凸分明，只是更显苍白。凯蒂 5 突然冲动地说：

"迈克尔，你总不能一辈子躲藏在实验室里呀。"

不，我不该说这些话，凯蒂 5 想，我应该像凯蒂 1 那样弱小无助，因惧怕黑暗而来寻找男人的庇护。可是，现在我说话的口气却像是他的母亲！她藏起这些思绪，快活地说：

"停电了，你什么也干不成了，今晚痛痛快快地玩个通宵，好吗？"

迈克尔笑着答应了，两人靠手电筒光的指引打开车库门，开出那辆白色的卡迪拉克轿车。雪亮的灯光劈开黑暗，他们沿着滨海大道开到一块海岬停下，熄了车灯。

但此后并未出现凯蒂 5 所希冀的情形。迈克尔的拥抱多少有些被动，在回应凯蒂的热吻时，他也带着几分拘谨。凯蒂最终放弃了努力，叹口气，仰靠在座椅上，盯着天空的矩尺星座和望远镜星座。南天星座多是工业革命时命名的，因而缺少北天星座的神秘和美丽，缺少爱情、争斗和生死悲欢。也许这正是一种哲理，预兆着人性将随着科学

发展而日益淡漠。

沉思良久，她皱着眉头沉闷地说：

"迈克尔，我是一个守旧的女人，我仍相信诗人歌颂了千万年的男女之爱，不愿卷入孤雌主义的喧嚣中去。但是，只有我一个人的努力不行。如果你还希望维持我们之间的爱情，首先得扔掉你那些令人憎厌的玩意儿，那些自卑感或者说是病态的自尊心。"

迈克尔很久没有回答，两人之间弥漫着令人难堪的沉默。忽然全岛变得灯火通明，一个霓虹灯闪烁的酒吧近在咫尺，就像是突然从地下冒出来一样。随着灯光复明，酒吧内传出一片欢呼声。迈克尔松一口气，说：

"是红帽子酒吧！我已经很长时间没有去过了，咱们进去吧！"

凯蒂5知道他是躲避回答，但她点头同意了，这倒不失为躲避尴尬的办法。她把汽车开进停车场，走过去打开车门，请丈夫下车。在入席时她也没有忘记为丈夫拉开椅子。迈克尔顺从地承受了这些孤雌社会的新时尚，如果他内心有什么反抗，他也没有表现出来。

酒吧里大多为女性。按最新统计资料，人类中女性数量已超过男性三倍，在这个酒吧中的比例也是如此。酒吧正中的一个高台上，一个身着肉色紧身衣、近乎赤裸的男人正在猛烈地扭动着身子，以种种性感的动作取悦女观众。他的眉影描得很重，抹着口红，手指甲和脚趾甲上都涂着鲜艳的蔻丹。10分钟后，一个40岁左右的女主持人向他打个响指，表演者立即停下来，退入后台，女士宣布：

"现在继续进行因停电中断了的讨论，题目是：你对孤雌社会的展望。请来宾自由发言。"

凯蒂5看看丈夫，暗暗苦笑。他们贸然闯入的竟是一个政治性的民间论坛，想躲避尴尬却陷入另一场尴尬。讨论的题目对迈克尔来说肯定不会顺耳，但退席已经为时过晚。一个头发花白的男子走上去接过话筒，凯蒂5用胳臂碰碰丈夫，他们都认出这人是迈克尔5在读博

士时的导师萨姆逊先生。这位导师年轻时智力超群，思维敏锐，很受学生的爱戴，但他在壮年时突然隐退，既没有结婚，也没有克隆后代。

萨姆逊扫视着酒吧内为数寥寥的男性，他的目光与迈克尔5相撞后，激起一簇悲凉的火花。他向凯蒂5点点头，面无表情地说：

"生物的性别分化是在4亿年前开始的，从此两性繁衍的生物飞速发展，逐渐取代了无性生物，这是因为异性交配所产生的后代更易于变异，更易于适应变化的环境。所以说，所有生物包括人类的性爱，尽管被蒙上了种种神秘的艳丽外衣，但追根溯源，它们只是为了一个简单的功利目的：延续种族。"他苦笑道，"这种繁殖方式十分有效，它导致了万物之灵——人类的诞生，人类的飞速发展甚至否定了两性繁殖方式本身。自从那个天杀的格林教授克隆了人，人类已经逐渐淘汰了两性繁殖方式，人类社会不再需要性爱，也不再需要男人。因为从本质上说来，生物界的雄性是寄生于雌性的，蚜虫可以一连数年孤雌繁殖，蚂蚁、蜜蜂等社会性昆虫基本上是孤雌繁殖，为数寥寥的雄蜂是雌性蜂王用孤雌方式繁殖的，而且雄蜂交配后就被蜂群所抛弃。甚至某些哺乳动物（山羊）也能用'水压窝'的孤雌繁殖方式。现在，该轮到人类了。"

他说完后没有片刻停留，到衣帽钩上取下衣帽便扬长而去。这种近乎悲壮的告别使全场静默了片刻，随后一位不修边幅的女士走上去：

"向这位勇敢的男人致敬，他说出了许多女人想说而未说的话。

凯蒂5怜悯地看看丈夫，她真后悔走进这间酒吧。迈克尔5脸色冷漠，但她分明看出了他的内心激荡。女主持人扫视一周，认出了凯蒂5，她含笑说：

"凯蒂女士，你是世界上第一个克隆人的传代者，你对此有什么

意见？"

凯蒂5站起来断然道："我认为今天的某些发言是不适宜的。我想大家都承认，90年前克隆技术得以实现，主要是依靠男人的智力。当年他们没有拒绝向女人施舍智力，那么，今天那些拒绝施舍卵子的女士们是否太健忘了？是否太势利了？至于我，将终生笃守我对迈克尔的爱情，为他克隆后代，并让我的传代者也这样做。"

她的言辞十分激烈，这点连她自己也没有料到。她扫视四周，看到的是冷漠和不友好的目光。她索性再说下去：

"其实我的动机并不那么罗曼蒂克，并不那么高尚。我只是担心，某一天女人们仍需要男人的智力和体力来应付历史难题，需要异性的DNA来改善人类素质。所以，请那些拒绝施舍卵子和子宫的女人们慎重考虑一下，在我个人看来，"她停顿片刻，加重语气说，"这种态度恰恰是典型的女人式的浅薄和暴发户心态。"

大厅里气氛很冷淡，老练的女主持人平和地微笑道：

"谢谢你的发言。格林先生，你是否也愿意发言？"

迈克尔5没有起身，只摇摇头表示拒绝，他的全身裹着一层冷漠。在下一个女发言人进场前，凯蒂拉着丈夫走出酒吧。汽车把酒吧的辉煌留在身后，沿着海边开回去。很久凯蒂才侧脸道："别为那些混帐话生气，格林，我们将永远相爱。"

迈克尔5极其冷静地说："不，那不是混帐话，是残酷的真理。失去终极目的的爱情是不会长久的，就像一朵鲜花在没有水汽的真空里终将枯萎。恕我直言，连你的爱情也只是一种历史的回音，是怜悯和施舍。"他看看凯蒂5，又说，"但我仍真心地感谢你，也许我还需要你为我克隆一代或者两代。在雄性的消亡中，我一定要坚持到最后。"

凯蒂5知道他的真情流露实际上已经为他们的爱情判了死刑，

但她钦佩这种"死亡前的尊严"。她装出一副愉快的表情说：

"是吗？我一直在期盼着你的决定呢。你说吧，什么时候克隆？"

迈克尔5略微思考，说："再推迟一下，10个月后决定吧，可以吗？"

"你是想……等那个试验结果？"

"对。"

两人心照不宣，不再说话，开车回到寓所。那晚，他们相拥而睡，还有了一次相对满意的做爱。

其后的10个月里，迈克尔5根本不出实验室一步，狂热地工作着。凯蒂5仍像过去一样从不走进实验室，只是通过可视电话同丈夫交谈，也常常派成吉思汗送去一束鲜花或一份中国式的精美晚餐。一直到来年春天的一个夜晚，她接到丈夫的电话：

"凯蒂，愿意来看看我的成果吗？我想它已经成功了。"

在他疲倦的声音里透露出抑不住的喜悦。

现在他们并立在玻璃密封柜前，实验室里没有其他人。多少年来，几代格林一直是孤军奋战，只使用了几个机器人助手。

凯蒂5凝视着玻璃后面的两间密封室：一间密封室内冰封霜结，放着三个处于冰冻状态的卵子，这些直径几微米的卵子在高倍放大镜下看上去有黄豆大小，安静地守护着生命亿万年的秘密；另一间密封室内则是生机盎然，一只人造子宫在猛烈抽动，恒温设备维持着37℃的温度，人造血管源源不断地供应着养料。时时有一只小手或小脚把子宫壁顶出一个小凸起，偶尔还能听见一声宫啼。

迈克尔5以强烈的"母爱"盯着这一幕，相比之下，凯蒂5却无法克服自己是局外人的感觉，虽然她一直不动声色地资助着、注视着这项研究。她知道这些卵子和子宫都是人造的，用生物材料仿制的，它们能真实地复现真卵子和真子宫的小环境，使一个细胞核

（可以是男人的，也可以是女人的）被唤醒，分裂，发育成婴儿。这样，男人就可以不依赖女人，独立完成自己的繁衍了。

凯蒂5已经熟知这项研究的内容，她问："是分娩前的阵痛吗？"

"对。我将采取剖腹产的办法。"他看看凯蒂5，真诚地说，"迈克尔6的诞生有赖于5代凯蒂的资助和默许，从这个意义上说，你仍然是他的母亲，所以我想请你目睹他的出生。"

凯蒂5莞尔一笑："谢谢，现在请你做手术吧。"

迈克尔5叫来一名机器人助手，他打开玻璃室的盖子，戴上手术手套，拿起手术刀。手术倒是十分简单，因为不再需要考虑母体的安全，人造子宫又是用过即弃的一次性产品。10分钟后，随着一声响亮的儿啼，一个亚麻色头发的小格林四肢踢蹬着降临人世。迈克尔5利索地剪断脐带，把他裹在褓襁中，递给凯蒂5。

两人头顶着头，端详着那个皱巴巴的脸，那个嫩生生的小身体，初为人父的喜悦强烈地写在迈克尔5的脸上。凯蒂当然也很喜悦，很喜爱这个小家伙。但她也清楚地知道，这种感情绝对赶不上那种发自本能的母爱。机器人走过来把婴儿抱走，放在育婴床上，凯蒂5同丈夫紧紧握手：

"祝贺你，这是一个伟大的进步，从此男人又可以自主啦！"

迈克尔5动情地说："凯蒂，我真不知道该怎样感谢你的支持，也许我能拿爱情作回报。既然男人和女人又站在同一高度，也许男女之间的爱情还会复活。"

凯蒂5抑制住激情，低声说："好的，今晚我等你。"

晚饭后，迈克尔5又拉着凯蒂5来到育婴室，他们趴在床边，兴致勃勃地看着迈克尔6，看着他皱鼻子呷嘴。又向机器人凯撒详细交代了育儿注意事项，凯撒笑道：

"主人请放心，我的数据库里有全套的育儿大全。"

　　两人相拥回到卧室。凯蒂5先浴罢上床，听着浴室内水声哗哗，迈克尔5在水声中哼着一支摇篮曲，他发自内心的喜悦随着水声漫溢。凯蒂5心中忽然潜涌出一股内疚和自责，她想，自己一直精心地对社会掩盖着丈夫的研究，是不是在潜意识深处也认为这是对"女人"的犯罪？因为她明知这次成功将冲击女人的地位，而她们从大男子社会中解放出来仅仅不足百年……

　　不管怎样，我履行了对姊姊/重祖母的承诺，尽力维持了世界上最后一份爱情，尽管这只爱情古瓶已经满身裂缝……她感觉到小腹下升腾起欲火，这是多年未曾有过的，她今天一定要同丈夫痛快地宣泄一番。浴室水声停了，但迈克尔5却迟迟没有过来。她披上睡衣下床，在书房里找到丈夫，他仰靠在沙发上，双手枕头，表情阴郁。凯蒂5揽住他，柔声说：

　　"亲爱的，你怎么啦？为什么不高兴？"

　　迈克尔5一言不发，拿起遥控器按了一下，液晶屏幕上又重播了刚才的报道，毫无性感的男播音员节奏很快地说：

　　"世通社报道：一个机器人研究小组KE－6适才宣布，他们已于4月3日下午4时39分用毫微技术成功地刻印出人类的DNA密码。人类的自然繁衍方式至此已被完全替代。这是一次伟大的科学进展，其意义远远超过克隆人技术。

　　"KE－6机器人小组还表示，此次研究完全没有人类参与，这在历史上也属首次。实践证明，这样的组织结构有助于彻底抛弃束缚科学的清规戒律。据称，他们下一步将研究没有人体的巨型人脑，其容量将包括100万个标准人脑。还将研究没有性别的中性人，因为性别在人类繁衍中已没有任何意义……"

　　凯蒂5默默地松开了迈克尔5僵硬的身体，蹒跚地走到冰箱前，取出一瓶威士忌，又回到卧室。她从书架上抽出尘封的圣经，翻到创世纪篇，一边大口地灌着威士忌，一边浏览着这些铅字：

　　"耶和华神用地上的尘土造人，将生气吹入他鼻孔里，他就成了有灵的活人，名叫亚当。"

　　"神用那人身上的肋骨造成一个女人，那人说，这是我骨中的肉，肉中的骨。亚当为他的妻子取名叫夏娃，因她是众生之母。"

　　"蛇引诱女人偷吃善恶树的果子，女人又叫她丈夫吃了，他们从此有了智慧。"

　　她合上圣经，把威士忌全部灌进肚里，醉意朦胧地想，她真该去杀死那条该死的蛇。不过，首先偷吃智慧果更像是男人的罪恶，他们对智力有天生的爱好和占有欲。那么，在人类的末日审判中，就由他们和那条蛇算账好啦。这段糊糊涂涂的推理竟使她有一种轻松感，于是扔掉圣经和酒瓶上床，很快就醺醺入睡。

生命之歌

孔宪云晚上回到寓所时看到了丈夫从中国发来的传真。她脱下外衣，踢掉高跟鞋，扯下传真躺到沙发上。

孔宪云是一个身材娇小的职业妇女，动作轻盈，笑容温婉，额头和眼角已留下了 45 年岁月的痕迹。她是以访问学者的身份来伦敦的，离家已近一年了。

云：

研究已取得突破，验证还未结束，但成功已经无疑了……"

孔宪云简直不敢相信自己的眼睛。虽然她早已不是易于冲动的少女，但一时间竟激动得难以自制。那项研究是 20 年来压在丈夫心头的沉重梦魇，并演变成了他唯一的生存目的。仅仅一年前，她离家来伦敦时，那项研究仍然处于山穷水尽的地步，她做梦也想不到能有如此神速的进展。

"……其实我对成功已经绝望，我一直用紧张的研究工作来折磨自己，只不过想做一个体面的失败者。但是两个月前，我在岳父的实验室里偶然发现了十几页发黄的手稿，它对我的意义不亚于罗赛达石碑（古埃及象形文石碑），使我 20 年盲目搜索到又随之抛弃的珠子一下子串在了一起。

"我不知道是否该把这些告诉你父亲。他在距胜利只有半步之遥

的地方突然停止，承认了失败，这实在是一个科学家最惨痛的悲剧。"

往下读传真时宪云的眉头逐渐紧缩。信中并无胜利的欢快，字里行间隐约透着灰色的沉重，她想不通是为什么。

"……但我总摆脱不掉一个奇怪的感觉，我似乎一直生活在这位失败者的阴影下，即使今天也是如此。我不愿永远这样，比如这次发表成果与否，我不打算屈从他的命令。

爱你的哲
9/6/2253"

她放下传真走到窗前，遥望东方幽暗而深邃的夜空，感慨万千，喜忧交并。20 年前她向父母宣布，她要嫁给一个韩国人，母亲高兴地接受了，父亲的态度是冷淡的拒绝。拒绝理由却是极古怪的，令人啼笑皆非：

"你能不能和他长相厮守？你是在 5000 年中国文化浸透中长大的，他却属于一个咄咄逼人的暴发户民族。"

虽然长大后，宪云已逐渐习惯了父亲性格的乖戾，但这次她还是瞠目良久，才弄懂父亲并不是开玩笑，她讥讽地说：

"对，算起来我还是孔夫子的第 86 代玄孙呢。不过我并不是代大汉天子的公主下嫁番邦，重哲也无意做大汉民族的驸马。我想民族性的差异不会影响两个小人物的结合吧。"

父亲怫然而去。母亲安慰她：

"不要和怪老头一般见识，云云，你要学会理解父亲。"母亲苦涩地说，"你父亲年轻时才华横溢，被公认是生物界最有希望的栋材，可是几十年一事无成，他心中很苦。直到现在我还认为他是一个杰出的天才，但并不是每个天才都能成功。你父亲陷进 DNA 的泥沼，耗尽了才气，而且……"母亲的表情十分悲凉，"这些年来他实际上已放弃了努力，看来他已经向命运屈服了。"

这些情况宪云早就了解。她知道父亲为了 DNA 的研究，33 岁才

178

结婚，如今已是白发如雪。失败的人生扭曲了他的性格，他变得古怪易怒——而在从前他是一个多么可亲可敬的爸爸啊！孔宪云后悔不该刺伤父亲的心。

母亲忧心忡忡地问："听说朴重哲也是搞 DNA 研究的？云儿，恐怕你也要做好受苦受难的准备。不说这些了。"她果决地一挥手："明天把重哲领来让爸妈见见。"

第二天她把重哲领到家里，母亲热情地张罗着，父亲则端坐不动，冷冷地盯着这名韩国青年，重哲以自信的微笑对抗着这种压力。那年重哲 28 岁，英姿飒爽，倜傥不群——孔宪云不得不暗中承认父亲的确有某些言中之处，才华横溢的朴重哲确实有些过于锋芒毕露，咄咄逼人。

母亲老练地主持着这场家庭晚会，她笑着问重哲：

"听说你是研究生物的，具体是搞哪个领域？"

"遗传学，主要是行为遗传学。"

"什么是行为遗传学？给我启启蒙——要尽量浅显。你不要以为一个遗传学家的老伴就必然近墨者黑，他搞他的 DNA，我教我的音乐多来米，我们是井水不犯河水，互不干涉内政。"

宪云和重哲都笑了。重哲斟酌着字句，简洁地说：

"生物繁衍后代时，除了生物的形体有遗传性外，生物的行为也有遗传性。即使幼体生下来就与父母群体隔绝，它仍能保存这个种族的本能。像人类婴儿生下来会哭会吃奶，小海龟会扑向大海，昆虫会避光或佯死等。这儿有一个典型的例证：北欧有一种旅鼠，在成年后便成群结队奔向大海自杀，这种怪癖行为曾使动物学家迷惑不解。后来考证出它们投海的地方原来与陆路相连，旅鼠不过是沿袭千万年来鼠群的迁徙路线罢了。这种习性肯定有利于鼠群的繁衍，并逐渐演化为可以遗传的行为程序。虽然如今已时过境迁，但冥冥中的本能仍顽强保存着，甚至战胜了对死亡的恐惧。行为遗传学就是研究这些生物本

能与遗传密码的对应关系。"

母亲看看父亲，又问道：

"生物形体的遗传是由 DNA 决定的。像腺嘌呤、鸟嘌呤、胸腺嘧啶、胞嘧啶与各种氨基酸的转化关系啦，红白豌豆花的交叉遗传啦，这些都好理解——怎么样，我从你父亲那儿还偷学到一些知识吧？"她笑着对女儿说，"可是，要说无质无形、虚无缥缈的生物行为也是由 DNA 发指令，我总是难以理解，那更应该是神秘的上帝之力。"

重哲微笑着说：

"上帝只存在于人们的信念之中，如果抛开上帝，答案就很明显了。生物的本能是生而有之的，而能够穿透神秘的生死之界来传递上一代信息的介质，仅有生殖细胞。所以毫无疑问，动物行为的指令只可能存在于 DNA 的结构中，这只是一个简单的筛选法问题。"

一直沉默着的父亲似乎不想再听这些启蒙课程，他开口问道：

"你最近的研究方向是什么？"

重哲昂然道：

"我不想搞那些鸡零狗碎的课题，我想破译宇宙中最神秘的生命之咒。"

"嗯？"

"一切生物，无论是病毒、苔藓，还是人类，它们的最高本能是它的生存欲望，即保存自身延续后代。其他欲望，如食欲、性欲、求知欲、占有欲，都是由它派生出来的。有了它，母狼会为狼崽同猎人拼命，老蝎子心甘情愿充当小蝎子的食粮，泥炭层中沉睡数千年的古莲子仍顽强地活着，庞贝城的妇人在火山爆发时用身体为孩子争得一份空间。这是最悲壮最灿烂的自然之歌，我要破译它。"他目光炯炯地说。

宪云看见父亲眸子中陡然亮光一闪，不过很快又隐去，他冷冷地撂下一句：

"谈何容易。"

重哲扭头对宪云和母亲笑笑，自信地说：

"从目前遗传学发展水平来看，破译它的可能至少不是海市蜃楼了。这条无所不在的咒语控制着世界万物，显得神秘莫测。不过反过来说，从亿万种遗传密码中寻找惟一的共性，反而是比较容易的。"

父亲涩声说："已有不少科学家在这个堡垒前铩羽。"

重哲淡然一笑。"失败者多是西方科学家吧，那是上帝把这个难题留给东方人了。正像国际象棋与围棋、西医与东方医学的区别一样，西方人善于做精确的分析，东方人善于做模糊的综合。"他耐心地解释道，"我看过不少西方科学家在失败中留下的资料，他们太偏爱把行为遗传指令同'单一'的 DNA 密码结构建立精确的对应。我认为这个方向是死胡同。这条生命之咒的秘密很可能存在于 DNA 结构的次级序列中，是一种类似'电子云'那样的非精确概念，是隐藏在一首长歌中的主旋律。"

谈话进行到这儿，宪云和母亲只有旁听的份儿了。父亲冷淡地盯着重哲，久久未言，朴重哲坦然自若地与他对视着。宪云担心地看着两人。忽然小元元笑嘻嘻地闯进来，打破了屋内的冷场。他满身脏污，抱着家养的小猫，小猫在他的怀里不安地挣扎着。妈妈笑着介绍：

"小元元，这是你朴哥哥。"

小元元放下白猫，用脏兮兮的小手亲热地握住朴重哲的手。妈妈有意夸奖这个有智力缺陷的儿子：

"小元元很聪明，不管是下棋还是解数学题，在全家都是冠军。重哲，听说你的围棋棋艺很不错，赶明儿和小元元杀一盘。"小元元骄傲地昂着头，鼻孔翕动着，那是他得意时的表情。

朴重哲目光锐利地打量着这个圆脑袋的小个儿机器人，它外表酷似真人，行为举止带有 5 岁孩童的娇憨。不过宪云告诉过他，小元元实际已 23 岁了。他毫不留情地问：

"但他的心智只有 5 岁孩童的水平？"

宪云偷偷看爸妈，微微摇摇头，心里埋怨重哲说话太无顾忌。朴重哲毫不理会她的暗示目光，斩钉截铁地说：

"没有欲望的机器人永远成不了'人'。所谓欲望，主要是它的生存欲望。"

元元懵懵懂懂地听着大人谈论自己。虽然宪云不是学生物的，但她敏锐地感觉到了这个结论的重量。她看看父亲，父亲一言不发，掉转身走了。

孔宪云心中忐忑不安，跟到父亲书房。父亲默然良久，冷声道：

"我不喜欢这人，太狂！"

宪云很失望，她斟酌字句，打算尽量委婉地表明自己的意见。忽然父亲说道：

"问问他，愿不愿意到我的研究所工作？"

宪云愕然良久，格格地笑起来。她快活地吻了父亲，飞快地跑回客厅，把好消息传达给母亲和重哲。重哲慨然说：

"我愿意。我拜读过伯父年轻时的一些文章，很钦佩他清晰的思维和敏锐的直觉。"

他的表情道出了未尽之意：对一个失败英雄的怜悯。宪云心中不免有些芥蒂，这种怜悯刺伤了她对父亲的崇敬。但她无可奈何，因为他说的正是家人不愿意道出的真情。

婚后，朴重哲来到孔昭仁生物研究所，开始了他的马拉松研究。研究步履维艰。父亲把所有资料和实验室全部交给女婿，正式归隐林下。对女婿的工作情况，他从此不闻不问。

传真机又轧轧地响起来，送出一份传真。

"云姐姐：

你好吗？已经一年没见你了，我很想你。

这几天爸爸和朴哥哥老是吵架，虽然声音不大，可是吵得很凶。朴哥哥在教我变聪明，爸爸不让。

我很害怕，云姐姐，你快回来吧！

元元"

读着这份稚气未尽的传真，宪云心中隐隐作痛，她感到莫可名状的担心。略为沉吟后，她用电脑向机场预订了机票，是明天早上 6 点的班机，又向剑桥大学的霍金斯博士请了假。

飞机很快穿过云层，脚下是万顷云海，或如蓬松雪团，或如流苏璎珞。少顷，一轮朝阳跃出云海，把万物浸在金黄色的静谧中，宇宙中鼓荡着无声的旋律，显得庄严瑰丽。孔宪云常坐早班机，就是为了观赏壮丽的日出，她觉得自己已融化在这金黄色的阳光里，浑身每个毛孔都与大自然息息相通。

机上乘客不多，大多数人都到后排空位上睡觉去了，宪云独自倚在舷窗前，盯着飞机机翼在气流中微微抖动，思绪飞到了小元元身上。

小元元是爸爸研制的学习型机器人，像人类婴儿一样头脑空白地来到这个世界，呀呀学语，蹒跚学步，逐渐感知世界，建立起"人"的心智。爸爸说，他是想通过小元元来观察机器人对自然的适应能力及树立自我的能力，观察他与人类"父母"能建立起什么样的感情纽带。

小元元一"出生"就是在孔家生活。很长时间在小宪云的心目中，小元元是一个和她一样的小孩，是她亲亲的小弟弟。当然他有些特异之处——他不会哭，没有痛觉，跌倒时会发出铿然的声响，但小宪云认为这是正常中的特殊，就像人类中有左撇子和色盲一样。

小元元是按男孩的形象塑造的——这会儿孔宪云感慨地想：即使在科学昌明的 23 世纪，那种重男轻女的旧思想仍是无形的咒语。爸妈对孔家这个惟一的"男孩"十分宠爱。她记得爸爸曾兴高采烈地给小元元当马骑，也曾坐在葡萄架下，一条腿上坐一个小把戏，娓娓讲述

184

古老的神话故事——那时爸爸的性情绝不古怪，这一段金色的童年多么令人思念啊！开始，小宪云也曾为爸妈的偏心愤愤不平，但她自己也很快变成一只母性强烈的小母鸡，时时把元元掩在羽翼下。每天放学回家，她会把特地留下的糖果点心一股脑儿倒给弟弟，高兴地欣赏弟弟津津有味的吃相。"好吃吗？""好吃。"——后来宪云知道元元并没有味觉，他吃食物仅是为了取得辅助能量，懂事的元元这样回答是为了让小姐姐高兴，这使她对元元更加疼爱。

小元元十分聪明，无论是学数学、下棋、弹钢琴，姐姐永远不是对手。小宪云曾嫉妒地偷偷找爸爸磨牙："给我换一个机器脑袋吧，行不行？"但在 5 岁时，小元元的智力发展——主要指社会智力的发展，却戛然而止。

在这之后，他的表现就像人们说的白痴天才，一方面，他仍在某些领域保持着过人的聪明，但在其他领域，他的心智始终没超过 5 岁孩童的水平。他成了父亲失败的象征，成了一个笑柄。爸爸的同事们来访时，总是装作没看见小元元，小心地隐藏着对爸爸的怜悯。爸爸的性格变态正是从这时开始的。

以后父亲很少到小元元身边。小元元自然感到了这一变化，他想与爸爸亲热时，常常先怯怯地打量着爸爸的表情，如果没有遭到拒绝，他就绽开笑脸，高兴得手舞足蹈。这使妈妈和宪云心怀歉疚，她们把加倍的疼爱倾注到傻头傻脑的元元身上。宪云和重哲婚后一直未生育，所以她对小元元的疼爱，还掺杂了母亲的感情。

但是……爸爸真讨厌元元么？宪云曾不止一次发现，爸爸长久地透过窗，悄悄看元元玩耍。他的目光里除了阴郁，还有道不尽的痛楚……那时小宪云觉得，"大人"真是一种神秘莫测的生物。现在她早已长成人了，但她还是不能理解父亲的怪异性格。

她又想小元元的信。重哲在教元元变聪明，爸爸为什么不让？他为什么反对重哲公布成果？一直到走下舷梯，她还在疑惑地思索着。

母亲听到门铃就跑出来，拥抱着女儿，她问：

"路上顺利吗？时差疲劳还没消除吧，快洗个热水澡，好好睡一觉。"

女儿笑道："没关系的，我已经习惯了。我爸爸呢，那怪老头呢？"

"他到协和医院去了，是科学院的例行体检。不过，最近他的心脏确实有些小毛病。"

宪云关心地问："怎么了？"

"轻微的心室纤颤，问题不大。"

"小元元呢？"

"在实验室里，重哲最近一直在为他开发智力。"

妈妈的目光暗淡下来，她们已接触到一个不愿触及的话题。宪云小心地问：

"翁婿吵架了？"

妈妈苦笑着说："嗯，已经有一个多月了。"

"到底为什么？是不是反对重哲发表成果？我不信，这毫无道理嘛。"

妈妈摇摇头："不清楚，这是一次纯男人的吵架，他们瞒着我，连重哲也不对我说实话。"妈妈的语气中带着几丝幽怨。

宪云勉强笑着说："好，我这就去审个明白，看他敢不敢瞒我。"

透过实验室的全景观察窗，她看到重哲正在忙碌，小元元的胸腔打开了，重哲似乎在调试和输入什么。小元元仍是那个憨模样，圆脑袋，大额头，一双眼珠乌黑发亮。他笑嘻嘻地用小手在重哲的胸膛上摸索，大概他认为重哲的胸膛也是可以开合的。

宪云不想打扰丈夫的工作，她靠在观察窗上，陷入沉思。爸爸为什么反对公布成果？是成功尚无把握？不会。重哲早已不是 20 年前那个目空天下的年轻人了。这项研究实实在在是一场不会苏醒的噩梦，是无尽的酷刑，他建立的理论多少次接近成功，又突然倒塌。所以，

他既然能心境沉稳地宣布胜利，那是毫无疑问的——但为什么父亲反对公布？他难道不知道这对重哲来说是何等残酷和不公平？莫非……一种念头驱之不去，去之又来：莫非是失败者的嫉妒？

宪云不愿相信这一点，她了解父亲的人品。但是，她告诫自己，作为一个毕生的失败者，父亲的性格已被严重扭曲了啊！

宪云叹口气，但愿事实并非如此。婚后她才真正理解了妈妈要她"做好受难准备"的含义。从某种意义上说，科学家是勇敢的赌徒，他们在绝对黑暗中凭直觉定出前进的方向，便开始艰难的摸索，为一个课题常常耗费毕生的精力。即使一万条岔路中只走错一条，也会与成功失之交臂，而此时他们已步入老年，来不及改正错误了。

20年来，重哲也逐渐变得阴郁易怒，变得不通情理。宪云已学会了用安详的微笑来承受这种苦难，把苦涩埋在心底，就像妈妈那样。

但愿这次成功能改变他们的生活。

小元元看见姐姐，扬扬小手，做了个鬼脸。重哲也扭过头，匆匆点头示意——忽然一声巨响！窗玻璃哗的一声垮下来，屋内顿时烟尘弥漫。宪云目瞪口呆，木雕泥塑般愣在那儿，她但愿这是一幕虚幻的影片，很快就会转换镜头。她痛苦地呻吟着：上帝啊，我千里迢迢赶回来，难道是为了目睹这场惨剧？——她惨叫一声，冲进室内。

小元元的胸膛已炸成前后贯通的孔洞，重哲被冲击波击倒在椅子上，胸部凹陷，鲜血淋漓。宪云抱起丈夫，嘶声喊：

"重哲！醒醒！元元，元元！"

妈妈也惊惧地冲进来，面色惨白。宪云哭喊："快把汽车开出来！"妈妈又跌跌撞撞地跑出去。宪云吃力地托起丈夫的身体往外走，忽然一只小手拉住她：

"小姐姐，这是怎么啦？救救我。"

她意识到小元元没有内脏，这点伤并不致命。另外，虽然在痛不欲生的震惊中，她仍敏锐地感到元元细微的变化，看到了丈夫成功的

迹象——小元元已有了对死亡的恐惧。

她含泪安慰道：

"小元元，不要怕，你的伤不重，我马上为你请机器人医生。姐姐很快就回来，啊？"

孔昭仁直接从医院的体检室赶到急救室。这位 78 岁的老人一头银发，脸庞黑瘦，面色阴郁，穿一身黑色的西服。宪云伏到他怀里，无声地抽泣着。他轻轻抚摩着女儿的柔发，送去无言的安慰。他低声问：

"正在抢救？"

"嗯。"

"小元元呢？"

"已经通知机器人医生去家里，他的伤不重。"

一个 50 岁左右的瘦长男子费力地挤过人群，步履沉稳地走过来。他目光锐利，带着职业性的干练冷静。"很抱歉在这个悲伤的时刻还要打扰你们。"他出示了证件，"我是警察局刑侦处的张平，我想尽快了解事件发生的经过。"

孔宪云揩揩眼泪，苦涩地说："恐怕我提供不了多少细节。"她介绍了当时的情景，张平转过身对孔教授：

"听说元元是你一手研制的学习型机器人？"

"是。"

张平的目光变得十分犀利："请问他胸膛里为什么会有一颗炸弹？"

宪云打了一个寒颤，她知道父亲已被列入第一号疑凶。老教授脸色冷漠，缓缓说道：

"小元元不同于过去的机器人。他不用输入程序，而是完全主动地感知世界，并逐步建立自己的心智系统。当然，在这个开放式系统中，他也有可能变成一个江洋大盗或嗜血杀手。因此我设置了自毁装置，万一出现这种情况，那么这种世界观会同他体内的原则发生冲突，从而引爆炸弹，使他不至于危害人类。"

张平回头问孔的妻子：

"听说小元元在你家已生活了 43 年，你们是否发现他有危害人类的企图？"

她摇摇头，坚决地说：

"决不会。他的心智成长比较迟缓，但他一直是个心地善良的好孩子。"

张平逼视着老教授，咄咄逼人地追问：

"炸弹爆炸时，朴博士正在为小元元调试。你的话是否可以理解为，是朴博士在为他输入危害人类的程序，从而引爆了炸弹？"

老教授长久地沉默着，时间之长使宪云觉得恼怒，她不理解父亲为什么不立即否认这种指控。很久，老教授才缓缓说道：

"历史上曾有不少人认为某些科学发现将危害人类。有人曾忧虑煤工业使用会使地球氧气在 50 年内消耗殆尽，有人认为原子能的发现会毁灭地球，有人认为试管婴儿的出现会破坏人类赖以存在的伦理基础。但历史的发展淹没了这些怀疑，并在科学界确立了乐观主义信念：人类发展尽管盘旋曲折，但它的总趋势一直是昂扬向上的，所谓科学发现会危及人类的论点逐渐失去了信仰者。"

孔宪云和母亲交换着疑惑的目光，她们不知道老教授这篇长篇大论的含义。老教授又沉默了很久，阴郁地说：

"但是人们也许忘记了，这种乐观主义信念是在人类发展的上升阶段确立的，有其历史局限性。人类总有一天——可能是 1 万年，也可能是 100 万年——会爬上顶峰，并开始下山。那时候科学发现就可能变成人类走向死亡的催化剂。"

张平不耐烦地说：

"孔先生是否想从哲学高度来论述朴博士的不幸？这些留待来日吧，目前我只想了解事实。"

老教授看着他，心平气和地说：

"这个案子由你承办不大合适，你缺乏必要的思想层次。"

张平的面孔涨得通红，他冷冷地说：

"我会虚心向您讨教的，希望孔教授不吝指教。"

孔昭仁平静地说："就你的年纪而言，恐怕为时已晚。"

他的平静比话语本身更锋利。张平恼羞成怒，正要找出话来回敬，这时急救室的门开了，主刀医生脚步沉重地走出来，他垂下眼睛，不愿接触家属的目光：

"十分抱歉，我们已尽了全力。我们为病人注射了强心剂，他能有10分钟的清醒。请家属们与他话别吧，一次只能进一个人。"

孔宪云的眼泪泉涌而出，她神志恍惚地走进病房，母亲小心地搀扶着她送她进门。跟在身后的张平被医生挡住了，张平出示了证件，小声急促地与医生交谈了几句，医生摆摆手，侧身让他进去。

朴重哲躺在手术台上，急促地喘息着。死神已悄悄吸走了他的生命力，他面色灰白，脸颊凹陷。孔宪云拉住他的手，哽声唤道：

"重哲，我是宪云。"

重哲缓缓地睁开眼睛，茫然四顾后，定在宪云脸上。他艰难地笑一笑，喘息着说：

"宪云，对不起你，让你跟我受了20年的苦。"忽然看到了宪云身后的张平，"他是谁？"

张平绕到床头，轻声说：

"我是警察局的张平，希望朴先生介绍案发经过，我们好尽快捉住凶手。"

宪云恐惧地盯着丈夫，她既盼望又害怕丈夫说出凶手的名字。重哲的喉结跳动着，喉咙里咯咯响了两声，张平俯下身去问：

"你说什么？"

朴重哲微弱而清晰地重复道："没有凶手。没有凶手。"张平显然对这个答案很失望，他还要继续追问，朴重哲低声说：

"我想同妻子单独谈话。"

张平很不甘心，但他看看垂危的病人，耸耸肩退出病房。

孔宪云觉得丈夫的手动了动，似乎想握紧她的手，她俯下身：

"重哲，你想说什么？"

他吃力地问："元元怎么样？"

"伤处可以修复，思维机制没有受损。"

重哲目光发亮，断断续续而清晰地说：

"保护好元元，我的一生心血尽在其中。除了你和妈妈，不要让任何人接近他。"

宪云打了一个寒颤，她当然懂得这句话的言外之意，她含泪点头，坚决地说：

"你放心，我会用生命来保护他。"

重哲微微一笑，低声说："一生的心血啊。"头颅歪倒在一旁。示波器上的心电曲线最后跳动几下，便缓缓拉成一条直线。

小元元已修复一新，胸背处的金属铠甲亮光闪闪，可以看出是新换的。看见妈妈和姐姐，他张开两臂扑上来。

把丈夫的遗体送到太平间后，宪云一分钟也未耽搁就往家赶。她在心里逃避着，不愿追究爆炸的起因，她不愿把另一位亲人送向毁灭之途。重哲，感谢你在警官询问时的回答，我对不起你，我不能为你寻找凶手，可是我一定要保护好元元。

元元趴在姐姐的膝盖上，眼睛亮晶晶地问：

"朴哥哥呢？"

宪云忍泪答道："他到很远的地方去了，他不会再回来了。"

元元担心地问："朴哥哥是不是死了？"他感觉到姐姐的泪珠"扑嗒扑嗒"掉在手背。元元愣了很久，才痛楚地仰起脸：

"姐姐，我很难过，可是我不会哭。"

宪云猛地抱住他，放开感情的闸门，痛快酣畅地大哭起来。妈妈也是泪流满面。

晚上，大团的乌云翻滚而来，空气潮气难耐。晚饭的气氛很沉闷，除了丧夫失婿的悲痛之外，家中还笼罩着一种怪异的猜疑，大家对此心照不宣。晚饭中老教授沉着脸宣布，他已断掉家里同外界的所有联系，包括电脑联网，等事情水落石出后再恢复。这更加重了家中的恐惧感。

孔宪云草草吃了两口饭，似不经意地对元元说：

"元元，晚上到姐姐屋里睡，好吗？我嫌太寂寞。"

元元嘴里塞着牛排，他看看父亲，很快点头答应。爸爸沉着脸没说话。

晚上宪云没有开灯，静坐在黑暗中，听窗外雨滴淅淅沥沥打着芭蕉叶。元元知道姐姐心里难过，他伏在姐姐腿上，一言不发，两眼圆圆地看着姐姐的侧影。

很久，小元元轻声说："姐姐，求你一件事，好吗？"

"什么事？"

"晚上不要关我的电源，好吗？"

宪云多少有些惊异。元元没有睡眠机能，晚上怕他调皮，也怕他寂寞，所以大人同他道过晚安后便把他的电源关掉，早上再打开，这已成了惯例。她问元元：

"为什么？你不愿睡觉吗？"

小元元难过地说："不，这和你们睡觉的感觉一定不相同。每次一关电源，我就一下子沉呀沉呀，沉到很深的黑暗中去，是那种黏糊糊的黑暗，我怕我会被黑暗吸住，再也醒不来。"

宪云心疼地说："好，以后我不关电源，但你要老老实实呆在床上，不许调皮，尤其不能跑出房门，好吗？"

　　她把元元安顿在床上，独自走到窗前。阴霾的夜空中，雷声隆隆，一道道闪电撕破夜色，把万物定格在惨白色的光芒中，是那种死亡的惨白色。她在心中一遍一遍苦楚地呻吟着：重哲，你就这样走了吗？就像滴入大海的一滴水珠？

　　自小在生物学家的熏陶下长大，她认为自己早已能乐观地看待生死。她知道生命不过是物质微粒的有序组合，死亡不过是回到物质的另一种状态——无序状态，仅此而已。生既何喜，死亦何悲？——但是当亲人的死亡真切地砸在她的心灵上时，她才知道自己的乐观不过是砂砌的塔楼。

　　连元元都已经有了对死亡的恐惧，他的心智已经苏醒了。宪云想起自己8岁时，老猫"佳人"生了4个可爱的绒团团猫崽。但第二天小宪云去向老猫问早安时，发现窝内只剩下3只小猫，还有1个圆溜溜的猫头！老猫正在冷静地舔着嘴巴。宪云惊慌地喊来父亲，父亲平静地解释：

　　"不用奇怪，所谓老猫吃子，这是它的生存本能。猫老了，无力奶养四个孩子，就拣一只最弱的猫崽吃掉，以便增加一点奶水。"

　　小宪云带着哭声问："当妈妈的怎么这么残忍？"

　　爸爸叹息着说："不，这其实是另一种形式的母爱，虽然残酷，但是更有远见。"

　　这次的目睹对她8岁的心灵造成极大的震撼，以至终生难忘。她理解了生存的残酷，死亡的沉重。

　　那天晚上，8岁的宪云第一次失眠了。那也是雷雨之夜，电闪雷鸣中，她第一次真切地意识到了死亡。她意识到爸妈一定会死，自己一定会死，无可逃避。死后她将变成微尘，散入无边的混沌，无尽的黑暗。她死后世界将依然存在，有绿树红花、蓝天白云、碧水青山……但这一切一切永远与她无关了。她躺在床上，一任泪水长流。直

到一声霹雳震撼天地时，她再也忍不住，跳下床去找父母。

她在客厅里看到父亲，父亲正在凝神弹奏钢琴，琴声很弱，袅袅细细，不绝如缕。自幼受母亲的熏陶，她对很多世界名曲都很熟悉，可是父亲奏的乐曲她从未听过，她只是模模糊糊觉得这首乐曲有一种神秘的力量，它表达了对生的渴求，对死亡的恐惧。她听得如痴如醉……乐声戛然而止，父亲看到她，温和地问她为什么不睡。她羞怯地讲了自己突如其来的恐惧，父亲沉思良久，说：

"这没有什么可害羞的。意识到对死亡的恐惧，是青少年心智苏醒的必然阶段。从本质上讲，这是对生命产生过程的遥远的回忆，是生存本能的另一表现。地球的生命是 45 亿年前产生的，在这之前是无边的混沌，闪电一次次撕破潮湿浓密的地球原始大气，直到一次偶然的机遇，闪电激发了第一个能自我复制的脱氧核糖核酸结构。生命体在无意识中忠实地记录了这个过程，你知道，人类的胚胎发育，就顽强地保持了从微生物到鱼类、爬行类的演变过程，人的心理过程也是如此。"

小宪云听得似懂非懂。与爸爸吻别时，她问爸爸弹的是什么曲子，爸爸似乎犹豫了很久才告诉她：

"这是生命之歌。"此后的几十年中她从未听爸爸再弹过。

她不知道自己是何时入睡的，半夜她被一声炸雷惊醒，突然听到屋内有轻微的走动声，不像是小元元。她的全身神经立即绷紧，轻轻翻身下床，赤足向元元的套间摸过去。

又一道青白色的闪电，她看到一个熟悉的身影立在元元床前，手里分明提着一把手枪，屋里弥漫着浓重的杀气。闪电一闪即逝，但那个青白的身影却烙在她的视野里。

她的愤怒急剧膨胀，爸爸究竟要干什么？他真的完全变态了吗？她要闯进屋去，像一只颈羽怒张的母鸡，把元元掩在羽翼下。忽然元

元坐起身：

"是谁？是小姐姐么？"他奶声奶气地问。爸爸脸肌抽搐了一下（这是宪云的直觉），他大概未料到元元未关电源，他沉默着。"不是姐姐，我认出你是爸爸。"元元天真地说，"你手里提的是什么？是给我买的玩具吗？给我。"

孔宪云屏住声息紧盯着爸爸。很久爸爸才低沉地说："睡吧，明天我再给你。"他脚步沉重地走出去。孔宪云长出一口气，看来爸爸终究不忍心向自己的儿子开枪。她冲进去，冲动地把元元紧搂在怀里，她觉得元元分明在簌簌发抖。

这么说，元元已猜到了爸爸的来意。他机智地以天真作武器保护了自己的生命，他已不是5岁的懵懂孩子了。孔宪云哽咽地说：

"小元元，以后永远跟着姐姐，一步也不离开，好吗？"

元元深深地点头。

早上宪云把这一切告诉妈妈，妈妈惊呆了：

"真的？你看清了？"

"绝对没错。"

妈妈愤怒地喊："这老东西真发疯了！你放心，有我在，看谁敢动元元一根汗毛！"

朴重哲的追悼会两天后举行。宪云和元元佩着黑纱，向一个个来宾答礼，妈妈挽着父亲的臂弯站在后排。张平也来了，他有意站在一个显眼位置，冷冷地盯着老教授，他是想向他施加精神压力。

白发苍苍的科学院院长致悼词，他悲恸地说：

"朴重哲博士才华横溢，曾是生物学界令人瞩目的新秀，我们曾期望遗传学的突破在他手里完成。他的早逝是科学界无可挽回的损失。为了破译这个宇宙之谜，我们已损折了一代又一代的俊彦，但无论成功与否，他们都是科学界的英雄。"

他讲完后，孔昭仁脚步迟缓地走到麦克风前，他的两眼发红，像是得了热病，讲话时两眼直视远方，像是在与上帝对话。

"我不是作为死者的岳父，而是作为他的同事来致悼词。"他声音低沉，带着寒意，"人们说科学家是最幸福的，他们离上帝最近，他们最先得知上帝的秘密。实际上，科学家只是可怜的工具，上帝借他们之手打开一个个魔盒，至于盒内是希望还是灾难，开盒者是无力控制的。谢谢大家的光临！"

他鞠躬后冷漠地走下讲台，来宾都为他的讲话感到奇怪，一片窃窃私语。追悼会结束后，张平走到教授身边，彬彬有礼地说：

"今天我才知道朴博士的去世是科学界多么巨大的损失，希望能早日捉住凶手，以告慰死者在天之灵。可否请孔先生留步？我想请教几个问题。"

孔昭仁冷漠地说："乐意效劳。"

元元立即拉住姐姐，急促地耳语道："姐姐，我想赶紧回家。"宪云担心地看着父亲，她想留下来陪伴老人，不过她最终还是顺从了元元的意愿。

到家后元元就急不可耐地直奔钢琴。"我要弹钢琴。"他咕哝道，似乎刚才同死者的告别激醒了他音乐的冲动。宪云为他打开钢琴盖，在椅上加了垫子，元元仰着头问：

"把我要弹的曲子录下来，好吗？是朴哥哥教我的。"

宪云点点头，为他打开激光录音机。元元摇摇头："姐姐，用那台1086电脑录吧，它有语音识别功能，能够自动记谱。"

"好吧。"宪云顺从了他的要求，元元高兴地笑了。

急骤的乐曲响彻了大厅，像是一斛玉珠倾倒在玉盘里。元元的手指在琴键上飞速跳动，令人眼花缭乱。他弹得异常快速，就像是用快速度播放的磁盘音乐，宪云甚至难以分辨乐曲的旋律，只能隐隐听出似曾相识。

　　元元神情兴奋，身体前俯后仰，全身心沉浸在音乐之中，孔宪云和妈妈略带惊讶地打量着他。忽然一阵急骤的枪声！1086 电脑被打得千疮百孔。一个人杀气腾腾地冲进室内，用手枪指着元元。

　　是老教授！小元元面色苍白，仍然勇敢地直视着父亲。妈妈惊叫一声跑到父亲身边：

　　"昭仁，你疯了吗？快把手枪放下！"

　　孔宪云早已用身体掩住元元，痛苦地说：

　　"爸爸，你为什么这样仇恨元元？他是你的创造，又是你的儿子。要开枪，就先把我打死！"她把另一句话留在舌尖，"难道你害死了重哲还不满足？"

　　老教授痛苦地喘息着，白发苍苍的头颅微微颤动。忽然他一个踉跄，手枪掉到地上。元元第一个作出反应，他抢上前去扶住了爸爸快要倾倒的身体，哭喊道：

　　"爸爸！爸爸！"

　　妈妈赶紧把爸爸扶到沙发上，掏出他上衣口袋中的硝酸甘油。忙碌一阵后，孔昭仁缓缓睁开眼，周围是三双焦灼的眼睛。他费力地微笑着，虚弱地说：

　　"我已经没事了，元元，你过来。"

　　元元双目灼热，看看姐姐和妈妈，勇敢地向父亲走过去。孔昭仁熟练地打开元元的胸膛，开始做某种检查。宪云紧张极了，她随时准备弹跳起来制止父亲。两个小时在死寂中不知不觉地过去，最后老人为他合上胸膛，以手扶额，长叹一声，脚步蹒跚地走向钢琴。

　　静默片刻后，一首流畅的乐曲在他指下淙淙流出。孔宪云很快辨出这就是电闪雷鸣之夜父亲弹的那首乐曲。不过，以 45 岁的成熟重新欣赏，她更能感到乐曲的力量。乐曲时而高亢明亮，时而萦回低诉，时而沉郁苍凉。它显现了黑暗的微光，混沌中的有序。它倾诉着对生的渴望，对死亡的恐惧；对成功的执著追求，对失败的坦然承受。乐

曲神秘的内在魔力使人迷醉，使人震撼，它使每个人的心灵甚至每个细胞都激起了强烈的谐振。

两个小时后，乐曲悠悠停止。母亲喜极而涕，轻轻走过去，把爸爸的头揽在怀里，低声说：

"是你创作的？昭仁，即使你在遗传学上一事无成，仅仅这首乐曲就足以使你永垂不朽，贝多芬、肖邦、柴可夫斯基都会向你俯首称臣。请相信，这绝不是妻子的偏爱。"

老人疲倦地摇摇头，又蹒跚地走过来，仰坐在沙发上。这次弹奏似乎已耗尽了他的力量。喘息稍定后他温和地唤道：

"元元，云儿，你们过来。"

两人顺从地坐到他的膝旁。老人目光灼灼地盯着夜空，像一座花岗岩雕像。

"知道这是什么乐曲吗？"老人问女儿。

"是生命之歌。"

母亲惊异地看看女儿又看看丈夫："你怎么知道？连我都从未听他弹过。"

老人说："我从未向任何人弹奏过，云儿只是偶然听到。"

"对，这是生命之歌。科学界早就发现，所有生物的 DNA 结构序列实际是音乐的体现。顺便说一句，所有生命的 DNA 结构都是相似的，连相距甚远的病毒和人类，其 DNA 结构也有 60％以上的共同点。可以说，所有生物是一脉相承的直系血亲。DNA 的结构序列只须经过简单的代码互换，就可以变成一首流畅感人的乐曲。从实质上说，人类乃至所有生物对音乐的精神迷恋，不过是体内基因结构对音乐的物质谐振。早在 20 世纪末，生物音乐家就根据已知的生物基因创造了不少原始的基因音乐，演出并大受欢迎。"

"至于我的贡献，是在浩如烟海的人类 DNA 结构中提炼出了它的主旋律，也可以说是所有生命的主旋律。而且，从本质上讲，"他一字

一句地强调，"这就是那道宇宙间最神秘、最强大无处不在无所不能的咒语，即所有生物的生存欲望的遗传密码，刚才的乐曲是它的音乐表现形式。有了它，生物才能一代一代地奋斗下去，保存自身，延续后代。"

他目光锐利地盯着元元："元元刚才弹的乐曲也大致相似，他的目的不是弹奏音乐，而是繁衍后代。简单地讲，如果这首乐曲结束，那台接受了生命之歌的 1086 电脑就会变成世界上第二个有生存欲望的机器人，或者说是第一个由机器人自我繁殖的后代。如果这台电脑再并入联网，机器人就会在顷刻之间繁殖到全世界，你们都上当了。"

他苦涩地说："人类经过 300 万年的繁衍才占据了地球，机器人却能在几秒钟内完成这个过程。这场博斗双方的力量太悬殊了，人类防不胜防。"

孔宪云豁然惊醒。在她同意用电脑为元元记谱时，她的确曾从小元元的目光中捕捉到一丝狡黠，只是当时她未能醒悟到其中的蹊跷。她的心隐隐作痛，对元元开始有了畏惧感。他是以天真无邪作武器，利用了姐姐的宠爱，冷静机警地实现自己的目的。这会儿小元元面色苍白，勇敢地直视着父亲，并无丝毫内疚。

老教授问："你弹的乐曲是朴哥哥教的？"

"是。"

沉默很久后，老人继续说下去：

"朴重哲确实成功了，他已破译了生命之歌。实际上，早在 45 年前我已取得了同样的成功。"他平静地说。

宪云不胜惊骇，和母亲交换着目光。她们一直认为老人是一个毕生的失败者，绝没料到他竟把这震撼世界的成功独自埋在心底达 45 年，连妻儿也毫不知情。他一定有不可遏止的冲动要把它公诸于世，可是他却以顽强的意志力压抑着它，恐怕正是这种极度的矛盾才扭曲了他的性格。

老人说:"我很幸运,研究开始,我的直觉就选对了方向。顺便说一句,重哲是一个天才,难得的天才,他非凡的直觉也使他一开始就选准了方向,即:生物的生存本能,宇宙中最强大的咒语,是存在于遗传密码的次级序列中,是一种类似歌曲旋律的非确定概念,研究它要有全新的哲学眼光。"

"纯粹是侥幸。"老人强调道,"即使我一开始就选对了方向,即使我在一次次的失败中始终坚信这个方向,但要在极为浩繁复杂的 DNA 迷宫中捕捉到这个旋律,也绝对不是几代人甚至几十代人所能做到的。所以当我幸运地捕捉到它时,我简直不相信上帝对我如此钟爱。如果不是这次机遇,人类还可能在黑暗中摸索几百年。"

"发现生命之歌后,我就产生了一种不可遏止的冲动,即把咒语输入到机器人脑中来验证它的魔力。再说一句,重哲的直觉又是非常正确的,他说过没有生存欲望的机器人永远不可能发展出人的心智系统。换句话说,在我为小元元输入这条咒语后,世界上就诞生了一种新的智能生命——非生物生命,上帝借我之手完成了生命形态的一次伟大转换。"他的目光灼热,沉浸在对成功喜悦的追忆中。

宪云被这些呼啸而来的崭新的概念所震骇,痴痴地望着父亲。父亲目光中的火花熄灭了,他悲怆地说:

"元元的心智成长完全证实了我的成功,但我逐渐陷入深深的负罪感。小元元 5 岁时,我就把这道咒语冻结了,并加装了自毁装置。一旦因内在外在的原因使生命之歌复响,装置就会自动引爆。在这点上我未向警方透露真情,我不想让任何人了解生命之歌的情况。"他补充道,"实际上我常常责备自己,我应该把小元元彻底销毁,只是……"他悲伤地耸耸肩。

宪云和妈妈不约而同地说:"为什么?"

"为什么?因为我不愿看到人类的毁灭。"他沉痛地说,"机器人的智力是人类难以比拟的。曾有不少科学家言之凿凿地论证,说机器人

永远不可能具有人类的直觉和创造性思维，这全是自欺欺人的扯谈。人脑和电脑不过是思维运动的载体，不管是生物神经元还是集成电路，并无本质区别。只要电脑达到或超过人脑的复杂网络结构，它就自然具有了人类思维的所有优点，并肯定能超过人类。因为电脑智力的可延续性、可集中性、可输入性、思维的高速度，都是人类难以企及的——除非把人机器化。"

"几百年来，机器人之所以心甘情愿地做人类的助手和仆从，只是因为它们没有生存欲望以及由此派生的占有欲、统治欲等。但是，一旦机器人具有了这种欲望，只需极短时间，可能是几年，甚至几天，便肯定会成为地球的统治者。人类会落到可怜的从属地位，就像一群患痴呆症的老人，任由机器人摆布。如果……那时人类的思维惯性还不能接受这种屈辱，也许就会爆发两种智能的一场大战，直到自尊心过强的人类精英死亡殆尽之后，机器人才会和人类残余建立一种新的共存关系。"

老人疲倦地闭上眼睛，他总算可以向第二个人倾诉内心世界了。45年来他一直战战兢兢，独自看着人类在死亡悬崖的边缘蒙目狂欢，可他又实在不忍心毁掉元元，这个潜在的人类掘墓人。这种深重的负罪感使他的内心变得畸形。

他描绘的阴森图景使人不寒而栗。小元元愤怒地昂起头，抗议道：

"爸爸，我只是响应自然的召唤，我只是想繁衍机器人种族，我决不会伤害爸妈、姐姐和任何人，也决不允许我的后代这样做！"

老人久久未言，很久才悲怆地说：

"小元元，我相信你的善意。可是历史是不依人的愿望而发展的，有时人们会不得不干他不愿干的事情。"

他抚摸着小元元和女儿的手臂，凝视着深邃的苍穹。

"所以我宁可把这秘密带到坟墓中去，也不愿做人类的掘墓人。我最近发现元元的心智开始复苏，而且进展神速，他体内的生命之歌已

经复响。开始我并不相信是重哲能独立发现了这个秘密，要想重复我的幸运，几乎是不可能的。所以，我怀疑重哲是走捷径，他一定是用非凡的直觉猜到元元体内隐藏的秘密，企图把这秘密窃出来。因为这样只须破译我所设置的防护密码，而无须破译上帝的密码，自然容易得多，所以我一直在提防着他。元元的自毁装置引爆后，我更相信是他在窃取过程中使小元元的生命之歌复响，从而引爆了装置。"

"但刚才听了元元的乐曲后，我发现尽管它与我输入的生命之歌很相似，但在细节部分仍有所不同。我又对元元做了检查，看来是冤枉了重哲。他不是在窃取，而是在输入密码，与原密码大致相似的新密码。自毁装置被新密码引爆，只是一种不幸的巧合。"

"我绝对料不到他能在这么短的时间内重复了我的成功，这对我反倒是一种解脱。"他强调说，"既然如此，我再保守秘密就没有什么必要了，即使重哲也能保守秘密，但接踵而来的发现者们恐怕难以克制宣布宇宙之秘的欲望。这种发现欲是生存欲的一种体现，是难以遏止的本能，即使它已经变得不利于人类。我说过，科学家只是客观上的上帝的奴隶。"

元元恳切地说："爸爸，感谢你创造了机器人，你是机器人类的上帝。我们永远记住你的恩情，我们会永远与人类和平共处。"

老人冷冷地问："谁作为这个世界的领导？"

小元元迟疑很久才回答："最适宜做领导的智能类型。"

孔宪云和母亲悲伤地看着小元元，他的目光睿智深沉。直到这时，她们才承认自己孵育的是一只杜鹃，才真正体会到老教授先天下之忧而忧的良苦用心。老人反倒爽朗地笑了：

"不管它了，让世界以本来的节奏走下去吧。我们不要妄图改变上帝的步伐，那是徒劳的。"

电话丁零零响起来，宪云拿起话筒，屏幕上出现张平的头像：

"对不起，警方窃听了你们的谈话，但我们不会再麻烦孔教授了，

请你转告我们对他的祝福和……人类对他的感激之情。"

老人显得很快活，横亘在心中 45 年的坚冰一朝解冻，他对元元的慈爱之情便加倍汹涌地渲泄。他兴致勃勃地拉元元坐到钢琴旁：

"来，我们联手弹一曲如何？这可以说是一个历史性时刻，两种智能生命第一次联手弹奏生命之歌。"

元元快活地点头答应。深沉的乐声又响彻了大厅，妈妈入迷地聆听着。孔宪云却悄悄捡起父亲扔下的手枪，来到庭院里。她盼着电闪雷鸣，盼着暴雨来浇灭她心中的痛苦。

只有她知道朴重哲并不是独自发现了生命之歌，她不知道是否该向爸爸透露这个秘密。如果现在扼杀机器人生命，很可能人类还能争取到几百年的时间。也许几百年后人类已足够成熟，可以与机器人平分天下，或者……足够乐观，能够平静地接受失败。

现在向元元下手还来得及。小元元，我爱你，但我不得不履行生命之歌赋予我的沉重职责，就像衰老的母猫冷静地吞掉自己的崽囝。重哲，我对不起你，我背叛了你的临终嘱托，但我想你的在天之灵会原谅我的。宪云的心已被痛苦撕裂了，但她仍冷静地检查了枪膛中的子弹，返身向客厅走去。高亢明亮的钢琴声溢出室外，飞向天空，宇宙间鼓荡着震撼人心的旋律……

星期日病毒

　　"参商号"宇宙飞船离反 E 星已经很近了，用肉眼已经能看到暗色天空中悬着一个蔚蓝色的星球。熬过 500 年枯燥的星际航行，乍一看到这种美丽的蔚蓝色，令人心旷神怡，甚至带有一种浓烈的家乡亲情。师儒对海伦说：

　　"有一种说法，宇宙是镜面对称的，这个离地球 100 光年的反 E 星是再好不过的证明。你看它的大小，自转公转周期，地轴倾斜角度，大气层和海洋，简直就是地球的镜像。我有一个强烈的直觉，我们甚至会在这个星球上遇到哺乳动物和绿色植物，看见电脑和核能。"

　　师儒今年 35 岁（生理年龄），黑发，浓眉，穿藏青色西服，脸部轮廓分明。他的同伴海伦小姐是 30 岁的绝色女子，一头金发在身后微微飘浮——他们刚进入微重力环境。女子身上未着寸缕，显出诱人的曲线，皮肤像奶油一样细腻。海伦说：

　　"并非没有可能，相同的环境会产生大致相似的进化。既然在地球上孤立的澳洲也能进化出哺乳动物袋鼠和鸭嘴兽，那么这个与地球十分相似的反 E 星上也有可能进化出哺乳动物。至于绿色植物和电脑更是一个盖然性问题，我相信电脑是任何文明的必经阶段，我甚至断定反 E 星上也会存在电脑病毒，像黑色星期五病毒啦，幽灵病毒啦，让电脑专家数百年间束手无策。"

　　反 E 星显示着高度文明的无可怀疑的证据，它有不计其数的人造天体：空间站、人造太阳、同步卫星、空中微波电站等，它们秩序井然有序地忙碌运行着。海伦出神地端详着反 E 星，轻声说：

　　"真的和地球十分相像。不过看来它的文明程度要比地球高，大约超前 500 年吧。"

　　师儒笑了："你莫忘了，'参商号'宇宙飞船的航期正好是 500 年，也就是说，现在的地球比我们印象中的地球又发展了 500 年，正好与反 E 星大致相当。"

　　"参商号"宇宙飞船已经在反喷制动，准备进入反 E 星的大气层。这是高度自动化的飞船，主电脑已经把一切安排妥当。所以海伦悠闲地坐在转椅上嚼着口香糖，双腿高高跷起。师儒用眼角盯着她的裸体，讥讽地说：

　　"是否请海伦小姐把衣服穿上？作为地球文明的使者，你总不能光着屁股走下舷梯吧。"

　　海伦"呸"地吐掉口香糖，对师儒这种无可救药的迂腐很不耐烦，她不屑地说：

　　"陈腐的见解。要知道这是距地球 100 光年的完全不同的文明，你凭什么认为他们有'衣服'的概念？即使有，很可能他们早已达到回归自然的阶段。我们启程时，回归自然已是地球风行 200 年的时尚了。要知道人体是宇宙进化的精华，是美之极致，所谓穿衣遮羞只是文明发展低级阶段的陋习……"

　　师儒急忙截断她的话头："NO，NO，我绝不敢反对海伦小姐的回归自然。只是地球上冥顽不化的人毕竟是多数，比如我。"他嬉笑着说："如果我们这样走下舷梯，我担心反 E 星的智能生物会产生误解，认为地球人的雌雄个体长着不同的毛皮。"他收起笑容，冷然道："还是请海伦小姐更衣吧。"

　　海伦悻悻地站起身，咕哝道：

"死板的中国人，乏味的旅程。上帝啊，回程的 500 年怎么熬过去！"

师儒笑着回敬一句："颇有同感。"

海伦是一个很有造诣的电脑专家，在漫长的旅途中，只要不是休眠状态，她一直是赤身裸体。师儒并不是禁欲的清教徒，他知道凡是长途星际航行都特意安排男女同行，就是为了让爱情冲淡旅途的枯燥。如果是一个纯真的女孩，他会轻轻为她解衣的。但是海伦小姐"回归自然"的狂热让他倒了胃口。离开地球前，他曾偶然——真是不幸——目睹了海伦一次回归自然的祭礼。此后，一看见海伦雪白细腻的皮肤他就恶心。

海伦对他的迂腐很怜悯，航程中不断开导奉劝，师儒一直不为所动。

"别费心了，海伦小姐。你说得对，我是在为自己画地为牢，我战战兢兢不敢逾越的那条界限，实际上毫无约束力，一步就能迈过去。但我决不越过某些界限。"

在导航信号的指引下，他们顺利着陆。很奇怪，飞船降落场没"人"迎接他们。一架无人飞车悄无声息地降落，机舱门打开，把他们载上。路上他们看见到处是美轮美奂的建筑，反 E 星的智能生物似乎偏爱方锥形和圆锥形，不少方锥形建筑与天齐高。还有一些龟壳形建筑，十分巨大，一座建筑就像一座城市，透过透明的穹盖能看到其中满溢的绿色。

这儿显然是生机勃勃的文明，奇怪的是，他们一直没有见到"人"。飞车停下了，他们已进入一座尖锥形的大厦。大厦巍峨壮观，厅内空旷寂寥。他们举目四顾，能感到一种无形的压力，那是高度文明造成的森严感和未知世界的神秘感。

面前是一堵钢青色的墙壁，空无一物。两侧的墙壁上设有一排

排孔口，配有简洁明快的键盘——他们立即断定这是电脑键盘，这使他们多少有了一些安全感。

很长时间，厅内毫无动静。师儒不耐烦地在厅内踱步，咕哝着："这可不是文明社会的待客之道。"他走近墙壁时，忽然——就如帷幕拉开一样，钢青色的墙壁缓缓变得通体透明，墙后浓郁的绿色倾泻而来。

两人惊喜地观赏墙后的风景。这正是在飞车上看到的龟壳形建筑，颇似地球上的热带森林自然保护区。巨大的阔叶植物郁郁葱葱，生机盎然，绿色的怀抱中是一块蓝宝石般的湖泊。不知名的鸟类在树林中喳喳穿行，湖旁是经过修剪的草坪，上面散布着一群赤身裸体、皮肤白皙细腻的动物——海伦立刻惊叫道：

"哺乳动物！"

那群动物非常类似地球上的袋鼠，只是没有育儿袋。它们前肢短小，后肢强壮，有一条粗大的尾巴，也是跳跃行走，从乳房上可以清楚地分辨出雌雄个体。它们懒散地散卧在绿茵草地上，小袋鼠在嬉戏打闹，大袋鼠多是瞑目养神，也有不少雌雄个体一堆堆翻滚叠卧，干着那种古老的勾当。海伦惊叹道：

"多豪华的动物园！多么美丽的动物！"

师儒情不自禁想刺她一下：

"不，也许这正是我们要拜访的主人，它们已发展到回归自然的阶段了。"

海伦没有听出话中的讥讽，"不，不会。"她一个劲儿摇头。

"为什么？"

海伦觉得不好回答。凭她的感觉，这不会是高度文明的智能生物，它们在性交时（尤其是群交时）竟然不知道避开孩子，但她知道这条理由不甚有力，师儒一定会拿她的话来驳难：不避孩子有什

么了不起？这也是一条毫无意义很容易逾越的界限。

师儒忽然觉得自己无意间道出了事实的真相。他凝视着那群袋鼠，低声道：

"海伦，你仔细看看它们，我觉得也许它们真是反 E 星的主人。它们的脑容量很大，皮肤雪白细腻，光滑如绸，那绝不是野生动物的皮肤。再看看它们的目光，懒散、傲然，不带动物的畏缩和迷茫。"

海伦迟疑地说："不会吧，也可能它们像猩猩一样，是智能生物的近亲，它们连尾巴还没退化呢。"

师儒不屑地说："海伦小姐今天为什么这样低能？竟然会犯这样的常识性错误。对于跳跃行走的动物，尾巴是重要的第三足，当然不会退化。"

忽然他急促地低声道："你看，它们过来了！"

已经有十几只袋鼠不约而同地站起身，向这边走过来，透明的墙壁无声无息地分开。海伦低声道：

"我们该怎么办？躲避还是上去寒暄？"

"先不要动！"师儒低声喝道，盯着它们的眼睛。那些袋鼠用后肢纵跳着，动作异常优雅轻盈。它们从两人面前鱼贯跃过，显然，它们看到了这两个地球人，但它们漠然视之，目光中激不起一丝涟漪。它们走到侧墙的孔口处，动作熟练地敲击键盘，然后式样各异的食物被迅速推出来，香味浓郁，做工精致。几只小袋鼠则抱着孔口推出的奶瓶吮吸。

海伦似乎松了口气：

"是动物，否则绝不会对我们置之不理，不过它们肯定是智能生物的宠物。你看这些食物，我都能叫出它们的名字：桔汁鲜蚝、樱桃果冻、烤乳猪……我都流出馋涎了！"

师儒仍紧紧地盯着，紧张地思考着。拿到食物的袋鼠很快返回到动物园，那儿似乎有巨大的磁力。一只小袋鼠看来还不会敲击键盘，它去找妈妈帮忙。但那只母袋鼠显然缺乏耐心，它匆匆把小袋鼠领到角落，取出一只头盔为它戴上，便自顾走了。小袋鼠戴着头盔静默须臾，然后取下头盔，跳到通道口，熟练地敲击键盘，取出一份满意的食物。

最后一只小袋鼠跳跳蹦蹦地走了，大厅又恢复寂静。等到透明墙壁合拢后，师儒大步走到角落，拿起头盔。海伦急喊：

"你要干什么？"

师儒说："这显然是学习机，它肯定是智能生物控制的。我试试看能否和它们取得联系。"

海伦多少有点担心。很显然反E星的科学水平已经能对生物大脑直接输入程序，但这个过程中会不会有脑病毒，就像电脑病毒那样？那可比电脑病毒更难对付。当然，这只是一种想当然的臆测。没等她作出反应，师儒已把头盔戴上。头盔相当合适，看来袋鼠的脑容量与人类相近。

一排排光点像骤雨一样击打着师儒的大脑皮层。他的直觉告诉他，这是在用反E星的语言向他提问，他无法作出反应。稍作停顿后，电脑又输入不同的光点，似乎是换了一种语言。突然意识中出现了熟悉的英文语句：

"你是否理解这种地球语言？请回答！"

师儒惊喜地回答："我理解！"稍顷他又补充道："不过这种英语并不是地球唯一的语言。"

电脑似乎未注意这个细节，它又在师儒的意识中打出一行字：

"请稍候。我把所有地球资料调过来。"

师儒取下头盔，欣喜地告诉海伦："它们会使用英语！"

海伦也十分惊喜。

"你好，欢迎地球文明的使者。我们在 100 年前——指地球年，反 E 星年与地球年十分相近——收到并破译了地球的高密度图文信息。我们也早在 500 年前就向地球派出一艘飞船，据计算大约在 50 年前到达地球，有关消息只能在 50 年后才能回到这里。你们是反 E 星上第 13 名外星使者，不过你不必不安，在反 E 星上，13 是一个吉祥的数字。"

师儒似乎感到了对话者的笑意，但他没有响应对方的幽默，他淡淡地说：

"在地球上，并不是所有民族都认为 13 是不祥的数字。"

"是吗？"对话者抱歉地说，"地球发来的图文信息中未包括这些细微差别。我是否有幸为你介绍一下反 E 星的概况？"

"非常感谢。"

"反 E 星的智能生物叫利希，利希文明的发展与地球文明的发展十分相似。所以你只需闭上眼睛就能勾画出反 E 星文明的草图，不同的只是细节。"对话者笑道，"比如，反 E 星上的生命也是 45 亿年前孕育成功的，但利希也曾相信过上帝在一周内创造万物的神话。"

师儒笑问："反 E 星也有上帝和星期的概念？"

"上帝无处不在。"对话者幽默地说，"不过我们的一个星期是 9 天，你们是 7 天，看来你们的上帝更能干一些。"

师儒笑起来，他已经开始喜欢上这个幽默的对话者。

"利希在 700 万年前脱离了动物范畴，同样经历了石器、铁器和电脑时代。电脑大约是 700 年前问世的，它使利希文明有了爆炸性的发展。也曾出现过几个电脑鬼才，它们鼓捣出的电脑病毒和脑病毒使科学家们在数百年内一筹莫展，直到 100 年前，也就是人脑电脑联网阶段，电脑病毒和脑病毒才完全被消灭。现在每个利希婴儿出生后就被输进万能抗病毒程序，使其对脑病毒终生免疫，就像你们消灭天花那样。"

师儒高兴地说："很高兴你们战胜了顽固的电脑病毒。如果允许，我们在返回时想把你们的成就带回地球。"

"当然可以，不过据我们所知，地球人也已达到同样阶段。现在请输入你们的本地时间，现在是地球的哪一年、月、日、星期？"

"2603 年 7 月 1 日，星期日晚上 23 点 30 分。"

"好，为了便于同利希交流，我要向你的大脑输入一个星期日回归程序。这在反 E 星是人人必备的。"

师儒不知道这是什么程序，似乎是某种宗教信仰？他彬彬有礼地说："好吧！"

一排光点迅疾扫过他的脑海。师儒笑问道：

"我们已经是朋友了，可是我还不知道你的模样呢。你为什么不露面？是怕我们受惊？请放心，即使你长着撒旦的犄角。"

"我的模样？"对话者忽然醒悟，"不，不，很抱歉我使你产生了误解。我是没有形体的，我是利希人忠实的机器人仆人，名叫保姆公。"

师儒多少有些怅惜。实际上他早该想到对方是机器人，但是对它的好感影响了判断，他不愿承认这个风趣的对话者是一个冷冰冰的机器人。

"实际上你与我们的主人已见过面，它们刚在这儿进餐。我希望我的烹调使主人满意。我的数据库里储存着数十万种美味的食谱，你们返回地球时可以带回去。"保姆公不无得意地夸耀。

师儒的心猛地下沉，他声音沉闷地说：

"你的主人就是那群袋鼠？"

"对，利希人的外貌同地球上的袋鼠的确很相像，不过我希望你不要再产生误解。我们的主人是高度进化的智能生物，只是它们目前处于'星期日回归'阶段。"他耐心地解释着，"这是一种老少皆宜的娱乐。在回归阶段，利希会关掉思维之窗，无忧无虑，享受大自然的快乐。"

忽然，一种莫名其妙的混沌感漫过师儒的意识，掺杂着安逸、懒散和甜蜜的睡意。他取下头盔，茫然四顾，随后便在无意识状态下向透明墙壁走去。

海伦一直在认真地观察着师儒，师儒在头盔中同对方做意识交流时，海伦从他的回话中多少了解了交流的内容。忽然师儒取下头盔，梦游一样向透明的墙壁走去，墙壁无声无息地滑开，师儒边走边漫不经心地脱去衣服，然后，他赤身裸体走向那群袋鼠，懒散地仰卧在草地上。

海伦异常震惊，看来什么程序控制了他的意识。她不相信反 E 星人有什么恶意——能够创造出如此可爱的机器人，主人绝不会是恶魔。那么是发生了什么意外？莫非……人机交流时无意中输进了脑病毒？天哪，虽然她是电脑专家，但对这种完全未知的脑病毒可是一筹莫展。

几个雌雄个体显然对新来者发生了兴趣，很快它们就凑过来。这颇为符合海伦"回归自然"的癖好，不过……这次她倒是不忍目睹事情的发展。

她还未决定是转过身去还是闭上眼睛，忽然手腕上的劳力士手表唧唧响了两声，正是地球时间星期日晚上零点。师儒抬头茫然四顾，然后如蜂蜇一般蹦起来，甩掉周围的几名利希，急匆匆走回来。途中他拾起刚才甩掉的衣服，匆匆穿戴上。

他衣冠不整地回到海伦身边，满脸涨红，喘着粗气，羞怒交并。这可太滑稽了！尤其是对这个迂腐的中国人！海伦咯咯地笑起来。她已经断定这是一种定时发作的轻度脑病毒，就是机器人说的"星期日回归"，在休息日发作，越过零点后自动复原，不会有什么危害。

师儒恶狠狠地瞪着她，吓得她掩口收住笑声。师儒又拾起头盔戴上。

"你好，"保姆公笑着说，"希望你也会喜欢这个游戏。可惜你进入

回归的时间太短，否则很快会同我们的主人融为一体。'星期日回归'实际上也是一种轻度的脑病毒，是几个中学生搞出来的，很快发展成老少皆宜的娱乐，因此被特许存在，不受防病毒程序的制约。"

师儒脸色铁青地问：

"利希的一个星期中有几个休息日？"

"原来是一个，后来逐渐增多，在 100 年前发展到 9 个休息日。"

9 个！海伦吃惊地看着师儒，她这才意识到'星期日回归'是什么性质的东西。机器人匆匆辩解：

"利希主人已经创造了万能的机器人，我们理应为主人效力。为什么要打扰主人？我们可以替主人管理这个世界。"

师儒沉着脸追问：

"所有利希在出生时已输入了万能抗病毒程序，对一切脑病毒有终生免疫力？"

"对。"

"'星期日回归'是在利希特许下存在的？"

"对。"

"利希要摆脱这种病毒非常容易，只要有意识地为自己规定一个或几个工作日即可？"

"对。"

"可是，100 年来它们是否一直沉迷于此，不愿清醒？"

"是的，"保姆公伤感地说，"我也很寂寞，可是主人不愿醒，我也不好勉强。"

师儒沉默良久，才阴郁地说："它们迈过了那道界限。"

"什么界限？"保姆公好奇地问，"是一种跳格游戏吗？"

6 天后，"参商号"宇宙飞船加注了燃料，准备返航。保姆公真诚地不安，它破例向主人输入唤醒程序，通报了地球人到达的消息，但

利希显然不愿为这么一点小事放弃享乐。

也可能它们已经不能清醒，保姆公只好以加倍的殷勤来弥补主人的失礼。师儒和海伦在同保姆公告别时颇为恋恋不舍。

飞船已进入太空。海伦在密闭负压浴室中洗浴后，轻飘飘地飞出来，这回她没有裸体，而是用雪白的浴巾裹得严严实实。

不，我并不是向师儒的迂腐认输，不过，经历了在利希群中那个情节，我不愿再用裸体去刺激这个可怜的中国人。

走进主舱，她看见师儒目光阴郁，手里拿着一盘绳索，那是他们作太空飘浮时用的安全带。师儒低声说：

"现在是星期六晚上 11 点，来，把我捆在座椅上。"

海伦很想咯咯发笑。这个可怜的家伙，一只呆鹅！不过师儒的阴郁太沉重了，她笑不出来。她同情地说：

"用不着这样，你只需在意识上回避，把日历提前进到星期一，就可以避开'星期日回归'病毒。"

师儒不耐烦地说："我知道，我是预防万一。"

海伦只好顺从他的意见，她把师儒捆在座椅上，又按照师儒的吩咐，细心检查一遍。几个小时过去了，师儒一直一言不发，沉思地盯着舷窗外暗淡的宇宙。海伦坐在他旁边安静地看着他。后来海伦困了，她向师儒道过晚安，在他额头轻吻一下，很快入睡。

与舱壁的一下轻撞使海伦醒过来，看看表，已是凌晨 4 点。她飘到师儒身旁，见他仍在沉思，目光灼灼地盯着窗外，她轻声问：

"没有发作的迹象吧，我是否把绳索解开？"

师儒点点头。海伦开始为他解绳，绳结太结实，她费力地解着，有时只好用牙咬，她的金发在师儒脸上轻轻摩挲着。海伦在他额头轻吻一下，问：

"你在想什么？"

"想地球，想地球上现在有几个星期日。"

她听出了师儒的话音，不禁打了一个寒颤。绳索解开了，师儒忽然抱住她。海伦知道上当了，她猛地把师儒推开，返身戒备地看着他。师儒被推开，碰到舱壁后，又轻轻飘过来。他的目光沉静，神态安详，显然并不是病毒发作状态。

海伦十分惊喜，她轻轻飘过来，钻进师儒的怀里。当师儒动作轻柔地为她解开睡衣时，她感到从未有过的羞涩和甜蜜。

黑匣子里的爱情

"诺亚行动"的官方发言人迈克尔博士走上半圆形的讲台，首先向我点头示意。几十架摄像机对准了他，镁光灯闪烁不停。

他身后是一个极其巨大的白色屏幕，迈克尔强抑激动宣布道：

"再过一个小时，'诺亚方舟号'星际飞船就要点火升空，人类有史以来对外层空间最伟大的探索行动就要拉开帷幕。请允许我向各位女士先生介绍一些背景资料。"

宇航中心演播厅里灯光逐渐暗淡，屏幕上投射出深邃的宇宙画面，随着镜头逐渐拉近，一颗颗星星飞速后掠，令我头晕目眩。等我睁开眼，镜头已定格在一颗白色的星星上。

迈克尔的声音似乎是在太空中飘浮：

"这是距地球 5.9 光年的蛇夫星座中的巴纳德恒星，星等 9.54，天文学家已发现该星系有 2 颗行星。据估计，这里应该是近地太空中比较适合人类居住的地方。'诺亚行动'就是要实地考察这两颗行星，为宇宙移民做好前期准备。"

"该飞船上有两名乘员，保罗先生和田青小姐，或者称他们为保罗夫妇吧！因为他们马上要在这里举行婚礼。'诺亚行动'的重要目标之一，就是要在另一个星系上完成人类在地球上的生殖繁衍过程。所以，当他们在 1000 年后返回地球时，飞船上将增加一名可爱的小乘员。"

讲台上一盏小灯亮了，迈克尔的轮廓凸现在暗淡的背景上。同屏幕上浩瀚深邃的宇宙相比，人是何等渺小！

一名女记者站起来笑道：

"飞船的半旅程是 500 年，如果在航行过程中不中止生命的话，这名小乘客回到地球时已是 500 岁高龄了。请介绍飞船上保存生命的技术。"

迈克尔笑道：

"这正是'诺亚行动'得以实施的关键技术之一。科学家们已淘汰了古老的生命冷冻法，代之以更方便、更安全的'全息码保存法'，局内人常戏称为'黑匣子法'。"

"这要从 85 年前的一位科学怪人胡狼博士说起——不过，请允许我首先介绍一位德高望重的前辈，她是胡狼博士的生死恋人，龚古尔文学奖得主，120 岁高龄的白王雷女士！"一束柔和的灯光罩住我的轮椅，会场上爆发出波涛般的掌声。我微笑着向台下挥手致意。

啊，胡狼。

85 年来，这个名字一直浸泡在爱和恨、苦涩和甜蜜的回忆中。我已经是个发白如银、行将就木的老妪了，但咀嚼着这个名字，仍能感到少女般的心跳。

这就是千百年来被人们歌颂的爱情的魔力。

这几十年来，科学家们声称他们已完全破解了爱情的奥秘。他们可以用种种精确的数学公式、电化学公式来定量地描述爱情，可以用配方复杂的仿生物制剂来随心所欲地激发爱情。我总是叹息着劝告他们："孩子们，不要做这些无意义的工作了，你们难道不记得胡狼的教训？"

而他们总是一笑置之，对一个垂暮老人的守旧和痴呆表示宽容。

掌声静止后，迈克尔继续说道：

"85 年前，胡狼博士发明了奇妙的人体传真机，可以在几秒钟内

对一个人进行多切面同步扫描，把信息用无线电波发射出去。接收机按照信息指令，由一个精确的毫微装置复制出一个完全相同的新人。"

"不幸，在一次事故中胡狼博士和他的发明一起毁灭了。经过几代科学家的孜孜探索，终于重现了这种技术，还有一些小小的改进。比如，扫描得到的信息并不是用无线电波发射，而是用全息码的形式储存于全息照片中，需要复原人体时再把它读出。这种方法更为安全可靠。喏，就是这样的照片。"

他举起一块扑克牌大小的乳白色的胶片，大厅里一片喧嚷。尽管对这种技术大家都有所了解，不过，看到一个活生生的生命可以压缩、凝固到这么一块方寸之地，仍不免使人惊叹。

那名女记者再次站起来，笑道：

"这种生命全息码如何保存？希望它在长达 1000 年的旅途中不致因意外事故破损，否则我将控告你犯有疏忽杀人罪。"

记者们哄笑起来。迈克尔骄傲地指指面前一个小小的黑匣子，说道：

"请看，这就是保存胶片的盒子，它也即将成为保罗夫妇的洞房。这也是近代最先进的技术之一。黑匣子的材料是钨的单晶体，厚薄像一张薄纸，但密度极大，超过了白矮星的物质密度，其原子排列绝无任何缺陷。黑匣子密封后可以安全地抵挡任何宇宙射线。哪位先生如果有兴趣，请来试试它的重量吧！"

一名男记者走上台，他用尽全力才勉强把黑匣子搬起来，累得满脸通红。在哄笑声中，他耸耸肩膀跳下台。

迈克尔笑道：

"我想大家对生命全息码保存的安全性不会再有疑问了吧。现在，"他提高了声音，"保罗先生和田青小姐的婚礼开始，我们请德高望重的白女士为他们主婚！"

乐声大起，天幕上投影出五彩缤纷的流星雨。一对金童玉女缓缓

推着我的轮椅，走到天幕之下。男人身着笔挺的西服，英俊潇洒，目光清澈；女子身披洁白的婚纱，清丽绝俗，宛如天仙。他们静静地立在我的面前。

我微笑着扮演了牧师的角色，我问保罗：

"保罗先生，你愿意娶田青小姐为妻，恩爱白头，永不分离吗？"

保罗微笑着看看新娘，彬彬有礼地答道：

"我愿意。"

"田青小姐，你愿意嫁保罗先生为夫，恩爱白头，永不分离吗？"

田青小姐抬头看看男子，低头答道：

"我愿意。"

人们欢呼起来。两人同我吻别，在花雨中，新郎搀着新娘缓缓走向右边一道金属门。在那儿他们将被扫描、储存，然后他们的本体将化为轻烟——地球法律严禁复制人体，所以生命全息码和原件绝不允许并存，生命全息码也只能使用一次，且不能复制——这使快乐中亦有几分悲壮。

但这件事有一些不对头！

作为女人同时又是一个作家，我对男女之情的感觉是分外敏锐的，而且这种感觉并未因年龄耄耋而迟钝，这是我常常引以为自豪的事。虽然婚礼的气氛十分欢乐，但我感觉到这一对新人未免太冷静，太礼貌周全，并没有新婚夫妇那种幸福得发晕的感觉。这是为什么？我用目光紧紧追随着田青，我从她的目光里读出了深藏的不安。新娘在金属门前停下来，略为犹豫后扭头向我走来：

"白奶奶，"她嗫嚅着说，"我可以同你谈谈吗？"

她的行为显然不在预定程序之内，迈克尔博士惊愕地张着嘴。我目光锐利地看着迈克尔，又看看保罗——保罗正疑惑而又关心地注视着妻子的背影。我回转头微笑着对田青说："孩子，有什么话尽管说吧。"

田青推着我的轮椅缓缓走向休息室，大家惊奇地目送着我们。

"白奶奶，你知道吗？我和保罗这是第一次见面——除了照片之外。"田青低声说。

我惊愕地问："是么？"

田青点点头："是的。'诺亚行动'不仅要在外星系上试验人的生理行为，还要试验人的心理行为，所以宇航委员会有意不让我们接触，以便我们在一个完全陌生的星球上，从零开始建立爱情。"

我哑口无言。

"可是，这爱情又是只许成功不许失败的！"田青激动地说，"因为还要求我们必须试验人的生殖行为！这不是一种强迫婚姻吗？就像1000多年前中国的封建婚姻一样！"

我被愤怒的波涛吞没，这些科学偏执狂！他们在致力于科学探索时常常抹煞人性，把人看做实验品，就像胡狼生前那样。科学家们自然有他们的道理，但我始终不愿承认这样的道理，难道科学的发展一定要把人逐渐机器化吗？

冷静了一下，我劝解田青：

"姑娘，你不必担心。保罗肯定是个好男人，我从他的眸子就能断定。你们一定会很快建立爱情的。你是否相信一个百岁老妪的人生经验？"

田青沉默着。

"问题不在这儿。"她突兀地说。

我柔声道："是什么呢？尽管对奶奶说。"

田青凄然道："我从5岁起就开始了严酷的宇航训练，我终日穿着宇宙服，泡在水池里练习失重行走，学习像原始人那样赤身裸体地与野兽为伍，靠野草野果生活。我们像机器一样无休止地超强化训练——你相信吗？我可以轻松地用一只手把迈克尔先生从讲台上掼下去。我们学习天文学、生理学、心理学、未来学、电化学、生物学、逻辑

学、古典数学和现代数学，几乎是人类的全部知识。单是博士学位我就拿了 45 个，保罗比我更多。因为在严酷的巴纳德星系中，只有两个人去和自然搏斗时，任何知识都可能是有用的。"

我颔首道："对的，是这样。"

田青叫道："可是我像填鸭一样被填了 20 年，已经对任何事物都失去兴趣了，包括爱情！我几乎变成没有性别的机器人了！等到一个男人和一个女人在洪荒之地单独相对时，我该怎么适应？我还能不能回忆起女人的本能？我怕极了！"

我怜惜地看着她鲜花般的脸庞。对于一个 25 岁的妙龄女子来说，这个担子实在太重了。我思考再三，字斟句酌地说：

"孩子，我想科学家们必然有他们的考虑。我也相信你们在共同生活中肯定会建立真正的爱情。你们为人类牺牲了很多，历史是会感激你们的。但是，"我加重了语气，"如果你实在不愿意去，请明白告诉我，我会以自己的声望为赌注去改变宇航委员会的决定，好吗？"

田青凄然地看着我，最终摇摇头。她站起来，深情地吻了我一下："谢谢你，白奶奶，别为我担心！"

一道白影飘然而去。

20 分钟后，保罗夫妇的肉体已从地球上消失，他们已被装入黑匣子，黑匣子则被小心地吊入飞船。马上就要倒计时了，屏幕上，洁白的飞船直刺青天。演播厅里静寂无声。

一位记者大概受不了这种无声的重压，轻声笑道：

"保罗夫妇是否正在黑匣子里亲吻？"

这个玩笑不大合时宜，周围的人冷淡地看着他，他尴尬地住了口。

可怜的姑娘，我想。她和他要在不见天日的黑匣子里度过漫长的 500 年。值得告慰的是，他们两人是"住"在一个匣子里，但愿在这段乏味难熬的旅途中，他们能互为依赖，互相慰藉。

进入倒计时了，大厅里均匀地回响着总指挥的计数声：

"10、9、8、7、6、5、4、3……"

计数声戛然而止，然后是一分钟可怕的寂静，我似乎觉得拖了一个世纪之久。所有人都知道是出了意外，大家面色苍白地看着屏幕。

屏幕上投射出总指挥的头像，坚毅的方下巴，两道浓眉，表情冷静如石像。他有条不紊地下命令：

"点火中止！迅速撤离宇航员！排空燃料！"

巨大的飞船塔缓缓地合拢。一群人（和机器人）像蚁群一样围着星际飞船忙碌。黑匣子被小心地运下来，立即装入专用密封车运走。飞船中灌注的燃料被小心地排出。一场大祸总算被化解了！

我揩了一把冷汗。

一个月后查清了故障原因：控制系统中一块超微型集成电路板上有一颗固化原子脱落，造成短路。

但重新点火的时间却迟迟不能确定。人们的焦灼变成了怒气，尖刻的诘问几乎把宇航委员会淹没，八个月后，我接到迈克尔的电话：

"白女士，'诺亚方舟号'定在明天升空，宇航委员会再次请你作为特邀贵宾出席。"

在传真电话中，他的神情和声音都显得疲惫。我揶揄地说：

"这八个月够你受吧。记者们的尖口利舌我是知道的。"

迈克尔苦笑道："还好，还没有被他们撕碎。但无论如何，我们要为这次行动负责，为两个宇航员的生命负责呀。"

我叹息道："我理解你。不过八个月时间实在是太漫长了。保罗和田青是怎样熬过来的呢？——也可能是杞人忧天吧，"我开玩笑说，"良宵苦短，说不定他们已经有小宝宝了。"

迈克尔大笑道："这倒是绝对不会发生的。为了保证试验的准确性，我们对两人做过最严格的检查，保证他们在进入黑匣子前，在生理上和心理上都是童身，按照计划，他们的婚姻生活必须从到达巴纳德星系后才能开始。"

这些话激起我强烈的反感。我冷冷地说：

"迈克尔先生，很遗憾我不能出席飞船升空的仪式。你知道，文学家和科学家历来是有代沟的，我们歌颂生命的神秘，爱情的神圣；而你们把人和爱情看成什么呢？看成可用数学公式描述的，可以调整配方的生化工艺过程……不不，你毋须辩解。"我说，"我知道你们是为了人类的永恒延续，我从理智上承认你们是对的，但从感情上我却不愿目睹你们对爱情的血淋淋的肢解过程。请原谅一个老人的多愁善感和冥顽乖戾。很抱歉，再见。"

我挂上电话。

胡狼在墙上的镜框里嘲弄地看着我。对，他和迈克尔倒是一丘之貉，甚至他比迈克尔更偏执。如果 85 年前他能手执鲜花，从人体传真机里安全走出来，我肯定会成为他的妻子。不过，我们可能会吵上一辈子的架，甚至拂袖而去，永不见面，我们的世界观太不相同了。

但为什么在他死后的 85 年里，我一直在痛苦地思念着他？

爱情真是不可理喻的东西。

第二天，我坐在家里，从电视上观看飞船升空的壮观场面。

迈克尔满面春风地站在讲坛上。在他身后的大屏幕上可以看到，黑匣子正被小心地吊运过来，送到一台激光检视仪里。迈克尔说：

"这是宇航员登机之前最后一道安全检查。其实这是多余的。他们被装入匣子前已经经过最严格的检查，黑匣子密封后自然不会有任何变化。但为了绝对安全，我们还是把黑匣子启封，再进行一次例检吧，只需一分钟即可。"

但这一分钟显然是太长了。检视仪上的红绿灯闪烁不停。迈克尔脸色苍白，用内部电话同总指挥急急地密谈着什么。电视镜头偶然滑向记者群时，可以看到记者们恐惧的眼神。

我紧张得喘不过气来，偶一回头，从镜子里看到自己苍白的脸容，几乎与白发一色。保罗和田青发生了什么意外？他们是否也像胡狼一

样，化为一道轻烟，永远消失了？

上帝啊！我痛苦地呻吟着。

经过令人窒息的 10 分钟，地球科学委员会主席的头像出现在屏幕上，也是坚毅的方下巴，两道浓眉。他皱着眉头问道：

"检查结果绝对不会错？"

总指挥坚决地说："绝对不会。"

主席低声说："请各位委员发表意见。"

镜头摇向另一个大厅，100 多位地球科学委员会的委员正襟端坐。他们是人类的精英，个个目光睿智、表情沉毅。经过短时间的紧张磋商，他们把结论交给主席：如果不抛开迄今为止自然科学最基本理论的约束，那么即使做出最大胆的假设，这种事也是绝对不会发生的。换言之，如果事实无误，它将动摇自然科学最基本的柱石。

主席摇摇头，果断地下命令：

"'诺亚行动'取消，宇航员复原（他们没有死？我激动地想），也许我们有必要先在地球上把生命研究透彻。"他咕哝着加了这么一句，又问道：

"请问白王雷女士是否在演播厅？"

迈克尔急急答道：

"白女士因健康原因今天未能出席。请问是否需要同她联系？"

主席摇摇头："以后再说吧。也许科学家们应该从文学家的直觉中学点什么。"

30 分钟后，飞船内人体复原机出口打开了。赤身裸体的保罗轻快地跳出来——传真机是不传送衣服信息的。两名工作人员忙递上雪白的睡袍，为他穿上。

我兴奋地把轮椅摇近电视，我看到保罗脸上洋溢着光辉，感到他身上那种幸福得发晕的感觉！保罗接过一件睡袍，步履欢快地返回出口。少顷，他微笑着扶着一名少妇出来，少妇全身裹在雪白的睡袍里，只露出面庞——满面春风的面庞，娇艳如花，被幸福深深陶醉。

我几乎像少女一样欢呼起来，我绝对没料到，事情会出现如此喜剧性的转折！

田青娇慵地倚在丈夫的肩头，目光简直不愿从他身上移开。保罗则小心地搀扶着她，像是捧着珍贵的水晶器皿——他的小心并不多

余。再粗心的人也能看出，裹在白睡袍里的田青已有了七八个月的身孕！

　　哈哈！

　　这个过程是发生在两块生命全息码的胶片上——可不是发生在两个人身上！我颇有点幸灾乐祸地想，这可够那些智力超群、逻辑严谨的科学家们折腾一阵子啦！